HEINRICH Fourtysix
Die Welt ist viel zu viel

von Thomas Taschner

*»Das Werk funktioniert, wenn es den Worten gelingt,
die Phantasie anzuregen und damit deinen Gedanken
eine wundervolle Bildgeschichte zu entlocken!«*

Danksagung & Widmung

Ich bedanke mich zunächst einmal beim Leben, weil es uns oftmals vor große Aufgaben stellt. Weiters bedanke ich mich dafür, an schwierigen Situationen wachsen zu können, schöne genießen und aussergewöhnliche kennenlernen zu dürfen.

Mein Dank gilt ebenfalls der Zeit, die ich dafür verwenden kann, Dinge zu tun, die weder jemand von mir erwartet, noch je von mir verlangen würde.

Ich bedanke mich bei Derek, dem Hund, der für die Herstellung des Covers ganz still gesessen und ein anhängliches Synonym für wahre Liebe und Treue ist.

Natürlich bedanke ich mich auch bei der schönen Gerti, für die süße Barbara und beim Herrn Pfarrer, der so viel falsch und noch viel mehr richtig gemacht hat.

Den dritten Heinrich widme ich allen, für die Empathie kein Fremdwort ist, die Freude bereiten können und anderen, auch in schwierigen Zeiten, Unterstützung sind. Natürlich auch unserer geliebten Pamina, die jetzt die letzten 100 Seiten bei sich hat.

Weiters widme ich »Fourtysix« all jenen, die mit Ihrer Erziehung danach trachten, dass in Zukunft wieder wichtige Werte zählen und der zwischenmenschliche Umgang herzlicher und weniger egoistisch wird. #fightingtogetheragainstglobalization

Es ist wunderbar, wenn man das Leben einmal nicht so nehmen muss, wie andere es für dich vorgesehen haben. Gleichzeitig sollten wir dabei nicht die schönen Dinge vergessen, bei denen wohl auch Dritte ihre Hände mit Bedacht im Spiel hatten.

Die Welt hat zwei Seiten, selbst wenn sie tatsächlich eine Kugel sein sollte.

Denn hinter dem Horizont geht's erst richtig los!

HEINRICH

FOURTYSIX
Die Welt ist viel zu viel

Thomas Taschner

© 2020

Zweite Auflage 2020

© 2020 Thomas Taschner

Infos zum Autor: heinrich-ich.jimdofree.com

Korrektorat: Pamina Daucha & Konstanze Hollweg

Covergestaltung: Thomas Taschner
inspiriert von Hannes Rausch

Schriften:

Helvetica Neue, Charter Römisch &
Stone Sans

Herstellung und Verlag:

BoD – Books on Demand, Norderstedt

ISBN: 978-3-7519-2305-7

Vorwort

Was im Grunde nur als dritter Teil und gleichzeitig bedingungslos in der Fortsetzung daherkommt, ist pure Eigenständigkeit.

Meine Fiktion spinnt ein Netz aus verschiedenen Umständen und begründet sich weit abseits des Nebenschauplatzes, der Handlung.

Der rote Faden verbindet die magischen »46« miteinander, um sich hin und wieder einmal zu verlieren.

Heinrich rechnet gnadenlos mit der Welt ab und begreift viele Zusammenhänge darin erst bei der Endabrechnung.

Er findet in seinem Dilemma des Alltäglichen immer wieder Neues und verschafft sich so den Zugang zu den Werkzeugen, die es braucht, um in dem von Gott geschaffenen Konstrukt zu bestehen.

Nach und nach kommen wir dahinter, dass auch wir sie brauchen. Wir sind allesamt nicht so weit vom Heinrich entfernt und vielleicht auch nicht vom Schorsch und einige nicht einmal vom Joschi!

Manches wird uns stören, anderes unangenehm sein, und es wird auch Zeilen geben, da wollen wir schon gar nicht, dass sie geschrieben wurden, geschweige denn, dass wir sie lesen müssen.

Der Raucher will nicht gesagt bekommen, dass Rauchen ungesund ist, und der Polizist nicht, dass er sich mit der Halbautomatischen im Halfter fühlt wie Django und einer, der gerne anonym in den Swingerclub geht, möchte vermutlich nicht lesen, dass das eben ein bisschen dings ist und noch dazu ein wenig bums.

Den Hintergrund muss man zuerst einmal verstehen. Schwierig?

Übrigens gibt es mindestens so viele dumme Fragen, wie es dumme Antworten gibt, und nur weil du in der Schule ein »Schwachmat« warst, heißt das nicht, dass du künftig auch ein absoluter Vollkoffer sein musst. Aber auch einer mit lauter Einsen wird nicht zwingend ein beruflicher Überflieger. Manche entwickeln sich zu Nieten und andere zu Rohrkrepierern, die eben nicht funktionieren. Und die Funktion ist eine Grundbedingung, die die Gesellschaft unberechtigt von dir erwartet. *Facta non verba!*

Inhalt: Kapitel 01 - 46

HEINRICH
FOURTYSIX - Die Welt ist viel zu viel

Vielleicht werden sich manche fragen, warum ich dieses Mal einen Untertitel verwende. Und dann gleich auch noch so einen, der klingt, als hätte ich ihn einem Agentenfilm entlehnt. Ich wollte eigentlich - wie immer - minimalistisch bleiben, wie es der Heinrich im Grunde seines Selbst ja ist, aber das hätte nicht ganz zu seinem dritten Auftritt gepasst.

»46« steht für die Vielzahl an Dingen, mit denen er sich beschäftigen muss und gleichwohl auch - numerologisch gesehen - für die Neubestimmung seiner Lebensrichtung.

»*Fourtysix*« fordert ihn regelrecht dazu auf, seine Lebensgeister zu wecken und sich der Erfüllung anzunähern. Ich kenne die Zahl sehr gut. Wir alle kennen sie als Nummer sehr gut.

Da steht sie für unbedingten Siegeswillen, für Talent und Begeisterung. Es ist schließlich die Wettkampfnummer von niemand Geringerem als Valentino Rossi.

Heinrich wollte unbedingt, dass ich dieses Buch beginne als »*Heinrich reist*« noch gar nicht abgeschlossen war. Du brauchst jetzt nicht zu befürchten, dass es sich hier um eine schlichte Fortsetzung oder gar um eine Trilogie handelt.

Nichts läge mir ferner!

Heinrich ist weder ein neuer John McClane, noch habe ich vor, aus ihm einen weiteren Herrn der Ringe zu machen und schon gar keinen Zauberlehrling, obwohl man ihn manchmal durchaus gemeinhin als »*Zauberer*« hätte bezeichnen dürfen. Der dritte Teil - wenn man so will - handelt davon, dass unser Heinrich eben vieles nicht verstehen kann, was um uns herum geschieht.

So hat er mich als Autor für mitteilungsbedürftige Choleriker dazu verwendet, mit der Welt - wie wir sie täglich vorfinden - abzurechnen. Vielleicht ist »*abrechnen*« zu theatralisch ausgedrückt, mir fiel aber bis zum finalen Layout keine treffendere Bezeichnung ein.

Der Titel hätte auch »*Heinrichs Abrechnung*« lauten können. Oder vielleicht etwas internationaler: »*Heinrich's return*«!

Ich habe den Titel weniger explosiv, aber keinen Deut reduzierter gewählt, weil für den Heinrich bereits einiges zu viel ist, was vielleicht für andere nicht genug sein kann.

Wir wissen ja mittlerweile alle, dass er leicht erregbar veranlagt, mit dem Hang zu überempfindlichen Wahrnehmungen ist, und es war ihm ein Anliegen, ganz subjektiv Dinge zu beleuchten, die vermutlich viele von uns stören oder zumindest irritieren, wir diese aber oftmals zu wenig thematisieren, um rechtzeitig etwas daran verändern zu können.

Umstände sind dazu da, gelebt zu werden. Sie sind das Salz in der Suppe des Lebens, und die Dinge sind einfach Dinge, die ...es einfach gibt. Nur so wie wir sie erschaffen haben.

Für viele dieser Dinge scheint es auch aus objektiver Sicht bereits Fünf <u>nach</u> Zwölf zu sein.

Sollte die Leserin Zeilen finden, die sie nachdenklich machen, kann davon ausgegangen werden, dass dies nicht dem schieren Zufall geschuldet ist.

Als nunmehr langjähriger Gefolgsmann Heinrichs kann ich ihm den unbedingten Wunsch nach Veröffentlichung natürlich nicht versagen. Das musste schlicht und einfach niedergeschrieben werden, auch wenn es dazu führen kann, dass sich bei einigen Lesern der Blutdruck in schwindel-erregende Höhen schraubt, oder sich der eine oder andere auch auf den Schlips getreten fühlen könnte.

Empathie in diesem Zusammenhang ist dem Heinrich kein großes Anliegen. Der Autor wird sich seinerseits im Folgenden natürlich bemühen, verbindend einzuwirken - stets aber ohne Gewähr, denn die Ehrlichkeit haut dir auch mal eine rein.

Es sei vorausgeschickt, dass ich mitnichten stets ein wagemutiger Draufgänger bin, der offensiv in die Vollen geht, aber manchmal muss schon auch etwas gesagt, oder wie hier geschrieben werden können, das nicht jedem gefallen muss.

Heinrich hat schließlich bereits viel hinter sich, und keiner weiß, wie viel er noch vor sich hat! Aber je älter er wird, desto mehr stört ihn auch, und umso eher verfängt er sich in fremdbestimmten Verhaltensmustern und ist scheinbar der Willkür der Menschheit ausgeliefert. Nur er?

Jetzt stellen wir uns natürlich Fragen, die es vorab zu klären gilt. Sind die Menschen anders als früher? Was ist früher? Vor 10 Jahren, vor 30 oder vor 100 Jahren? Haben wir uns zum Schlechteren entwickelt, oder doch eher die Gesellschaft? Ist er zu kleinlich? Wer ist die Gesellschaft? Alle, die Freunde und Bekannten, oder die Familie, die man bekanntlich sowieso nehmen muss, wie sie ist, weil Aussuchen geht nicht?

Heinrich begegnet seinen Mitmenschen zu allererst reserviert und angespannt. Die ihm fremd gewordene Umgebung irritiert ihn.

War sein Hof in Hartberg bis jetzt der Ruhepol und ein geeigneter Rückzugsort gewesen, so ist das jetzt anders. Seit dem gemeinsamen Urlaub mit Klara hat sich die Welt gedreht. Also geht die Sonne jetzt im Westen auf? Oder bleibt doch alles so, wie es immer war?

Er versteht mittlerweile seine eigenen Legehühner nicht mehr. Warum picken sie einander die Augen aus, wenn sie doch so eng miteinander leben? So eine Legebatterie ist doch dazu da, dass alle näher zusammenrücken, oder? Warum legt die eine Henne jetzt keine weißen Eier mehr, wenn die doch zu Ostern viel geeigneter wären, um sie zu bemalen? Warum ist in manchen Eiern ein zweiter Dotter, obwohl ein einziger mit Sicherheit ausgereicht hätte? Ein Tsunami aus einem Meer voller Fragen, der über dem Heinrich hereinzubrechen droht. Und das ist nur der, der seinen Mikrokosmos betrifft - mit dem Makro werden wir uns später beschäftigen.

Dazu müsste er erst einmal seinen Komfortbereich verlassen. Ob er sich dem stellen mag? Ich weiß es nicht.

Ich mache mir echt Sorgen, denn die Welt ist ein gutes Stück grausamer geworden. Umso mehr die Leute auf sich selbst schauen, desto weniger lassen sie noch anderen etwas zukommen. Heinrich sagt: »*Das ist beinahe wie im Krieg.*«

Solche Statements stimmen mich nicht nur nachdenklich. Denn ein Wort wie dieses in diesem Zusammenhang zu verwenden, bereitet mir mehr als nur Unbehagen. Ich selbst habe Krieg - Gott oder wem auch immer sei es gedankt - nur von Weitem mitbekommen, und das ist gut so.

Die Medien tragen ihn zwar immer näher an uns heran, aber wenn dich so ein Krieg nicht unmittelbar betrifft, so ist er im Grunde - analytisch betrachtet - immer weit weg.

Serbien ist nicht so weit entfernt, rein geografisch gesehen, aber doch sehr weit weg, wenn dort Krieg herrscht. So von der Gefühlsebene her. Wenn man auch der Meinung ist, dass Heinrich hier zu Übertreibung neigt, sollte man für den geografischen Mikrokosmos schon eines erkennen:

Er hat nicht unrecht. Das Zusammenleben ist ein zwischenmenschlicher Partisanenkampf. Kurz und verdeckt zuschlagen und dann wieder zurückziehen. Die Bürger des Mittelstands haben das perfektioniert, hat der Heinrich gesagt, weil die tauchen auf dem Rückzug immer wieder in der Menge unter und in die Anonymität ab. Die agieren unter dem Drang, nicht in Richtung Unterschicht zu verkommen. Weil wenn du einen anderen runtermachst, stehst du besser da, und wenn du die Ellenbogen ausfährst, kommst du leichter nach vorne.

Ein gutes Beispiel schreibt der Fußball: Ohne Jochbeinbruch heutzutage ein Spiel zu beenden, ist fast eine Ausnahme. Ellenbogen sind die neuen Köpfe, sagt der Bertram, der jedes Heimspiel der Hartberger aufmerksam verfolgt.

Der Heinrich hat mit einer solchen Einstellung nichts anfangen können. Das lässt sich nicht mit einem ausgeprägten Gerechtigkeitssinn vereinbaren. Mit seinem cholerischen Verhalten wäre das zwar zum Teil kompatibel, ganz sicher aber nicht mit seiner momentanen Lebensführung.

Früher waren Geschehnisse, in denen man sich ungerecht behandelt gefühlt hat, ja nicht unbedingt an der Tagesordnung, aber heute ist es an allen Ecken und Enden so, dass du einem richtigen Volltrottel gegenüberstehst.

Da kannst du gar nichts machen. Und dafür hat es nicht einmal den Heinrich gebraucht, weil da musst du nur vor die eigene Tür gehen, und schon der Erste schaut dich belämmert und ohne zu grüßen an. Da könnte man dem gleich eine im Vorbeigehen mitgeben, dass der gegen die Bushütte rennt, dass es nur so kracht!

Nur wollen wir doch wegen solcher Individuen nicht auch noch - quasi - eine Sachbeschädigung von der Bushütte brechen.

Einmal links abbiegen und in den Park hinein, und spätestens jetzt stehst du dem nächsten »*Eierschädl*« gegenüber. Das ist ja geradezu wie in einem Adventure-Game, wo du so viele Volltrotteln wie möglich einsammeln musst.

Damit hast du es nicht schwer, heute. Die drängen sich geradezu auf. Ob vor der Schule, im Supermarkt, auf dem Sportplatz oder beim Minigolf - ein »*Pumperer*« nach dem anderen. Quer durch alle Altersstufen.

Du siehst solche im Fernsehen, im Lokal deiner Wahl, und auch im Urlaub verfolgen die dich.

»*Volltrottel*« ist ja leicht einmal hingesagt, aber wo kommt diese Bezeichnung eigentlich her?

Sie benennt im Prinzip nur Personen, die sich aus dem gesellschaftlichen Leben weitgehend heraushalten, sie wird aber bei uns umgangssprachlich für jegliche Art von Vollpfosten verwendet.

Und wir nehmen es hier als Überbegriff für vieles ...und überhaupt. Eh schon wissen.

Der »Volltrottel« ist halt ein brauchbares Synonym für immer mehr menschenähnliche Individuen, denen wir nicht gänzlich entkommen können.

1. Sportvereine

Der Maier Michi zum Beispiel. Der ist ein »*aufrechter Hiasl*« gewesen, wie man auf gut Hartbergerisch sagen würde, aber genau Menschen von diesem Schlag passieren immer solche Dinge. Wenn du rein körpersprachlich zu erkennen gibst, dass du einer bist, der auch einmal zurücksteckt, dann hast du schon verloren. Da kreisen die Geier nicht nur über dir - nein, die stürzen sich auf dich herab, das glaubst du nicht.

Weil der Michi hat seinen Sohn, den Joschi, im örtlichen Fußballverein eingeschrieben. Der Joschi war ja immer schon eine »*grundsätzliche Grätzn*«, wie der Heinrich sagen würde, aber was dort passiert ist, ist schon auch ein gutes Stück weit sagenhaft. Pass genau auf:

Der Michi ist ja früher ein sehr guter Fußballer gewesen. Der hat auch in der steirischen Auswahl gespielt, und da wünscht du dir als Vater normalerweise einen ähnlichen Werdegang für deinen Sohn, soviel ist klar. Rein vom Physischen hätte es der Joschi schon draufgehabt, aber vom Kopf her war der, von Beginn an, der reine Sensenmann! Der ist mit acht Jahren schon seinen Mitspielern hineingegrätscht, da haben die Knochen reihenweise »*Guten Tag*« gesagt.

Also, ohne Schienbeinschützer gegen den Joschi, da hast du ganz schnell ein Semester gefehlt in der Volksschule!

Vom Michi her war das schon verständlich, weil der hat eine schöne Kindheit gehabt durch den Sport und angesehen war er dann später auch noch deswegen. Der war sowieso mehr so die feine Klinge, sprich der Zidane aus der Steiermark. Der hat seine Gegenspieler auf einer blauen Mauritius schwindlig gespielt, das war sehenswert.

Und so hat er es auch für seinen Joschi wollen, weil wenn der Vater es nicht in die Champions League geschafft hat, heißt das nicht gleich, dass der Sohnemann es auch nicht schafft!

Aber die Zeiten haben sich geändert, weil im Fußball ist es gar nicht mehr so sehr um Fußball gegangen, sondern um Tanzveranstaltungen zu Ostern, zum Oktoberfest und zu Weihnachten noch eine kleine Feier, damit die Kantine irgendwann doch noch die Schnitzelsemmeln loswerden kann. Da haben die kleinen Fußballfratzen schneller eine Arie singen können, als einen geraden Pass auf drei Meter. So einen Fall schaust du dir natürlich auch ein wenig an, weil zuerst denkst du dir ja nicht viel dabei. Das wird schon. Das wird schon werden. Aber der Michi hat dem Heinrich alles gesagt.

Da ist nichts geworden, außer alles schlimmer. Zum Oktoberfest damals hat der siebenjährige Joschi schon einen traditionellen »*Schuhplattler*« einstudieren müssen. Da sind gut fünfzehn Trainingseinheiten draufgegangen, weil ja bitte unsere minderbemittelte Gesellschaft auch keine Lernraketen mehr hervorbringt. Und so ein Joschi war auch nicht heiß drauf, in einer Kunstlederhose vom Kik im Kreis zu hüpfen und Ohrfeigen zu kassieren. Ausgeteilt hat er sie eh gerne, aber einstecken - Fehlanzeige.

Dem Michi ist dann irgendwann »*nervenstrangmäßig*« der Leitungsschutz gefallen. Das ist dann mehr etwas für die Elektriker unter den Lesern. Da hat es herausgeraucht aus dem Steirerhut, wenn du weißt was ich damit sagen will.

Weil dort wurde nur noch hin und wieder Fußball gespielt, und die Trainer hatten von dem Sport nicht mehr Ahnung als der Heinrich - und das mag was heißen.

Trainiert hat die kleinen Racker der Degris Franz. Der war damals irgendwann bei Sturm Graz eine große Nummer, aber hier in Hartberg ist er eine sehr kleine Nummer gewesen. Weil der hat diese bunten Übungshütchen aufgestellt, da hast du geglaubt, die feiern Karneval. Da konnte man keine Wiese mehr sehen vor lauter Hütchen. Und in einem solchen Fall fragst du dich natürlich, ob dein Sohn ein Fußballer oder ein Hütchenspieler werden wird. Der Michi ist dann zum Jugendleiter gegangen und hat ihn einmal durch die Blume gefragt, ob diese Vorgehensweise in dem Verein wirklich ernst gemeint ist.

Also, er hätte mit dieser Aufgabe lieber den Heinrich betrauen sollen, weil der war echt diplomatisch im Gegensatz zum Michi und sprachlich mehr der Zidane.

Aber gut - was es wiegt, das hat es auch. Da kann man ruhig einmal direkt etwas ansprechen - nur hätte es die vielen Schimpfwörter nicht gebraucht, die der Maier dazu verwendet hat. »*Durch die Blume*« ist da jetzt auch mehr so eine nutzlose Metapher gewesen, wie du dir denken kannst.

Der Jugendleiter hat sich gar nicht lange mit ihm auseinandergesetzt. Es wurde ihm einfach nahegelegt, mit seinem Sohnemann das Weite zu suchen. Vielleicht gäbe es ja einen anderen Club, der für sie einen Platz hat. Da bist du dann auch als Vater machtlos, selbst, wenn du mal ein guter Kicker warst, den man noch heute kennt.

Sicher ist der Michi dann noch von Pontius zu Pilatus und so, aber ein durch und durch sturer Jugendleiter nimmt keine Entscheidung mehr zurück. Den Job haben ja auch nur die gemacht, die zu blöd waren, um eine Mannschaft zu trainieren, hat der Michi gemeint! Was willst du da noch sagen?

Der Heinrich hätte in jedem Fall lieber gehabt, dass ihm das der Michi gar nicht erzählt hätte, weil der hat sich so aufgeregt, da sind die Adern an den Schläfen hervorgetreten, wie die übergehende Mur!

Freunde, Freunde, war der heiß! Dass seine Gefäße dem Blutdruck überhaupt standgehalten haben, grenzt an ein Wunder. Und dabei ist es um den Joschi gegangen, den er sowieso leiden konnte, wie einen Nierenstein.

»Immer wird man von oben herab behandelt! Keiner kann einen Fehler zugeben und niemand will mehr sachlich argumentieren!« Damit hat er sicher recht gehabt.

Wir haben leider größtenteils die Selbstreflexion verlernt, und die Gabe etwas einzugestehen, ist uns auch abhanden gekommen. Vor allem denen, die irgendwann einmal diesbezüglich von sich sagen konnten: *»Yes, I can!«*

2. Feinkosttheke

Der Heinrich ist daraufhin zum Spar gegangen, weil beim Billa streitet er immer mit der Kassiererin, und einem derartigen Erlebnis wollte er jetzt vorbeugen.

Der Maier Michi hat ihm echt leid getan. Dem Joschi hätte er schon ein paar gesunde Watschen vom Jugendleiter gewünscht, aber das tat nichts zur Sache.

Jetzt hat er sich bei der Feinkosttheke angestellt, weil er sich eine Wurstsemmel mit Gurkerl kaufen wollte. Nur kannst du dir sicher denken, dass so ein Heinrich durchaus einfach zu übersehen ist mit seinen 165 cm, und genau das war das Problem. Weil bei so einer Theke weißt du schon im Vorhinein nicht, auf welcher Seite du dich anstellen sollst. Die netten Damen fragen zwar immer nach dem Nächsten, aber da gewinnt auch recht oft der Schnellere.

Jetzt sind zwei Arbeiter vor ihm gewesen und die haben auch noch einen Zettel im DIN A2-Format mitgehabt, von dem sie die Bestellungen abgelesen haben. Siebzig Mal gefaltet, damit er in die Brusttasche passt. Da geht dem Heinrich schon das Klappmesser im Sack auf, weil die kaufen immer für die ganze Schattenwirtschaftsbelegschaft ein, und das braucht schon seine Zeit. Da stehen nicht nur ein paar Sachen drauf, der ist vollgekritzelt mit mikroskopisch kleinen slawisch-deutschen Wortfragmenten. Aber selbst die waren dann auch irgendwann fertig bedient, und da hat sich von rechts eine Pensionistin angeschlichen und bei »Nächster bitte!« schnell 20 dag Polnische bestellt. Der Heinrich hat sich gedacht, dass die Bedienung schon darauf aufmerksam machen würde, dass er schon länger wartet und auch vor der Dame gestanden ist.

Da hat er sich aber getäuscht, weil denen ist das völlig schnurz! Dort wird eine Wurst nach der anderen aufgeschnitten, und um eine ordentliche Anstellpolitik kümmern sich die nicht die Bohne. Dem Heinrich ist jetzt die Pensionistin gerade recht gekommen, weil die hat er gedanklich schon im Schwitzkasten gehabt.

»Haben Sie mich übersehen?« Er versuchte es noch auf die nette Art. *»Wie bitte? Ich bin dran!«,* gab sich die Zahnlose schmerzbefreit. *»Und eine Kranzlextra krieg i a no!«*

Jetzt hat es aber Dreizehn geschlagen, weil so geht es ja wirklich nicht! Der Heinrich hat gewartet, bis die Polnische über die Theke gereicht wurde und dann hat er blitzschnell reagiert! Sofort hat er vor der Alten zugegriffen und die gut verpackte Wurst bis zur Obstabteilung zurückgeschleudert. Da haben alle nur so geschaut, kannst du dir denken.

»Wenn ich jetzt nicht sofort drankomme, fliegt die Kranzlextra in die Cross-Abteilung!« In einem solchen Fall ist nicht gut Kirschen essen mit dem Heinrich. Da waren sie gut beraten, schnell die Semmel herauszurücken, und die Pensionistin fuhr sogleich Richtung Obst, um ihre Flugpost wiederzufinden.

Heinrich war mit sich zufrieden und ging Richtung Kassa. Jetzt sollte er der Nebelkrähe noch ein Loch in den Reifen ihres Rollators stechen, um ihr eine steile Lernkurve zu ermöglichen. Das hat er dann aber lieber sein lassen, weil da hast du schnell eine Vorstrafe, wenn die sich mit dem Platten irgendwo einbaut. In so einem Fall sitzt du vielleicht bereits wochenlang in Untersuchungshaft, während sich dieser wandelnde Pensionsschock wieder bei irgendeiner Feinkost vordrängt.

3. Gericht & Gerechtigkeit

Und da sind wir ja gleich beim nächsten springenden Punkt, bezüglich Recht und Unrecht. Vor Gericht kriegst du sowieso maximal Recht, aber keine Gerechtigkeit. Dieser kluge Ausspruch ist nicht von irgendwem, wenn du glaubst. Der wurde von einer äußerst attraktiven Richterin am Wiener Handelsgericht getätigt, und die weiß mit Sicherheit, wovon sie spricht.

Weil dem Fernbeißer Schorsch haben sie vor einiger Zeit einmal das Auto demoliert, und er hat gleich einen Geständnisbrief hinter der Windschutzscheibe gehabt.

Da denkst du aber nur, dass das was gebracht hätte, weil der Verfasser der Nachricht hat den Tatbestand, ein paar Monate danach, einfach wieder abgestritten und fertig. Einen Augenzeugen hat es zwar gegeben, aber der wurde wegen Befangenheit abgelehnt, weil der ein weitschichtiger Verwandter vom Schorsch gewesen ist.

Na super - wer bitte ist in Hartberg nicht irgendwie mit jemandem verwandt? Es darf einem einfach nichts passieren.

Der Schorsch hat damals über zwei Jahre warten müssen, bis ihm ein Schadensersatz zugesprochen und in weiterer Folge dann auch ausbezahlt wurde. Da hat er zuvor in Vorlage gehen müssen, weil sonst hätte er das Auto einfach nur stehenlassen können, und als Juniorchef im elterlichen Betrieb ist das auch nicht ohne! Die Heidelbeeren wollen ja auch durch die Gegend gefahren werden, weil den öffentlichen Verkehr kannst du denen nicht zumuten.

Die haben den Schorsch übrigens dreimal beim Landesgericht in Graz antanzen lassen wegen der Sache.

Da hat sich schon das Gerücht breitgemacht, dass der irgendetwas ausgefressen hat.

In einem solchen Fall wird aus dir gleich ein Einbrecher oder gar ein Mörder, so schnell kannst du gar nicht schauen. Was da beim praktischen Arzt alles zusammengereimt worden ist, willst du nicht wissen!

Wenn du bei so einem Gericht vorstellig wirst, durchleuchten die dich gleich im Foyer bis auf die Unterhose.

Ab 50 ist das ausgezeichnet, weil da kannst du dir die Vorsorgeuntersuchung beim Arzt gleich sparen, weil wenn der Torbogen im Gericht anspricht, wird dir ganz ohne E-Card sofort eine rektale Rundumspiegelung verpasst, da gibts du bereitwillig gleich Dinge zu, die du nie verbrochen hast.

Der Heinrich war froh, dass er das noch nicht erleben musste. Wobei der Schorsch ja mit so einer Darmspiegelung grundsätzlich kein großes Problem hätte haben dürfen, aber das wollte er jetzt auch, rein gedanklich, nicht weiter vertiefen. Das würde viel zu weit ins Private hineinführen, war sich der Heinrich sicher.

Der Schorsch hat auch einen Anwalt gehabt und da musst du unglaublich aufpassen. Weil das Lieblingswort aller Anwälte und Richter ist »Vergleich«! Und das klingt in jedem Fall besser als es ist, weil wenn du einem Vergleich zustimmst, gibts du, rein rechtlich, auch gleich eine Teilschuld zu. Das hat dem Fernbeißer natürlich sauer aufgestoßen, das kannst du dir denken. Wenn du zu Hause vor dem TV-Gerät sitzt und unten auf dem Parkplatz räumt einer deinen Wagen weg, willst du auch keine Teilschuld deinerseits einräumen.

So Vergleiche sind halt für jeden ein Geschäft, war sich der Heinrich sicher. Beklagter und Kläger fressen jeweils nur einen

Teil der Streitsumme, und die Anwälte schneiden kräftig mit. Das Gericht wird nicht länger als notwendig belastet, und so haben eben fast alle etwas davon.

Und wenn du das nicht willst und standhaft bleibst - wie der Schorsch -, dann ziehen gleich Jahre ins Land. Da kassierst du zweimal die Feriensperre des Gerichts, weil im Juli und August wird ja da grundsätzlich schon nichts gearbeitet. Warum bloß? Haben die etwa Schulferien, wollte der Heinrich gleich wissen. Gut, die müssen sich über das Beamtenlatein hermachen, aber die schulische Ausbildung sollten die bei Gericht doch schon abgeschlossen haben. Wer weiß?

Hast du dir schonmal so einen Paragraphen durchgelesen? Da wird dir anders, kann ich dir sagen. Da reicht es nicht, wenn du der deutschen Sprache mächtig bist, da braucht es definitiv mehr. Das ist absichtlich so geschrieben, dass der durchschnittliche Erdenbürger überhaupt keine Chance hat, dahinterzukommen, worum es in diesem Text eigentlich geht. Da würde der Heinrich die Kabel kriegen, Umspannwerk nichts dagegen.

So eine handgestrickte Ungerechtigkeit von diesen Winkeladvokaten hat er überhaupt nicht leiden können. Vielleicht stammt auch daher seine Abneigung gegen Anzugträger?! Wenn er so einen gelackten Affen schon sieht, vielleicht auch noch in einem Nadelstreif mit Krawatte und tailliert, da ist es mit dem umgänglichen Heinrich schon vorbei, egal ob der, der im Anzug steckt Jus studiert hat, ein einfacher Banker oder auch nur ein italienischer Pizzabäcker auf Kundenfang ist. Die Schulterpolsterträger werden alle in einen Topf gekippt, da kennt der Heinrich kein Pardon.

Also, wenn du an die ein paar Prügel verteilst, triffst du keinen Falschen, da war er sich sicher.

Der Fernbeißer, zum Beispiel, hat aber sehr wohl einen Falschen getroffen, weil sein Anwalt hat mit Homosexualität nichts am Hut gehabt, und das hat er ihn auch spüren lassen. Dieser Umstand hat das Verfahren dann auch nicht gerade beschleunigt, wie du dir sicher denken kannst.

Obwohl, so richtig hat man dem Schorsch seine sexuelle Ausrichtung eigentlich nicht angemerkt, aber binnen zweier Jahre Rechtsbeistand kann dich schon so einiges der Wahrheit näherbringen. Nicht dass er ihn angebaggert hätte, aber die eine Geste da und die andere dort, und schon ist die Schwuchtel zusammengereimt! Obwohl es nicht erwiesen war, dass dies zu einer Verlängerung der Rechtssache geführt hat.

Da bist du dem System einfach ausgeliefert, und genau da kommen wir wieder zum Ursprung dieser ganzen Geschichte zurück.

Es gibt einfach immer mehr Dinge, die wir selbstverständlich so hinnehmen müssen, weil wir uns sonst nur Probleme einhandeln.

Der Michi hat es auch aufgeben müssen mit dem Fußball für den Joschi. Da hätte er von der Brücke springen können oder einen dreifachen Salto mit Telemarklandung auf dem Jugendleitergesicht - den Verein hätte das Null beeindruckt! Wer die Macht hat - und sei sie noch so klein -, der spielt sie auch aus.

4. Arbeitgeber & Arbeitnehmer

Der Heinrich hat so ein Verhalten abscheulich gefunden, und ich möchte ihm da unbedingt beipflichten. Aber es ist in unserer Zeit noch abscheulicher, wieviele Menschen sich in diese Machtspielchen verstricken lassen.

Wo die Anneliese früher einfach ein paar Mehlspeisen gebacken und Kaffee verkauft hat, da ist sie jetzt über Nacht zum Postpartner geworden. Und da brauchst du nicht glauben, dass das so einfach ist, weil die muss alles annehmen, was da kommt, passt es bei ihr hinein oder nicht. Da war sie auch oft nicht begeistert, aber aufgelehnt hat sie sich nie gegen das Versandkartell.

Der Mehmet hat auch zu wenig Geld verdient auf der Jet-Tankstelle, obwohl er fast Tag und Nacht dort gewesen ist. Hat er sich jemals beschwert? Hat er gesagt: »*So nicht*«?
Nein - hat er nicht.

Es scheint entweder eine unwahrscheinliche Gleichgültigkeit vorzuherrschen oder wir sind wirklich in unseren Existenzängsten derart gefangen, dass wir uns alles gefallen lassen. Im Lagerhaus ist es ja auch hinter verschlossenen Türen zugegangen wie in Sodom und Gomorrha, hat der Heinrich gewusst. Er selbst ist ja nur für zehn Stunden angemeldet gewesen, und es hat ihn auch nicht so betroffen, aber mit den Vollzeitangestellten ist manchmal grenzwertig umgegangen worden. Betriebsrat da, Gewerkschaft dort, da hilft dir keiner. Überall wird gespart bei den Arbeitskräften, weil die verdienen immer zu viel und leisten zu wenig.

Zu Weihnachten werden dann zwar meist Briefe verschickt, in denen steht, wie froh man ist, so gute Mitarbeiter zu haben - nur ist der Inhalt leider selten den Toner wert, mit dem der Text gedruckt wurde.

Der Heinrich hätte sich da mehr Wertschätzung und Anerkennung gewünscht, und das ist nicht immer nur ein Geldkuvert. Für viele Chefs ist Mitarbeiterführung leider sowieso ein Freifach gewesen, von dem sie sich abgemeldet haben, wie der Heinrich von der Religion. Da gehört mehr dazu als nur zu studieren. Sicher ist eine gute Bildung wichtig und auch ein geeignetes Auftreten, aber noch wesentlicher sind Empathie, Erfahrung und der adäquate Umgang mit anderen.

So ein kleiner Karli hat früher in der Schule gelernt, dass man aus einem Topf nicht immer etwas herausnehmen kann, ohne irgendwann auch mal etwas hineinzugeben. Der Magister, Doktor oder Professor Karl weiß dann leider nichts mehr davon und presst den Topf aus wie eine Zitrone, denn es muss - auch aus einem leeren Topf - noch etwas herauszuholen sein.

Das Auspressen ist übrigens eines der Kernziele des Lehrgangs für Führungskräfte. Da kommt nichts Besseres heraus, wenn man seine leitenden Angestellten auf so ein Seminar für gehobenes »*Teambuilding*« oder zu einem »*Kuschelkurs*« für Projektmanager schickt!

Ein insgesamt mehr als fragwürdiges Verhalten, hat sich der Heinrich gedacht, aber so entwickelt sich der Mensch.

Zuerst kommt das Ego, dann der eigene Wohlstand und Erfolg, und andere zählen nur, wenn man irgendwo spendet, damit man den Gewinn verringern kann, um steuerschonend wirtschaften zu können.

5. Kundenumgang

So kann es doch nicht weitergehen, hat sich der Heinrich gedacht und ist vom Spar direkt zum Einrichtungsberater Müller gegangen. Denn dort hat er - obwohl kein Lebensmittelladen - auch noch ein Hühnchen zu rupfen gehabt. Da war echt einmal Zeit für »*Tabula rasa*«!

Der Müller war im Grunde ja eh in Ordnung als Arbeitgeber, aber die Chefin ist halt so eine Frau, die gerne die Hosen an hat und mit denen hat der Heinrich im Speziellen so seine Probleme gehabt. Diesbezüglich ist jetzt die Müllerin aber auch nicht die Einzige gewesen. Er ist ja damals freiwillig aus dem Unternehmen ausgeschieden und da hat auch alles soweit gepasst. Der Senior-Chef ist sowieso ein Gentleman gewesen. Noch so einer der Alten Schule, mit Handschlagqualität.

Sowas findest du nirgends mehr, weil wenn du dir heute nicht alles schriftlich geben lässt, hast du keine Chance. Alles auf Papier, mit Brief und Siegel. Und wenn geht, noch in doppelter Ausführung und mit Unterschriften von zwanzig Zeugen!

Amtlich beglaubigt wäre ein noch weiterer entscheidender Vorteil, wenn es um etwas geht.

Der Heinrich hat damals ein hervorragendes Arbeitszeugnis bekommen, da hätte er bei jedem anderen Einrichtungsberater sofort anfangen können. Die hätten ihm regelrecht den roten Seidenteppich ausgerollt.

Leider hat es auch nicht so viele im Umland von Hartberg gegeben, und in der Stadt selbst überhaupt nur den Müller. Denn wer braucht heute noch einen Einrichtungsberater?

In unserer Zeit, in der jeder alles weiß und sich überall auskennt, in der jeder der beste Designer ist und Architekt selbstredend. Da bleiben nur noch die großen Möbelgeschäfte übrig, alles andere in dem Segment ist tot.

Gerade die, die alles können, ruinieren die privaten Anbieter, weil ihnen einfach keine Dienstleistung gut genug ist. Als Designer ist heute Photoshop aus dem Effeff Pflicht und Mac und PC sowieso, und als Architekt musst du schon gratis planen, damit sich überhaupt irgendwer für deine Tätigkeit interessiert. Tischlereien überleben nur, wenn sie sich auf irgend etwas spezialisieren, oder wenn sie für Lutz, Kika und Co. produzieren. Der Elch lässt jeden mit skandinavischen Wurzeln einen Kasten oder ein Bücherregal zimmern, die persischen Migranten dürfen an der Webware hantieren und die Arbeitssuchenden braucht man in den Märkten als Wegweiser, damit man als Kunde dort nicht im kreativen Gängelabyrinth jämmerlich verendet!

Der Heinrich hat eigentlich nur mit der Müllerin noch etwas klären müssen, weil der Paul vom Lagerhaus hat sich bei ihr - auf sein Anraten - einen Vorhang bestellt, und der wurde noch immer nicht geliefert. Jetzt bot er dem Paul an, einmal nachzufragen.

Es hat ausgesehen wie immer. Der Eingang vom Müller war feudal geschmückt, damit die potentiellen Kunden gleich erkennen, dass sie hier von Design und Gestaltung regelrecht erschlagen werden.

Stoffballen schmiegten sich elegant an zur Schau gestellte Polstermöbel und zeugten vom galaktischen Farbverständnis der Geschäftsleute.

Gleich nachdem Heinrich das Geschäft betreten hatte, kam der Senior-Chef auch schon um die Ecke. Mit einem breiten Grinsen begrüßte er seinen ehemaligen Mitarbeiter.

»Heinrich, was führt dich zu uns? Schon lange nicht gesehen!« Heinrich nickte und signalisierte schnellen Schrittes auf den Müller zu, dass er seine Zeit nicht gestohlen hatte.

»Ich war wirklich schon lange nicht hier. Jetzt bin ich wegen dem Redlich Pauli da. Wegen seinem Vorhang!«

Im Müllergesicht erkannte man, dass dieser angestrengt nachdachte. Sein Stirnrunzeln machte klar, was Heinrich schon vor seinem Eintreffen beim Einrichtungsberater ahnte.

»Der Vorhang ist schon seit 5 Wochen bestellt, und es gibt noch keine Lieferung«, half ihm Heinrich sanft auf die Sprünge.

Der betagte Senior-Chef wollte schlicht Zeit gewinnen, weil Anfragen, in Bezug auf längst überfällige Lieferungen, waren die angenehmsten Dinge nicht.

»Ach ja - der Vorhang. Ein wunderschönes Teil. So weich und geschmeidig ...! Damit gibt es leider Lieferschwierigkeiten.« Genauso hat sich der Heinrich das gedacht.

Irgendwelche Schwierigkeiten musste es ja geben, wenn die Ware nicht geliefert wird, und Probleme mit der Lieferung waren heutzutage ohnehin an der Tagesordnung.

Weil wenn du heute etwas bestellst, gibt es das Wenigste gleich. Alles wird erst nach Bestellung und Bezahlung produziert - egal, ob online *»sofort lieferbar«* angegeben ist oder nicht.

Niemand will für Lagerhaltung bezahlen und schon gar nicht auf irgendwelchen Produkten hocken bleiben.

Das war auch etwas, das den Heinrich derart aufregen konnte, das glaubst du nicht. Sowas grenzt an ein Verbrechen, war er überzeugt.

Wenn du den Kunden im Glauben lässt, dass du ein Produkt hast, das es in Wahrheit noch nicht einmal gibt, so ist das Vorspielen falscher Tatsachen und somit bestrafungspflichtig, ist sich der Heinrich sicher gewesen.

Auf dieses Thema kommen wir später noch konkreter zu sprechen.

Jedenfalls werden die Geschäftsleute immer dreister und die Müllers sind hier anscheinend keine der wenigen lobenswerten Ausnahmen.

6. Kinderarbeit

»Sind denen in Indien die Seidenraupen ausgegangen, oder warum dauert das so lang?«

Heinrich zeigte sprachlich konkret, dass er nicht lange um den heißen Brei herumreden wollte.

»Der Stoff ist schon in der Produktion und wird jetzt noch zugeschnitten und dann ist er auch schon fertig«, hat der Müller gemeint.

Das klingt auch nach mehr nachhaltiger österreichischer Handarbeit als es in Wirklichkeit der Fall war. Da spielt ihm der Müller die perfekte Welt vor. Das klingt geradezu nach einem Bio-Vorhang. In der wahren - nicht so perfekten Welt - stellt sich das nämlich so dar:

Der Vorhang wird von kleinen indischen Kindern fein gewebt und danach noch zugeschnitten. Sollten sie bis dahin noch nicht blind sein, wird dieses Ziel mit Nachdruck verfolgt, indem man sie den Vorhang im nächsten Arbeitsschritt auch noch endeln lässt.

Dann wird er noch gewalzt, indem man kleine dickliche Mönchsanwärter darüber rollt. Zu guter Letzt wird er in Kambodscha chemisch gereinigt, in Aserbaidschan mit der Lupe auf Fehler untersucht, um dann in Bangladesh von den kleinsten der Kleinen sorgfältig verpackt zu werden.

Dort sind gut die Hälfte der Erwerbstätigen so jung, die kauen noch am Schnuller und tragen Windeln.

Erst wenn allen Kindern bereits die Finger abgefallen sind, sie das Augenlicht verloren haben, oder sie ihre normale Lebenserwartung von 12 Jahren überschritten haben, greifen die ersten Erwachsenen in die Arbeitskette ein und übernehmen den Transport nach Europa und - et voilà - schon liegt der Vorhang auf dem Tisch beim Müller.

Da freut sich der Kunde dann über ein Fair Trade Produkt der Extraklasse und dem Heinrich kommt fast der Anneliese-Kaffee von gestern hoch, wenn er nur daran denkt.

Der Müller war gegen dieses Vorgehen natürlich weitestgehend immun. Da bleibt dir auch nichts anderes übrig, weil auf unseren Wiesen gibt es keine Seidenraupen, und wenn du bei uns jemanden den Vorhang aus einem Bio-Spinnennetz weben lässt, der noch dazu steuerlich angemeldet ist, könnte sich der Pauli eher einen Porsche leisten, als eine feuerfeste Designer-Gardine.

So funktioniert unsere Wirtschaft, und wenn du das nicht glaubst, frag den Frank Stronach, der kommt auch aus der Steiermark.

7. Kapitalismus

Den Strohsack - wie er ja wirklich geheißen hat - hat der Heinrich nie so recht durchschaut. Der ist vom Tellerwäscher zum Millionär geworden, sagen die Medien. Zu der Zeit hast du noch Autoteile unter dem Carport zusammenschustern können und bist reich geworden, im gelobten US-Land.

Genauso wie der Steve Jobs. Dem hat übrigens auch die Seidenraupe quasi zwar nicht den Vorhang, dafür aber den Pullover gestrickt! Der musste sich damals noch in der Garage verstecken, und jetzt verkaufen die mit dem angebissenen Steinobst auf der ganzen Welt iPhones, da schaust du nur so. Mit den Garagen haben es die Amis überhaupt gehabt.

Heute ist das nicht mehr so einfach. Auch dort drüben nicht. Da kannst du mit einer elektrischen Schreibmaschine oder ein paar Glühkerzen keinen Blumentopf mehr gewinnen.

Im Land der unbegrenzten Möglichkeiten warten die auch nicht mehr auf irgendwelche Migranten mit technischem Hausverstand.

Ja vielleicht auf ein paar Inder, weil die sollen mit dem Computerzeugs gut umgehen können und programmieren, bis ihnen die Finger abfallen.

Aber auf einen ehemaligen steirischen »Kernölbuam« und einen halbsyrischen Wirtschaftsflüchtling wartet in Cupertino und Co. genau niemand mehr. Die Zeiten haben sich geändert, und das hat nichts mit Ausländerfeindlichkeit zu tun, wenn du das glaubst. Reine wirtschaftliche Interessen, sag ich da.

Der Heinrich hat übrigens überhaupt keine wirtschaftlichen Interessen verfolgt. Er will nur in Ruhe gelassen werden, das reicht ihm schon.

So Konzerne sind nämlich das Krebsgeschwür, das sich auf dem Erdball festsaugt. Ob die Magna, Apple, Microsoft, Facebook oder sonst wie heißen, ist dabei völlig belanglos.

Es gibt nur noch Zusammenschlüsse und Fusionen, da werden die Kleinen geschluckt und aufgekauft, die »Marie« spielt die erste Geige und alles andere ist dann nicht einmal mehr sekundär.

Und überall nur noch Aktiengesellschaften. Keine normalen Firmen, die halt irgendjemandem gehören oder verstaatlicht sind. Nur noch fremdbestimmte Kompanien, bei denen das Geld anschafft und nicht der aufstrebende Vorarbeiter, der sich über Jahre ein Know-How angeeignet hat, oder das Söhnchen, das sich zwar ins gemachte Nest gesetzt hat, aber eben auch auf die Erfahrungen von Generationen zurückgreifen kann.

Dabei spielt es auch keine Rolle, ob die Firma Gewinne erzielt oder nicht; wichtig bleibt das Sparen. Und das geht nur noch über hochtechnologischen Fortschritt in Verbindung mit dem Abbau der menschlichen Arbeitskraft.

Wo das wohl am Ende hinführt, hat sich der Heinrich gefragt. Nur, wo ist das Ende? Ist das Ende erreicht, wenn nicht 500.000 Österreicher arbeitslos sind, sondern 3 Millionen? Ist das dann das Ende, oder sind wir dann am Ende?

Heinrich war ein absoluter Gegner des Föderalismus und der sich abzeichnenden Monopolstellung von immer weniger Konzernen.

Der Müller war da noch ganz anders. Da sind Herr und Frau Müller die Eigentümer gewesen und basta. Da gibt es keine Jahreshauptversammlung, keine Dividendenausschüttung und keine Aufsichtsratssitzung. So etwas ist auch genauso unnötig wie der eitrige Backenzahn am Sonntag!

Wo war der Aufsichtsrat bei der Hypo? Im Urlaub? Liegt da die Betonung bei der »*Aufsicht*« oder bei »*rat*« wie raten? Oder sollte es »*Ratten*« heißen? Da drängen die Magensäfte nach oben beim Heinrich, Trevi-Brunnen Hilfsausdruck!

Die momentane Ungerechtigkeit im Arbeitsleben ist überall schon zu beobachten. Selbst der Mehmet muss Ziele erreichen. Da ist die Jet schon dahinter. Hofer, Billa, Penny, Spar und ADEG und wie sie noch so alle heißen - genauso. Da wird gesagt, wieviele Leberkässemmeln die verkaufen müssen, völlig egal, ob die Kundschaft eine essen möchte oder nicht.

Die Autohäuser haben auch ihre Wagen an den Mann zu bringen und da wird nicht gefragt, ob du eines brauchst oder eines willst. Es geht schon so weit, dass du ins Autohaus gezerrt wirst, wenn du nur daran vorbeispazierst. Du kannst dich nicht einfach nur umschauen.

Ob es der Käfer, der Peindl, der Hirt oder ein Mercedes vom Kröpfl ist, wenn du dir dort einen Wagen anschaust, musst du ihn auch kaufen. Die haben so einen Druck von den Konzernen, das glaubst du nicht.

Der Heinrich hat den Peter vom Kröpfl gekannt, und die waren so nett dort, da tut dir so eine Firmenpolitik wirklich weh. Da kaufst du dir schon vor lauter Mitleid einen Stern, obwohl du gar keinen Führerschein hast.

Der alte Müller hat jetzt zugesagt, dass der Vorhang bis spätestens nächste Woche geliefert werden wird und das hat dem Heinrich fürs Erste gereicht. Er würde es dem Paul gleich ausrichten, hat er gemeint und sich verabschiedet.

Die Müllerin hat er nicht zu Gesicht bekommen, aber die ist ihm auch nicht besonders abgegangen, eh schon wissen.

Ohne die wäre er vielleicht heute noch dort, aber wer weiß, wofür etwas gut ist. Veränderung kann auch viel Positives mit sich bringen. Er ist schließlich nicht unglücklich beim Lagerhaus. Da hat er sich ausgekannt wie in seiner Westentasche, quasi Heimspiel.

Obwohl - bei zehn Wochenstunden, kannst du auch nicht viel sagen. Er hätte gerne ein wenig mehr gearbeitet, aber den Hof allein zu bewirtschaften ist auch nicht so nebenbei gleich erledigt.

Seine Hühner haben es ihm gedankt, dass er viel Zeit mit ihnen verbracht hat. Die haben Eier gelegt und gegackert, da ist dem Hühnerfreund das Herz aufgegangen.

8. Schattenwirtschaft

Unter uns gesagt, hat er ja eh mindestens zwanzig Stunden im Lagerhaus verbracht, aber offiziell und so ist ja nicht mehr drin. Weil den Rest kriegt er schwarz oder wie man so sagt. So unter der Hand und ganz ohne Registrierkasse!

Aber nicht, dass du das jetzt laut hinausposaunst! Sowas wird ja ab sofort von der Politik streng verfolgt. Schattenwirtschaft ist ja der neue Mord! Da entgehen dem Staat wichtige Einnahmen, wie es heißt. Jetzt darfst du deinem Onkel nicht mehr beim Dachstuhl helfen, ohne dass du ihm eine ordnungsgemäße Rechnung stellst. Es geht nicht, dass er dir vielleicht dafür den Auspuff von deiner Rostlaube repariert, wo denkst du denn hin. Der Staat schaut schon drauf, dass neben dem Baumax auch noch andere Baumärkte die Segel streichen. Und das AMS soll ja auch nicht unterbeschäftigt sein, da gehört die Nachbarschaftshilfe natürlich gesetzlich verfolgt, egal ob der Nachbar mit dir verwandt oder verschwägert ist.

Bei dem Thema hat sich beim Heinrich alles aufgehört, weil da sind ihm, im wahrsten Sinne des Wortes, die Schmelzsicherungen durchgebrannt.

Wie kann es sein, dass Menschen einander nicht mehr helfen dürfen? Es ist doch ohnehin so, dass die Leute bald nur noch auf sich selbst schauen, und das wird jetzt zusätzlich noch staatlich gefördert?

Da kommt Freude auf. Aber bei uns werden die das nicht schaffen. Hier wird weiter geholfen und unterstützt und wenn der andere keine Gegenleistung erbringen kann, dann wird das eben weiterhin mit Geld abgegolten. Und zwar einfach so und ganz ohne offiziellen Schnickschnack!

Egal, ob mit Euros oder mit dem Schilling 2, hat sich der Heinrich insgeheim gefreut.

Weil die Merkel hatte ja angeblich auch schon das Papier für die D-Mark 2 in der Druckmaschine eingespannt. Die haben die neue alte Währung noch bevor die Griechen wieder die Drachme einführen, war er sich sicher. Da hat sich die EU schön was eingebrockt, und so dämlich waren die Briten dann aber nicht. Das britische Pfund gibt man halt nicht auf, und das hat unseren Euro schon immer recht alt aussehen lassen.

Dann stimmen die auch noch dem Brexit zu, und schon ist ein Nettozahler weniger im Verein!

Selbstverständlich machen wir denen eine Zeitlang das Leben schwer, weil einer, der den Verein so »*mirnichtsdirnichts*« verlässt, wird überall gerne gemobbt.

Aber das dauert doch nicht lange. Bald kuscheln die Nachbarstaaten wieder miteinander, weil ja ohnehin jeder etwas vom anderen braucht. Früher oder später wird kein Unterschied sein, ob EU oder Nicht-EU.

Die Leute hören ja nicht auf London zu lieben, nur weil es nicht mehr zur Europäischen Gemeinschaft gehört, hat der Schorsch gerne ein Beispiel zum Besten gegeben. Und außerdem gibt es dort immerhin die Queen, die neue Diana und die dunkle Meghan und all die anderen tollen Royals.

Die werden immer einen Platz im Herzen Europas haben, mit oder ohne EU und egal, ob deren Kinder von den Prinzen, von den Reitlehrern oder vielleicht vom Briefträger stammen.

Gemeinschaften sind ja durchaus wunderbar, aber wenn das Vehikel dahinter zu groß wird, kann sich die Zugmaschine auch einmal übernehmen, keine Frage. Es gibt auch Gemeinschaften, die im Schatten wirtschaften und nicht von irgendwelchen Baumärkten abhängig sind. Die sind vom Finanzmarkt abhängig, vom Handel mit weißem Pulver und eventuell auch davon, wie gut sich so bunte Pillen verkaufen.

Dem Heinrich waren ja die Einzelheiten nie so wichtig, aber das große Ganze hatte er schon vor Augen.

Er war so heiß auf all die Ungerechtigkeiten, die ihn tagein und tagaus begleiteten, dass er sich im Park, bei seinen Freunden, entspannen wollte.

Die Tauben waren immer noch die gleichen. Wie auch vor hunderten von Jahren. Das ist für ihn sehr wichtig gewesen, dass es zumindest eine Konstante gibt, auf die man sich verlassen konnte. Solange er allein gewesen ist, war das sogar noch wichtiger.

Jetzt ist er ja endlich in einer Beziehung, und die hat mit Klara sehr gut geklappt. Sie ist vor einigen Monaten bei ihm eingezogen, und das hätten nicht viele für möglich gehalten. Noch hat sie sich nicht ganz an das Leben auf dem Hof gewöhnt, aber sie tut ihr Möglichstes.

Sie wollte unbedingt noch studieren, also hat sie einen Studienberechtigungslehrgang belegt. Der würde ein Jahr dauern, haben die Lehrer gemeint, aber so wie es aussieht, wird Klara wohl schneller fertig sein. Es wurden schon einige Prüfungen vorgezogen, und sie ist halt die Konsequenz in Person und professionell, wenn es um das Lernen geht.

Mit den Hühnern stellte sie sich nicht so geschickt an, aber das wird schon, war der Heinrich überzeugt. Sie wollte die Hühner sogar übersiedeln, weil die zu wenig Platz haben, hat sie gemeint.

Da übertreibt sie es ein wenig mit der Hühnerfürsorge, aber es ist schön zu sehen, dass sie sich am Hof einbringen möchte.

Den oberen Stock hat er übrigens gesperrt, weil eine zweite Frau fällt dort sicher nicht vom Balkon hinunter. Zuerst wollte Klara gar nicht zu ihm ziehen, wegen der zu jähen Veränderung und so, aber der Heinrich hat ihr vorgerechnet, was sie an Mehrkosten hat, wenn sie ihre Wohnung behält, und das Hin und Her ist ja auch nicht lustig auf Dauer. Da hat er bei Klara nicht lange rechnen müssen, weil die hat die Zahl gleich vor ihrem geistigen Auge gesehen und sich wahrlich geschreckt. Deshalb ist es dann ganz zügig gegangen, und bis jetzt hat es auch keiner von beiden bereut, denke ich.

Sie arbeitet immer noch beim Mehmet, hat aber Stunden reduziert, weil sie ja auch wieder zur Schule geht. Das hat der Mehmet überraschend eingesehen, weil für Bildung ist er zu haben. Also nicht bei sich selber, aber wenn andere unbedingt schlau werden wollen, hat er das durchaus unterstützt. Sie hat sehr flexibel bei ihm arbeiten können, weil sie sich die Schicht mit der Fatima geteilt hat. Das funktionierte für beide recht gut und war praktisch.

Klara hat vor guten Ideen ja nur so gestrotzt. Da ist einiges bezüglich Einrichtung umgestellt worden, die Küche wurde auf Vordermann gebracht und auch im Außenbereich wurde die eine oder andere Veränderung angedacht, wenn nicht sofort umgesetzt.

Wenn man verliebt ist, lässt man bald etwas unkommentiert geschehen, bei dem man sich eventuell noch nicht im Klaren ist, ob das dann, so umgesetzt, auch besser sein wird. Der Heinrich hat ihr da viele Freiheiten gelassen, und wie wir ja alle wissen, müssen Frauen einmal das Nest bereiten, wenn sie wo neu hinziehen. Da sind wir Menschen mal wieder nicht so weit vom Tier entfernt, wie wir vielleicht glauben.

9. Landwirtschaft

Wegen des Hofs hat sie sich auch einen neuen Weg in Richtung Zukunft einfallen lassen. Sie sollten überlegen, vielleicht auch noch Schafe zu halten, weil erstens ist genug Wiese rundum und zweitens kann man die Milch, das Fell und letztlich auch das Fleisch verkaufen und so finanziell besser dastehen. Solchen Nose To Tail-Planungen ist der Heinrich grundsätzlich sehr verschlossen gegenüber gestanden, aber wenn die von seiner Klara kommen, hat er schon mit sich reden lassen. Er könne sich gut vorstellen, vielleicht einmal, in der weiteren Zukunft, ein paar Schafe anzuschaffen. Rinder waren übrigens auch angedacht. Also weniger von ihm, als von seiner Angebeteten. Im Speziellen sollen es entweder Zwergrinder oder Angus werden, überschätzte Klara ganz klar ihre landwirtschaftliche Kompetenz.

Bezüglich Wiederkäuer war dann die Skepsis seinerseits doch deutlich größer als die Begeisterung. Es wäre schonmal toll, wenn sie die Hühner halbwegs im Griff hätte, war sich der Heinrich ihrer Unerfahrenheit durchaus bewusst.

Da würden noch einige Liter die Mur entlangfließen, bis sich auf dem Heinrich-Grund eine Anguskuh fettfrisst. Klara war davon überzeugt, dass er dann seine Anstellung beim Lagerhaus verlassen könnte, wenn er denn hier breiter aufgestellt wäre. Da hatte sie sicher recht, aber wollte er das? Eigentlich nein, er war gern ein kleines Rädchen am rustikalen Baumarktkarren. Die Kombination passte ihm recht gut, und wenn Klara erst studieren würde, hätte sie auch sehr wenig Zeit für den Hof und dann bleibt wieder alles an ihm hängen. Das hatte er früher schon genossen - danke, das genügt!

Und so ein Leichtes ist das auch nicht, wenn du glaubst, du züchtest einfach so irgendwelche Tiere. Da werden dir knackige EU-Prügel in den Weg geworfen, dass es nur so kocht im Oberstübchen. Wenn du zu wenige züchtest, bekommst du keine Förderungen, hast du zu viele Tiere, fallen Kosten an, da haust du den Hut drauf. Auch beim Schlachten!

Da zwingen dich die Auflagen alleine schon in den Konkurs. Wenn du mehr Rinder als ein bis zwei schlachten willst, musst du einen Schlachthof bauen, der alle Stücke spielt.

Von irgendwelchen Gesundheitsvorschriften aus Brüssel ganz zu schweigen. Nein, sowas tut er sich nicht mehr an. Vielleicht gibst du dann das eine oder andere Schnitzel noch in der Verwandtschaft weiter, dann ist schon wieder die Schattenwirtschaft das Thema Nummer 1.

Da schließen dir die Behörden die Hütte, so schnell kann das Zwergrind nicht einmal Muh sagen.

Und dann kommt vielleicht noch so eine Methansteuer, weil diese widerlichen Wiederkäuer ja leider atmen müssen - nein, danke! Es wird wohl bei den Eiern und den Hühnern bleiben. Dabei ist auch völlig egal, wer von beiden früher da war. Das wird sich ohnehin nicht mehr ergründen lassen.

Aber falls doch, sicher von der Klara. Weil die war so schlau, das hat den Heinrich wirklich beeindruckt. Die will entweder Rechtswissenschaften oder Journalismus studieren. Heinrich denkt, dass sie eher für den Journalismus geboren ist, aber freuen würde ihn natürlich schon, wenn ihre Wahl auf JUS fällt, weil mit dem Recht und Unrecht ist der Heinrich ohnehin so auf Kriegsfuß, da würde es guttun, einen fachkundigen Partner an seiner Seite zu wissen.

10. Flüchtlingsproblematik

Apropos fachkundiger Partner. Den Fernbeißer Schorsch sollte er auch wieder einmal besuchen, weil mit dem hat er immer über politische Themen fachsimpeln können, und das wäre angesichts der aktuellen Lage auch wieder einmal an der Zeit.

Der Flüchtlingsstrom bleibt nicht aus und damit verbunden hätte die FPÖ ohne Ibiza beinahe an der Absoluten gekratzt, und wenn alles so weitergeht dann trotzdem.

Den Schorsch besuche ich jetzt, hat er sich gedacht und ist gleich zu ihm gegangen. Ein Gedanke, dem die Umsetzung quasi auf dem Fuß folgte. Er musste nur kurz läuten und schon stand der politbewanderte Nachbar in der Tür.

»Hallo Heinrich, was brauchst du?«

»Ach ich brauch nichts. Ich hab nur gedacht, wir könnten uns über politische Dinge unterhalten. Einfach so!«

»Na sicher! Komm rein.«

Der Schorsch hat sich sichtlich gefreut und ihn sofort hereingebeten. Ein gastfreundlicher Typ ist der überhaupt gewesen.

»Magst du einen Tee? Hab' gerade einen gemacht.«

»Gerne«, hat der Heinrich geantwortet und hat sich die Schuhe ausgezogen. Der Kulturheidelbeerenzüchter hat ihn ins Wohnzimmer geleitet und sich dann auf dem Absatz umgedreht, um den Tee zu holen.

Irgendwie hat man ihm doch angesehen, dass er schwul ist, hat sich der Heinrich gedacht. Aber dennoch hat er sich bei ihm immer wohl gefühlt. Es war eine gute Nachbarschaft zwischen den beiden, obwohl sich seine Eltern mit den alten

Fernbeißern nicht so gut verstanden hatten. Naja - manches wird mit der neuen Generation eben auch besser.

Aber vieles ist nicht besser geworden, das muss die jetzige schon auch einsehen. Die Menschen hatten nie viel gelernt durch Probleme und die Kriege der Vergangenheit.

Und die Deutschen hatten damals auch nicht viel vom Dreißigjährigen Krieg gelernt, als sie den Braunauer zum Chef gemacht haben.

Die Menschheit ist ohnehin mit einer sehr flachen Lernkurve ausgestattet. Damals haben die Christen im Namen des Kreuzes die Ungläubigen mit dem Schwert bekehrt, und heute regen wir uns über den IS auf, der im Namen des Islam anderen die Köpfe abschneidet.

Irgendwie leben wir in der Wiederholungsschleife. Damals haben die Andersgläubigen den Christen keine Cruise-Missile zum Frühstück schicken können. Da ist heute technisch alles möglich. Der Schorsch hat immer gesagt, dass alle zuschauen und irgendwann greift dann der Ami ein und entsorgt in der IS-Hochburg seine alten Marschflugkörper.

Es konnten auch nicht immer die Amerikaner sein, und so hat sich der Franzose einmal dazu bereit erklärt - allen wirtschaftlichen Verbindungen zum Trotz - dem IS einen Besuch abzustatten. Da haben sich dann noch andere Länder dazugesellt, und siehe da - die mit den schwarzen Fahnen hatten bei ihnen unten auf einmal alle Hände voll zu tun.

Der Heinrich hat immer versucht, beide Seiten irgendwie zu verstehen, weil er wollte nicht glauben, dass nur eine Partei in einem Konflikt die böse ist. Das ist zwar für den linken Heinrich aus der gemäßigt rechten Mitte sehr löblich, aber hier scheint es schon recht eindeutig zu sein.

Der Schorsch war da eher pro westlich eingestellt.

»*Die Wilden müssen weg*«, skizziert seine Stimmung nicht sehr präzise aber trotzdem übersichtlich.

In Paris ist wahrlich genug passiert, und da hat es ausschließlich Zivilisten erwischt, die mit dem Ganzen aber schon überhaupt nichts am Hut hatten. Die können doch nichts dafür, dass sie in Frankreich auf die Welt gekommen sind und nicht in Syrien oder in Afghanistan!

Das hat der Heinrich übrigens genauso gesehen. Da gingen die beiden d'accord. Aber was er nicht verstehen konnte war, als der IS zwei Chinesen den Garaus gemacht hatte. Nichts hat sich gerührt in der Welt und in China auch nicht. Gut - das sind auch genug Menschen dort, aber da geht es ums Prinzip. Einfach so die Leute vor laufender Kamera zu lynchen, geht ja wirklich nicht. Das Ganze flimmert vielleicht dann bei dir zu Hause zum Nachmittagstee über deinen Plasma - also ehrlich, das ist geschmacklos. Da darf es kein Pardon geben, wo Sanktionen ihren Platz haben müssen.

»*Aber wir haben Ihnen ja Raum gegeben. Für Moscheen, für Clubs, für muslimische Vereine und so weiter und sofort. Jetzt wundern wir uns, dass der Muezzin nicht nur vom Türmchen schreit, sondern auch unsere verlorenen Seelen zu einem aggressiv ausgelegten Islam bekehrt?*« Damit hat der Schorsch den Punkt getroffen, war sich der Heinrich sicher.

»*Tja, wir haben ja auch noch einige Buße zu tun, nach 1945*«, hat sich Heinrich um eine Erklärung bemüht.

»*Ja, aber irgendwann ist genug. Wir können die Millionen von ermordeten Menschen nicht mehr zurückholen und unsere Generation hat das auch nicht verbrochen! Und die davor auch nicht. Wir haben nichts damit zu tun.*«

Das ist wohl wahr, aber politisch ist die Angelegenheit nicht ganz so einfach beiseite zu schaffen.

Wehe, wenn man an dem rechten Rand auch nur anstreift! Da ist Feuer am Dach.

Wiederbetätigung und eine Verbreitung von national-sozialistischem Gedankengut sind keine Kavaliersdelikte. Wenn du dir in deine schwarzen Schuhe weiße Schuhbänder einfädelst, entlassen Sie den Fritzl vorzeitig aus seiner Zelle, damit du einen Platz bekommst.

Das war wieder so ein Punkt, der dem Heinrich den Tag vermiesen konnte. Da wird nicht nur mit zweierlei Maß gemessen, sondern gleich mit mehrerlei! Wir haben jetzt 2020, und wenn du beim Friseur eine Kurzhaarfrisur bestellst, musst du Angst haben, als Neonazi beschimpft zu werden.

Und noch ärger: Wenn der Figaro den Rasierer zu kurz eingestellt hat, wirst du gleich als Blau-Wähler abgestempelt. Da hat der Schorsch recht, irgendwann ist genug.

Es sind mehr als siebzig Jahre vergangen, und wir sollten nichts davon vergessen, aber reflektieren und dazulernen. Das reicht dann auch zur Güte! Begegnen wir den Mitmenschen mit Respekt und Achtung und nicht mit Abwertung und Ausgrenzung.

»Stellen wir auch einen Zaun auf, damit die Syrer woanders hingehen?« Der Heinrich wollte jetzt wissen, wie Schorsch zu diesem durchaus brisanten Thema steht.

»Ich glaube nicht! Es wird einen Korridor geben, bei denen da unten, und dann werden die - früher oder später - nur noch in homöopathischen Dosen zu uns kommen. Die Schlauchboote werden denen ja auch irgendwann ausgehen.«

Damit war das Thema auch gegessen, weil vom Hin- und Herflüchten durch die diversen Länder, hatte auch der Heinrich schon genug. Den Syrern muss im eigenen Land geholfen werden, und wenn wir das Loch der Hypo stopfen können, so wird dieses Problem ein leichtes und darf vor allem, für die EU, kein finanzielles werden.

Falls es dazu jemals eine geeinigte Europäische Union geben wird, was durchaus angezweifelt werden darf...

»Das ist sowieso nur noch ein Europäisches Unikum, da sind sich ganz viele in ganz vielen Dingen uneinig. Das sollte schon längst anders sein«, hat der Schorsch gemeint.

»Jetzt gibt es uns als gemeinsames Bündnis seit 1993 und noch immer ziehen die einzelnen Staaten nicht an einem einzigen Strang. Alle zupfen nur an irgendwelchen Fäden herum. Und sowas reißt die Marionette Europäische Union hin und her und bringt sie ins Wanken.« Mit seiner bildhaften Sprache hat er dem Heinrich echt imponiert!

»Da sollte man denen in Brüssel einmal ordentlich die Meinung geigen!«

Der Fernbeißer lachte.

»Du kannst ihnen ja ein Liedchen auf der Ukulele vortragen!«

»Auch keine schlechte Idee. Warst du schon mal dort?«

»Beim Eu-Parlament? Nö! Was soll ich dort? Glaubst du, dass ein paar aufgebrachte Narren in steirischer Tracht diesen hochgezüchteten Apparat, voll mit ausrangierten Landespolitikern, auf den richtigen Weg bringen könnten?«

Leider hatte der Schorsch recht. Wieder einmal. Der hat super analysieren können und zu jedem Thema eine Meinung gehabt. Der wäre etwas gewesen für die Politik.

Heinrich trank seinen Tee aus und sinnierte vor sich hin.

»Was sagst du eigentlich zur Wahl des Bundespräsidenten, Schorsch?« Da lehnte sich sein Nachbar in dem alten Fauteuil zurück, nippte an seiner Teetasse und meint nur lapidar:

»Mir wäre es auch recht gewesen, hätten wir den DJ Ötzi oder den Stronach gewählt!«

Na, ganz so egal war das dem Heinrich nicht, weil der Präsident muss uns schon auch repräsentieren im Ausland und da war er sich bei Stronach nicht ganz sicher. Mit der Todesstrafe rennt er jetzt in Paris wahrscheinlich offene Türen ein, aber überall sonst in Europa würden sich die Menschen hauptsächlich wundern über unseren Wirtschaftsflüchtling aus Kanada.

Weil der ist ja von der Wirtschaft in die Politik geflüchtet und vorher von der Steiermark nach Kanada. Der DJ Ötzi ist rein sprachlich ein Rohrkrepierer, denn wenn dich schon die eigenen Leute nicht verstehen, so wird das wohl auf der Weltbühne auch um nichts leichter werden.

Wobei - Englisch hat er draufgehabt, wie man des Öfteren seinen geistreichen Musikoffenbarungen entnehmen konnte. "Heeeyyh Baaaby, uh ah ...!" Also, immer noch besser als der Lugner, musste Heinrich schmunzeln.

Und der Lugner hat jetzt nach dem Spatzi-, Katzi-, Bambi- und Goldfisch-Debakel vielleicht auch einmal Zeit für sich, ganz ohne zwanghafte TV-Präsenz, die die Augen und Ohren des Publikums wohlwollend zur Kenntnis nehmen.

Da muss er nicht gleich auch noch ein ganzes Land regieren, wenn er schon seinen Privat-Zoo nie im Griff gehabt hat.

11. Reinlichkeit

Egal, jetzt war es an der Zeit zu gehen. Heinrich ist aufgestanden, hat sich verabschiedet, und weg war er. Lange Verabschiedungszeremonien hat er ohnehin nicht leiden können. Begrüßungen übrigens auch nicht. Diesbezüglich ist er kein Einzelfall gewesen. Das ist vielen so ergangen, weil wenn du zu einem Fest kommst, bist du wahrscheinlich auch lieber unter den Ersten. Da müssen dann die nachkommenden Gäste dich begrüßen und nicht umgekehrt, was natürlich ein halbwegs zivilisiertes Benehmen voraussetzt.

Heinrich ist eigentlich ein ganz höflicher Zeitgenosse gewesen, aber vom Händeschütteln hat er zum Beispiel überhaupt nichts gehalten. Auf so manchem Schweißhändchen ist ja auch wahrlich ein Sammelsurium an Bakterien beheimatet.

Den kleinen Kindern wird immer vorgesagt:

»Beim Niesen - Hand vorhalten, du kleine Rotznase!«

Komplett falsch! Da sind dann die ganzen Bazillen auf der Handfläche und wenn der kleine Rudi dann auch noch ein höfliches Kind ist, reicht er die munter in der Runde weiter. Eklig, oder? Und im besten Fall ist der Rudi gerade zuvor mit einem *»Spritzgacki«* auf dem Lokus gesessen. Gustig, hat sich da der Heinrich gedacht.

Niesen tut man ins angezogene *»Flügerl«*, um korrekt zu bleiben. Mit der Hygiene haben es die wenigsten leider richtig ernst genommen. Doch die ist das Um und Auf, war er sich sicher. Jeder Mensch sollte sich zumindest einmal am Tag gründlich waschen, die Hände noch um einige Male öfter. Und vor allem in den sonnigeren Monaten ist Duschen auch kein

Fehler, wenn du dich nicht damit begnügen willst, der herben Eigennote mit einem Eau de Parfum entgegenzuwirken.

Gerade im Lagerhaus waren ein paar »*Gustospatzerln*« unterwegs, wie man so schön sagt. Wenn einer an dir vorbeigeht, der sein schweißnasses T-Shirt schon den vierten Tag trägt, packst du das Wurstbrot gedanklich schon wieder ein. In einer solchen Situation liegt dann ein stechender Geruch in der Luft, und da ist für dich gleich einmal Gründonnerstag, wenn du in eine solche Wolke eintauchst. Der Heinrich hat auch eine empfindliche Nase gehabt, muss man sagen. Der hätte beim Gottschalk wettschnüffeln können, wenn die die Sendung noch nicht abgesetzt hätten.

Also, wenn einer in der Ressavarstraße im Wett-Café gefurzt hat, hat der Heinrich das locker bis in die Kirchenbeitragsstelle in der Michaeligasse riechen können. Ich weiß ja nicht, wie gut du dich in Hartberg auskennst, aber das ist schon ein breiter Weg gewesen. Da darf man sich nicht einfach zu einem befreienden »*Buhtscherl*« hinreißen lassen, solange der Heinrich im Ort ist. Zur Sicherheit sollte man hierzu auf einen stärkeren Südföhn warten, wenn Zurückhaltung keine momentan taugliche Option ist.

Die Traude hat dieses Thema damals nicht so ernst genommen. Die hat schon mal einen aus dem Beinkleid entwischen lassen, damit ihr danach wohler war. Da musste sich der Heinrich daran gewöhnen, und das war kein Leichtes bei dem, was die Traude so alles schnabuliert hat. An manchen Tagen hätte das Bundesheer den ABC-Alarm ausgerufen. Man sagt ja oft, dass es die leisen sind, aber bei Traudes lauten Lüftchen hat es dir auch manchmal die grüne Farbe ins Gesicht getrieben.

Vielleicht ist der Sepp deshalb so oft länger in der Kaserne geblieben. Sonst nahm sie das mit der Reinlichkeit übrigens ebenfalls nicht so eng.

Naja - am Bauernhof greifst du ja überall schnell einmal in den Dreck, und da kannst du nicht gleich wegen jedem Staubkorn in die chemische Reinigung. Man sagt ja auch, dass der Schmutz auf dem Land - also dieser natürliche Dreck - ja richtig gesund sein soll.

Überleg mal, da gibt es Städter, die kommen nur wegen dem Dung aufs Land. Der Heinrich hat sich bei so was an den Kopf gegriffen, dabei gilt diese Art der Regeneration der Atemwege als durchaus beliebt unter den Grünwählern.

Die Generation der Mütter, die immer gleich alles abgewischt und den Lulli hundert Mal am Tag abgeleckt haben, ist abgelöst worden. Heute sagen die nichts mehr, wenn der kleine Karli in der Sandkiste den Quarzsand kiloweise in sich hineinstopft. Gerade dass die nicht noch applaudieren dazu.

Und wenn die Mimi genüsslich die Erde vom Philodendron verschlingt, wird nur ein frohes »*Schau, sie nascht an der Naturschokolade unserer Mutter Erde*« gespendet. Sind die noch richtig, oder was?, hat sich der Heinrich nur so gewundert.

Das sind aber auch dann genau die, die peinlich berührt sind, wenn einer vom »*Natursekt*« spricht.

Der Ferdinand, zum Beispiel. Das ist geradezu sein Lieblingswort gewesen. Gut - der war ja außer im Swingerclub nirgendwo anders. Da gewöhnst du dir natürlich auch einen ganz eigenen Jargon an. Er hat dem Heinrich auch manchmal von den Typen erzählt, die er dort kennengelernt hat. Na, Prost Mahlzeit, kann ich nur sagen. Dort kannst du nur die Spira vorbeischicken, und selbst die wäre rot geworden.

Weil solche Alltagsgeschichten hat die noch nicht gedreht, dagegen war die Donauinsel das reinste Baptistenkloster, das sage ich dir. Dort ist es vielleicht zugegangen, und das auch noch auf dem Land.

Obwohl es hier ja noch wichtiger bezüglich Reinlichkeit gewesen wäre, hat sich der Heinrich gedacht, aber so pingelig sind die Swinger wohl auch nicht gewesen.

Das wäre nichts für den Heinrich. Mit seinem geradezu antiquierten Saubermann-Image brauchst du dich dort gar nicht blicken zu lassen. Wenn du da einer bist, der sich zweimal am Tag wäscht, bist du unten durch!

Geradezu geächtet wirst du, wenn du ein Deo aufträgst, hat der Heinrich vermutet.

Vielleicht, wenn du den Deo-Stick ausgepackt hättest, aber ....das willst du dir gar nicht ausdenken - ein Kopfkino, in dem du ganz sicher kein Popcorn gebraucht hättest!

Die sind ja teilweise so kreativ gewesen, die Swinger. Nur, hätten die ihre Kreativität nicht anders ausleben können? Vielleicht wäre Malen und Singen nicht in einer ganz so schmuddeligen Ecke angesiedelt gewesen!

Naja, jedem das Seine! Der Ferdinand hat es ja auch gebraucht; wer weiß, was der für ein Typ geworden wäre, wenn es diese Möglichkeit nicht gegeben hätte?

12. Rotlichtmilieu

Jetzt, wo er auf dem Weg nach Hause gewesen ist, hat er darüber nachgedacht, was wohl in diesen Leuten vorgeht, dass sie sowas machen. Und warum gibt es eigentlich Bordelle?

Der Heinrich ist jetzt nicht einer gewesen, der sexuell ausgelastet war, die letzten Jahre, aber trotzdem stellt sich genau er solche Fragen. Dieses Gewerbe hat ihn nie interessiert. Zeitschriften ja, aber das Ganze dann echt erleben, eher nein. Natürlich war er dazu ein wenig zu schüchtern, und vom »*Heinrichkeitsfimmel*« her wäre da nichts gegangen. Aber wenn der nicht gewesen wäre - auch nicht.

Er hat sich da zu viel in die Frauen hineingedacht, und da ist es dann auch schnell aus mit der Romantik. Dort zieht sich keine vor dir aus, weil sie das möchte, sondern rein des Geldes wegen. Da genießt keine Frau deine Berührungen, sondern hofft nur, dass du die nächste halbe Stunde angekratzt hast oder vor der ersten schon eingeschlafen bist. Da ist keine was neugierig auf den berühmten Piccolo. Die trinken den nur, weil diese Tussibrause schön was kostet und sie bei der Gesamtrechnung mitschneiden. Im Rotlichtmilieu brauchst du dich keinen Illusionen hinzugeben, da regieren die Kohle und der Zuhälter und dann auch noch der Pate, weil den gibt es in der Szene überall.

Was ist der Pate eigentlich, hat sich der Heinrich gedacht? Diesbezüglich hat der Hartberger eher nur die weibliche Form davon gekannt, wenn einer das Zeitliche gesegnet hat und so.

Also jeder, der einen Fernseher zu Hause hat, kann das leicht erklären. Ein Pate ist einer, der seine Schäfchen beieinander hält und schaut, dass es ihnen gut geht. Das alles halt mehr im kriminellen Sinne. Der war schon fürsorglich, aber wenn was nicht gepasst hat, war eine gesunde Watschen das Geringste, was er verteilt hat - also eher verteilen ließ! Weil selbst hat sich so einer nicht die Hände schmutzig gemacht. Der hat persönlich niemanden eingemauert oder mit einer massiven Eisenkette in die Wolga geworfen. Für solche Tätigkeiten hat jede Organisation ihre Leute gehabt. Das waren dann die für das Grobe, weil das musst du auch können.

Der Rigoletti hat ja den Schalldämpfer-Joe gehabt und der Vasily sicher auch so einen muskelbepackten Rohling. Bei denen darf es keine Skrupel geben, weil sonst bist du der Nächste, der einen Tauchkurs in Zementschuhen belegen muss. Der Heinrich hat zum Glück nur einmal wirklich mit Kriminellen zu tun gehabt, aber das hat gereicht. Wer weiß schon, ob der, der da beim Bäcker neben dir steht, nicht vor kurzem erst seinen Nachbarn stückweise entsorgt hat?

Heute kommt das beinahe an jeder Ecke vor, und Stiwoll ist auch nicht weit weg von Hartberg. Bei der Eislady haben sich die Menschen jahrelang ihr köstliches Stracciatella in die Tüte geben lassen. Und, hat irgendjemand gedacht, dass die in der Mittagspause ihre Verflossenen im Keller verarbeitet? Nein - in Menschen kannst du nicht hineinschauen. In Paten schon gar nicht. Im Film sind das ja immer Italiener, aber die gibt es bei den Russen auch und sicher genauso in Aserbaidschan und in Venezuela. Die sind schon sehr geschäftstüchtig, weil die müssen wissen, welche Frauen Geld bringen und welche dann besser nur zusammenräumen, und mit Waffen und Drogen sollten sie sich auch noch auskennen. Sicher gibt es da für jeden Zweig Spezialisten, nur hofft so ein Pate natürlich schon, dass du als Drogenkurier auch einmal einem mit dem Schlagring die Visage aufpolieren kannst.

Also sind Doppelberufe in diesem Metier durchaus gefragt. Auch Zuhälter und Killer kann eine beliebte Kombi sein. Glaubst du, dass du das drauf hast, kannst du dich in den einschlägigen Lokalen bewerben, da bin ich mir sicher. Der Heinrich hat ja die Filme mit Marlon Brando nicht gesehen, weil der kann ja nicht zweieinhalb Stunden vor dem Red Zac-Schaufenster stehen, aber er hat sich die vom Pauli im Lagerhaus schildern lassen. Der Pauli mit dem Vorhang vom Müller, weißt eh! Der hat diese Mafia-Streifen geliebt und dem Heinrich immer eine detaillierte Nacherzählung geliefert. Da hat es immer Killer gegeben und andere, die eine Bank ausgeraubt haben, und immer Drogen und Prostituierte und und. Das ganze Programm haben die drauf gehabt und die im wirklichen Leben sicher auch.

Die Mexikaner und die Kolumbianer sollen da ja auch ganz gut drauf sein, wie man so den Zeitungen entnimmt. Da hat sich einer einen 1,5 Kilometer langen Tunnel aus dem Gefängnis gegraben. Also ehrlich, mit dem Löffel? Oder hat er sich ein Bohrfahrzeug in die Zelle schmuggeln lassen? Egal, es ist in jedem Fall unwahrscheinlich, dass er das alleine gegraben hat. Da haben sicher bestochene Wärter mitgeschaufelt, keine Frage. Das ist ja ganz einfach, weil wenn du als Wärter so aufrichtig bist und kein Geld nimmst, wirst du halt damit unter Druck gesetzt, dass man sich deine Familie zur Brust nimmt. Dann bist du der Erste, der die Schaufel in der Hand hat. Bei diesen Gedanken war der Heinrich froh, dass er in Hartberg mit besagten Dingen nicht in Berührung gekommen ist.

Der Mehmet übrigens schon. Bei dem haben sie es mit Schutzgeld probiert, aber der hat ihnen nichts gegeben. Der ist ja da eher so ein jähzorniger Türke gewesen, der hat gleich zum Küchenmesser gegriffen. Die Erpresser waren aber in dieser Sache durchaus kulant, weil die haben ihm nicht gleich die ganze Einrichtung kurz und klein geschlagen, sondern nur einmal die Reifen aufgestochen. Mit so einem dezenten Kollateralschaden muss man schon zufrieden sein, wenn man mit diesen Typen zu tun hat. Das kann auch ins Auge gehen. Zum Glück leben sie jetzt in keiner Mafia-Hochburg, weil die haben sich mehr um die Großstädte gekümmert.

Hartberg ist jetzt auch nicht Palermo, wenn du verstehst. Dort ist es anders zugegangen. Da beißen schon mal Ermittler oder Staatsanwälte ins Gras, oder es verschwinden ganze Familien spurlos. Da lobt er sich seine geliebte Steiermark. In Hartberg ist maximal am Sonntag die Krone aus dem Zeitungssackerl gestohlen worden, aber sonst ist bei ihnen beinahe nichts Kriminelles geschehen. Da hat es nichts gegeben, und die Kapperlträger haben eventuell mal einen Falschparker verwarnt oder den besoffenen Wernitznig Bertl in die Schranken gewiesen, wenn er es nach einem Kasten Bier mal wieder mit der Lautstärke übertrieben hat. Sonst hätte man getrost auf den Polizeiposten verzichten können. Aber wie wir jetzt wissen, geht das ja auch wieder nicht, weil erstens wohin mit den »Gschmierten«, und zweitens borgt sich Wien manchmal die Sheriffs aus den Bundesländern aus, wenn es dort für eine linke Demo zum Beispiel zu wenige »Kieberer« gibt. Das hat der Heinrich für gut befunden, weil er sowieso für Ressourcenteilung gewesen ist. Man kann sich auch einmal etwas ausborgen, von dem man selbst zuwenig hat.

13. Ausborgen & Verleihen

Apropos ausborgen. Da hat der Heinrich jetzt gedanklich schon wieder einen Gichtanfall bekommen, während er Richtung Klara unterwegs war. Weil der hat das eigentlich gar nicht wollen mit dem Her- und Ausborgen, wenn es um seine Sachen gegangen ist. Vor ein paar Jahren hat er einem Bekannten einmal die Hilti vom Sepp geborgt und bis heute hat er die nicht mehr gesehen. In diesem Fall war das ja nicht so schlimm, weil er ja ohnehin nicht viel anzufangen gewusst hat mit dem Ding. Mit dem hätte er sich bestenfalls selbst eine maximal-invasive Kniearthroskopie verpassen können!

Ein besonders gutes Beispiel ist die CD. Wenn du eine gehabt hast, die sich einer ausgeborgt hat, dann siehst du die im Regelfall nie wieder. Die geht irgendwann automatisch in den Besitz dieser unordentlichen »*Schrumpfbirn*« über, die sich diese ausgeliehen hat. So wie die Hilti.

Wegen der hat er ein paarmal nachgefragt und irgendwann dreht dann der Ausleihende den Spieß um und sagt dir, dass er die schon vor Jahren zurückgegeben hat. Meist bist du dann auch noch unsicher, ob du die irgendwo selbst verlegt hast, aber der Heinrich war da penibel. Der hat alles immer an den richtigen Platz gelegt, und der Hilti-Platz ist schon so lange leer gewesen, da hat sich schon eine wirklich unschöne Staubschicht draufgelegt. Der hat genau gewusst, dass derjenige die Bohrmaschine noch haben musste, aber er kann ja keine Hausdurchsuchung veranlassen.

Das war eine solche Unart, und die hat es, wie er sich erinnerte, ja schon in der Schule gegeben. Der Nikolaus hat sich auch manchmal einen Buntstift vom Heinrich ausgeborgt, weil seine waren immer schön gespitzt. Wenn er sie denn überhaupt wieder zurückbekommen hat, dann stumpf oder abgebrochen und hintenrum angebissen.

Eine unglaubliche Frechheit, weil ausborgte Dinge behandelt man pfleglich und gibt sie so schnell wie möglich wieder retour.

Der Heinrich hat sich einmal eine Stromzange vom Ferdinand ausgeliehen, weil sowas braucht man doch nur alle heiligen Zeiten und deshalb hat er diese nicht selbst besessen. Aber er hat sie nach der Messung sofort wieder zum Ferdinand gebracht und nicht gewartet, bis der sich die abholen kommt. Warum machen das nicht alle Menschen so?

Tja, Heinrich, die Welt ist von perfekt eben doch ein ganzes Stück entfernt, und die Leute müssten hart daran arbeiten, dass sie irgendwann näher heranrücken kann.

Arbeit und Mensch sind außerdem grundsätzlich zwei inkompatible Nomina, was wiederum zu der Frage führen müsste, warum sich überhaupt so viele ein Werkzeug ausleihen.

Im Grunde bringen sich die meisten ohnehin fast um damit. Weil der Mensch von Grund auf derart faul, träge und egoistisch ist und sich das nur in den seltensten Fällen auch noch eingestehen kann. Diese Erkenntnis hilft uns jetzt zwar auch nicht zwangsläufig dorthin, wo es hinführen müsste, um einen Lösungsansatz zu finden, aber was raus muss, muss raus! Herrschaftszeiten!

Jeder sollte einfach seinen Teil dazu beitragen, sich in der Gesellschaft besser zu verhalten, dann könnte es auch wieder bergauf gehen. Denken wir weniger an uns, sondern hin und wieder auch an andere!

Klara war in diesen Belangen, als bestes Beispiel schlechthin, geradezu eine Vorzeigebürgerin.

Heinrich öffnete zu Hause die Türe, und sie begrüßte ihn sogleich. Wenigstens sie war so, wie er seine Mitmenschen gerne gehabt hätte. Nett, zuvorkommend und mit einem Auftreten, mit dem man sich überall hat blicken lassen können.

»Wie war dein Tag bis jetzt«, fragte sie ihn, während sie in der Küche emsig veganes Schnitzelfleisch klopfte.

»Es geht so. Beim Müller hat sich auch nicht viel verändert.« »Was soll sich schon groß verändern, wir haben es ja auch nicht so mit Veränderung?«

»Du schon. Du bist immerhin zu mir gezogen«, sagte Heinrich. »Stimmt. Ich habe übrigens Neuigkeiten.«

»Welche?«

Er war echt einer der Neugierigsten, wenn sie schon so geheimnisvoll getan hat.

»Ich habe mir die Tieranzeigen durchgeschaut. Wir sollten uns einen Hund nehmen, der auch auf den Hof aufpassen kann.«

Dem Heinrich ist jetzt die Kinnlade bis zum Lärchenparkett hinuntergefallen, weil genau dieses Thema hat er irgendwann befürchtet. Und irgendwann war jetzt.

»Schauen wir mal!« Er hatte vor, eine unsichtbare Barriere zwischen sich und Klaras Idee zu errichten. Vielleicht ließe sich das Vorhaben doch noch ein wenig aufschieben.

»Ich habe schon bei zwei Nummern angefragt, und morgen können wir uns den ersten Hund schon ansehen!«

So schnell ist die Barriere durchbrochen! Niemand auf dieser Welt kann das besser als zielstrebige Frauen.

Na, da kommt Freude auf, weil erstens wusste er wenig mit so einem Vierbeiner anzufangen, und zweitens krempelte Klara gerade sein Leben in einer Art und Weise um, die ihm doch ein gewisses Unbehagen bereitete.

Er machte keine Luftsprünge in Bezug auf den morgigen Tag, aber vielleicht hatte Klara recht. Ein Hof ohne Hund ist geradezu wie ein Schnitzel ohne Pommes.

Schauen wir, was der Tag bringt, hat sich der Heinrich, esoterisch inspiriert, aus dem Fenster gelehnt, während er sich am Esszimmertisch sitzend der Tageszeitung annahm.

Zeitung liest ja auch niemand mehr, übrigens. Nur noch am Handy die News und den ganzen Klatsch und Tratsch und vielleicht »Die Bild« aus unserem geliebten Nachbarland.

Aber dass sich einer einmal ein paar Minuten Zeit nehmen würde, um in einer informativen Zeitung zu blättern, das war einmal. Damals hat es ja die »Täglich alles« gegeben, was ja mehr so ein Revolverblatt zum Butterbrot-Einpacken gewesen ist, aber der Heinrich hat die auch geliebt. Es war die Zeitung mit dem Motto: Schund in bunt!

Jetzt war die Krone halt, vom Format her, seine bevorzugte Wahl, und im Inneren hat es ohnehin wenige Unterschiede gegeben, weil was passiert ist, ist passiert, und was nicht passiert ist, können die auch nur schwer erfinden. Da wurde bloß hin und wieder etwas »dazu erfunden«!

Die Titelseite genügte nun einmal wieder, um gleich zum nächsten Thema zu kommen, das den Heinrich sauer aufstoßen ließ:

»E-Zigarette noch schädlicher als normale Tschick - kein schöner Rauch in dieser Zeit!«

14. Rauchen

Weil er hat diese Raucher sowieso nie verstanden. Zuerst ist der Werbecowboy von Marlboro mit einer Tschick gefilmt und danach vom Krebs dahingerafft worden und dann die Franzosen auf der Verbrecherjagd. In jedem französischen Film hat zumindest der Kommissar an so einem Glimmstängel herumgesaugt. Damals hat sich eigentlich noch niemand groß Gedanken drüber gemacht. Erst als die Studien zum Passivrauchen immer aufdringlicher geworden sind, hat ein Umdenken stattgefunden.

Zuerst das Einstellen der Werbung und dann die grässlichen Bilder auf den Verpackungen. Dabei haben sich die Kinder mehr geschreckt als der rauchende Papa, wenn sie die Zigarettenschachteln am Küchenkasterl gesehen haben. Da war der Heinrich ja richtig froh, dass er nur hier und da etwas davon beim Red Zac gesehen hat, weil mit einem eigenen TV hätte ihm im Wohnzimmer der Qualm schon die Netzhaut verätzt, so viele Kippen waren da zu sehen.

Wenn man ehrlich überlegt, gibt es für das Rauchen auch keinen Grund, weil außer dass uns das Nikotin scheinbar beruhigt und noch dazu auch abhängig macht, haben wir uns damit selber ins Babyalter zurückversetzt. Dauernd etwas in den Mund nehmen zu müssen, ist ja spätestens dann überhaupt nicht mehr notwendig, wenn man das zweite Lebensalter überschritten hat. Sollen sie doch einen Schnuller nehmen, hat sich der Heinrich gedacht. Da fällt die passive Gefahr weg und das können die dann auch ruhig während des Essens machen. Haben sie auch noch Glück, werden sie bei älteren Schnullern vom Bisphenol A abhängig, und schon haben alle etwas davon. Eine Win-Win-Situation quasi! Die Italiener sind ja auch so rauchbegeistert gewesen, aber mit dem drastischen Verbot in der Öffentlichkeit, hat denen der Gesetzgeber ganz schön das Gas abgedreht. Unsere Politiker haben das doch viel sozialer gemacht. Da ist das nicht ganz verboten und auch nicht ganz erlaubt worden. Jeder Wirt hat sein Restaurant in Raucher und Nichtraucher teilen müssen - also Ghettobildung auf österreichisch!

Damit ist ihnen etwas Tolles gelungen: Die Raucher und die Nichtraucher sind gleichermaßen unzufrieden! Ist das nicht herrlich? Das ist, wie wenn du eine Kreuzung mit einer grünen und einer roten Ampel ausstattest und beide zur selben Zeit einschaltest. Die einen dürfen gehen, und für die, die lieber stehen bleiben wollen, ist auch was da.

Der Schorsch hat immer gesagt, dass sich das bei uns durch die ganze Gesetzgebung durchzieht. Dieses »ein bisschen« und das »vielleicht« und das »in etwa«.

Dann haben die Raucher angefangen, nach Alternativen zu suchen und teilweise auf E-Zigarette umgestellt. Das ist, wie wenn du an einer Dampflock ansaugst. Dieses Ding erzeugt einen Qualm, der zwar je nach Geschmacksrichtung besser riecht als eine herkömmliche Zigarette, aber du freust dich natürlich auch nicht, wenn dein Kalbswiener im Steirereck in einer dezenten Erdbeerwolke daherkommt.

Wenn du überhaupt die Chance bekommst, es vor dir auf dem Tisch zu sehen, so eine Rauchentwicklung hat das Gerät gehabt. Umsonst braucht das Ding nicht einmal jährlich einen Rauchfangkehrerbefund, hat der Fernbeißer gern ein Witzchen in diese Richtung abgelassen. Der Sepp hat nie so eine E-Zigarette probiert, war sich der Heinrich sicher.

Aber zu dieser Zeit hat es die vermutlich auch nur in Amerika oder sonstwo gegeben, und ohne Internet bist du hier gleich einmal der Hinterwäldler. Die Neo-Raucher mit ihrer Dampfmaschine haben sich schon so gefreut, dass sie endlich die gefilterte Waldluft auch mit Vanille-, Lakritze- oder Wildlachsgeschmack genießen können. Und jetzt kommen die Gelehrten drauf, dass auch dies durchaus giftig sein kann. Die Essenzen sind nicht einfach unbedenklich, wie angegeben, sondern du ziehst dir damit in hohen Dosen das Propylenglykol hinein. Das ist aber auch gut so, weil der Raucher weiß ja schon, dass er dem Lungenkrebs eines Tages Grüß Gott sagen wird, und da brauchst du nicht zu glauben, dass das elektronisch geraucht anders ausgeht. Wo Rauch rauskommt, da soll auch alles andere mit dabei sein, hat sich der Heinrich gedacht. Der Schorsch hat gemeint, dass der Mensch noch dazu Nickel und Formaldehyd mit diesem elektronischen Tschick aufnimmt, und das hat sich auch nicht gerade gesund angehört.

Und warum glauben die Raucher, sie sollten weiterrauchen dürfen, wo sie wollen? Es war Jahrzehnte egal, ob jemand im Restaurant gequalmt hat oder nicht, und jetzt soll es abgeschafft werden? Wenn du jemandem irgendetwas wegnimmst, ärgert ihn das immer. Egal, ob es etwas Gutes oder etwas Schlechtes ist. Nimmst du dem Fußballer seinen Ball, wird er auszucken, weil ihm die Grundlage zu seiner Lieblingsbeschäftigung fehlt, und wenn du dem Parkinson-patienten sein Schädelreißen nimmst, wird ihm vielleicht auch was fehlen. Ich weiß ja nicht, ob sich der Krebspatient beschwert, wenn man ihm den Tumor herausschneidet, aber über den Blinddarm zum Beispiel regen sich die wenigsten auf.

Da kommst du schon als kleines Kind manchmal in den Genuss, dass dir irgend so ein Nachwuchschirurg den ungeliebten Darmfortsatz entfernt, den die meisten soundso nie vermissen werden. Ein anderes Stück vom Dickdarm kann auch entfernt werden, aber da ist es wieder anders herum: Den gibt selten einer freiwillig her. Da wird sich beschwert, das glaubst du nicht. In einem solchen Fall verabschieden sich ganz schnell sämtliche Ausscheidungen über einen seitlichen Notausgang, und den begrüßt man wiederum gar nicht. Weil wenn es den braucht, ist die Kacke nicht am Dampfen, sondern am Laufen!

Diesbezüglich hält sich das Frohlocken in Grenzen, weil sich da innerhalb der letzten dreißig Jahre, evolutionstechnisch praktisch nichts getan hat und das außenliegende Sackerl bei weitem keine optimale Alternative für den Auspuff ist!

Bei einem Raucher ist es wie bei einem Gefangenen. Beiden nimmt man die Freiheit, hat der Schneider Lange - wie sie zu dem Fritz gesagt haben - gemeint! Der war ein Kettenraucher vor dem Herrn, so wen kriegst du selten zu Gesicht. Der hat kein Feuerzeug gebraucht, weil eine mit der anderen angesteckt, und da ging es um die gleiche Frage wie beim Huhn: War zuerst das Feuer da oder die Zigarette?

Der Fritz war sicher 1 Meter 90 und hat auch nicht viel mehr gewogen als der Heinrich. Also, der hat schon ohne Lungenkrebs schlecht ausgesehen, aber vom Lungenvolumen her war er der reinste Muscheltaucher. Der Dr. Hirzberger hat nur den Kopf geschüttelt, weil der Fritz war eigentlich ein medizinisches Wunder. Bei jeder Untersuchung hat er alle Stückchen gespielt. Da war kein Wert außer der Norm, und da hat so einer natürlich keinen Spaß bezüglich Rauchergesetz verstanden. Der hat zu keiner dieser Studien gepasst, aber er war sicher eine Ausnahme, weil fast allen Rauchern ist es von der Luft her nicht so gut gegangen. Der Schneider hat sowieso geraucht, wo er wollte. Im Lagerhaus genauso wie im Stofflager vom Müller. Es hat sogar Leute gegeben, die sich beim Billa eine angesteckt haben, da ist der Heinrich in Saft gegangen, wenn du verstehst. Weil wo die Kaisersemmeln in der Backbox liegen, da hat der Rauch von einer Zigarette nichts zu suchen. Ich meine, dass da die dreckigen Schmierfinger vom Joschi noch weniger verloren haben, aber bitte. Du kannst nicht auch ein Fingerverbot oder ein Handschuhgebot erlassen, hat der Schorsch gemeint. Ein wenig soll man die Menschheit noch selbstbestimmt leben lassen, auch wenn in unserer Gesellschaft immer weniger dazu fähig waren.

Bezüglich Gastwirtschaft hätte der Heinrich die Wirte bestimmen lassen, ob sie ein Nichtraucher- oder ein Raucherhaus sein wollen. Das wäre sicher eine bessere Lösung, auch wenn die Verfechter für Gesundheit und Disziplin eine absolute Verbannung der rauchenden Gesellschaft fordern.

Ein bisschen gemäßigt wäre wenigstens noch typisch österreichisch, hat sich der Heinrich gedacht, und da ist er nicht so falsch gelegen. Weil mäßig ist in Österreich einiges und mittelmäßig noch dazu.

Mit Drogen im engeren Sinn hat der Heinrich übrigens nie etwas zu tun gehabt. Da ist er durch nichts verleitet worden, etwas einzunehmen, weder das grüne Zeug noch das weiße Pulver. Der Ferdinand hat schon ein wenig mit Drogen und so, aber im Swingerclub gibt es ja ohnehin nichts, was es nicht gibt.

Manchmal hat der komisch große Pupillen gehabt, aber die hat der Herr Pfarrer eigentlich auch, und von der Gerti werden die wohl doch nicht gekommen sein.

Große Augen haben viele gemacht, beim Gerti-Anblick, aber eben nicht nur Pupille. Also ob jetzt sogar der Geistliche mit Drogen und so... na, das wollte er gar nicht so genau wissen. Wenn es denn so wäre, hätte man das sicher von den Tratschgänsen beim Arzt erfahren, hat sich der Heinrich gedacht. Dem wurde bloß wieder etwas angedichtet.

In Hartberg hat es auch eine Gerüchteküche gegeben, da würdest du nur so schauen. Da waren manche schon wegen dem sicheren goldenen Schuss begraben und sind eine Woche später bei einem Anneliese-Kuchen im Café gesessen. Hier brauchst du auf so Geschichten nicht groß was geben, obwohl halt meist schon ein kleiner wahrer Kern darin zu finden ist. Der Ferdi hat manchmal bei einer Übungsstunde so nach Gras gerochen, da hast du gemeint, dass das kolumbianische Drogenkartell in Hartberg Einzug gehalten hat. Dafür war der immer locker drauf, hat sich der Heinrich eh oft gewundert. Nie launisch oder gestresst. So ein Ferdinand war immer die Ruhe in Person. Ein Prinz Valium aus der Steiermark.

Auch wenn das Marihuana vielleicht sogar einige positive Nebenerscheinungen mit sich gebracht hat, verurteilte der Heinrich die Einnahme von Drogen aufs Allerschärfste. Die darf es in unserer Gesellschaft nicht geben. Menschen sollen immer in der Lage sein - auch in schwierigen Situationen - eventuell mit freundschaftlicher Unterstützung, wieder aus dem Sumpf zu kommen. Da dürfen weder Rauch noch Pulver die Oberhand erlangen.

15. Beziehungsdifferenzen

In dieser Sache hat es für den Heinrich nur Schwarz und Weiß gegeben, oder Rot-Schwarz-Grün, wenn das Hauptaugenmerk auf dem Konsum von Drogen im Casino gelegen ist, weil mit verbotenen Substanzen ist ja in der Upper-Class durchaus die Post abgegangen. Seine Klara hat zum Beispiel nie Drogen genommen, auch nicht, als sie die schwierigste Phase ihres Lebens durchmachen musste. Das hat ihr der Heinrich immer hoch angerechnet.

Weil in ihrer Situation mit den Eltern und so, hätte er es auch fast verstanden, wenn sie einmal zu solchen Mitteln gegriffen hätte. Aber eben nur fast.

So lange wollte sich der Heinrich mit Rausch und Gift auch wieder nicht beschäftigen. Warum mit einem Thema aktiv auseinandersetzen, wenn es einen nur maximal passiv betrifft? Bezüglich einer so aufregenden Thematik, hat er seine Nerven nicht unbedingt länger strapazieren wollen.

Anders gestaltete sich die Sache mit dem Hund. Weil dieses Thema hat ihn durchaus sehr aktiv betroffen.

So ein Vierbeiner hätte dem Heinrich zwar durchaus gefallen, und wie ihr sicher noch wisst, hatte er sich vor geraumer Zeit seine Gedanken darüber gemacht, aber gerade jetzt? Ist jetzt wirklich der richtige Zeitpunkt für eine so verantwortungsvolle Entscheidung gewesen?

Ich bin mit den Mitmenschen, der Politik, der Gesetzgebung und mit allen anderen gerade auf Kriegsfuß, und die Gesellschaft kackt dir auch auf den Kopf wo es nur geht, und dann nehme ich mir vielleicht einen Hund, der mir ins Wohnzimmer uriniert?

Das sollte wohl überlegt sein, hat sich der Heinrich gedacht. Natürlich war es schon auch so, dass, wenn sich die Klara was in ihren hübschen Kopf gesetzt hatte, das nur noch schwer herauszubekommen war, und er wollte ihr rein aus Liebe schon nichts abschlagen.

So ein Hund könnte aber auch das andere Geschäft verrichten. Und das dann im Schlafzimmer!

An so etwas wollte er gar nicht denken, weil sonst wäre sein nächster Gedanke in Richtung Kübel gewesen, wo er doch erst so gut gefrühstückt hatte.

An welche Größe hat Klara denn wohl gedacht?

Ein Chiwawa ist zu klein, ein Windhund fliegt mir um die Ohren, ein Border Collie nicht, weil ich nur Schi fahre und diese auf der Piste knienden Boarder überhaupt nicht ausstehen kann, und mit einem Berner Sennenhund hol' ich mir dann vielleicht noch einen Schweizer ins Haus.

Das alles muss noch ordentlich besprochen werden, weil nur weil einer in der Beziehung A sagt, muss der andere nicht automatisch B sagen! Zum Ferdi würde übrigens ein West-Highland gut passen, hat er geschmunzelt.

Aber gerade bei diesem Thema war schon quasi mehr be- als ausgesprochen. Weil Frauen reden gerne viel und lieben die Diskussion, aber wenn etwas in ihren Gedanken fixiert ist, kann man als Mann vielleicht Gegenargumente bringen, sie werden folgend maximal gehört, aber ganz sicher nicht akzeptiert.

Da kommt es zu einer geschlechterspezifischen Grundablehnung all dessen, was sich der eigentlichen Sache in den Weg stellen könnte.

Beim Hund stellt sich nicht mehr die Frage, ob der sinnvoll ist oder wer wann mit ihm Gassi geht. Hier stellt man sich auch nicht mehr etwaigen Einsprüchen oder Allergien, die der andere haben könnte.

»Wenn du eine Allergie gegen Hunde hast, tu was dagegen!«
Diese unwiderstehliche Kompromissbereitschaft freut einen natürlich. So gehört sich das in einer Partnerschaft. Der eine ist Partner, und der andere schafft an!

Eine freie Meinungsäußerung ist vielleicht ein Grundrecht, aber dieses hast du - bist du erst einmal in einer Beziehung- definitiv verwirkt.

Aber zurück zum Wauwau! So ein Hund ist nicht einfach nur eine Sache. Der ist ein Lebewesen wie du und ich.
So einer hat Bedürfnisse, und die muss man dann auch befriedigen können. Jetzt hatten sie schon Schwierigkeiten damit, ihre eigenen Bedürfnisse abzudecken, und dann so was.
So ein Schäfer wäre gut gewesen oder ein Kurzhaarcollie vielleicht, weil die haben zumindest eine vernünftige Größe, wenn es darum geht, dass einer den Hof beschützen soll. Man will ja nicht, dass sich etwaige Einbrecher vor dem Zaun totlachen, wenn sie den Wachhund erblicken.

So ein Vierbeiner muss schon auch etwas darstellen, darüber waren sich die beiden zumindest einig. Über 20kg muss das Vieh schon auf die Waage bringen, damit es dich wenigstens aus Freude umreißt, wenn es schon zu freundlich ist, um zu beißen.

»Einen belgischen Schäfer schauen wir uns morgen an«, hat Klara jetzt so in die leicht aufgeladene Stimmung hinein-avisiert.

»Na schön, dass ich das noch rechtzeitig erfahre. Du hättest damit auch gerne bis nach unserem Belgisch-Kurs warten können!«

»Belgisch gibt es nicht! Die reden Flämisch oder Französisch! Und der Hund hört sowieso auf Handzeichen!«

»Na, da musst du ganz schön mit deinen Händen herumfuchteln, bis der Wuffi das hören kann«, legte Heinrich nach.

Da hat urplötzlich so eine Alte-Ehepaar-Atmosphäre den Raum erfüllt, wenn du weißt, wie ich das meine. Ein bisschen Vertrautheit, gemischt mit einer gehörigen Portion Ego und gratiniert mit einem *»Drüberfahrer«* der Extraklasse. So kann man sich eine langjährige Beziehung nur wünschen.

Ich kann die zwei schon richtig sehen - 2050 vor ihrem Knusperhäuschen. Sie sockenstrickend auf dem Bankerl und ihn, wie er seine präparierten Kekse an die Tauben verfüttert, die uns die Umwelteinflüsse noch gelassen haben.

Der Wauzi würde dann wohl schon vor dem Petrus hecheln. Und nebenbei - um das Thema nicht aus den Augen zu verlieren - ist ja ein belgischer Schäfer auch nicht gerade ein pflegeleichtes Schoßhündchen, weil wenn du den nicht ordentlich abrichtest, beißt der gleich die Hand ab, die ihn füttert.

Diese Rasse wird als Polizeihund eingesetzt und als Drogenspürhund noch dazu. Einerseits ist das natürlich ausgezeichnet, da diese Hunde augenscheinlich intelligente Geschöpfe sind, aber du musst andererseits auch ordentlich Zeit investieren, damit du die im Griff hast.

Und was du ebenfalls nicht außer Acht lassen darfst, ist der Faktor Heinrich.

16. Polizei

Bei Polizei hat es ihm nämlich gleich die Nackenhaare aufgestellt, da hat es den Hund gar nicht erst gebraucht. Sein Autoritätsproblem konnte er ohnehin schwerlich verbergen, aber das Problem mit den Ordnungshütern, im Speziellen, war noch deutlicher ausgeprägt. Mit denen wollte er eigentlich nichts zu tun haben, und dann so einen komischen Polizeihund im Garten? Jedes Mal, wenn der ihn hechelnd begrüßen kommt, muss er dann an einen Strafzettel denken. Da konnte ein harmonisches Zusammenleben zwischen Mensch und Tier nur zum Scheitern verurteilt sein.

Schon der Sepp war nicht gut zu sprechen auf die Polente, weil wenn der irgendwo mit seinem Auto schief gestanden ist, hat der schon ein Mandat gekriegt. Solch ein Zettel hinter dem Scheibenwischer reicht oft aus, um aus einem sonnigen Gemüt einen Berserker zu machen. Vielleicht sollten die Polizisten oder Parkwächter eine Versöhnungsrose dazuklemmen! So ein Blumenschmuck würde die negative Schwingung so eines Stücks Papier vielleicht entschärfen können.

In der jetzigen Zeit sind die Ordnungshüter aber wirklich wichtig, weil mit den ganzen Flüchtlingen und so...

Da beneidet er sie wieder nicht, der Heinrich. Weil die rotten sich in feindlichen Gruppen zusammen und polieren sich gegenseitig die Visagen, und die Uniformierten können dann auch nicht nur zusehen und abwarten. Vielleicht hätten die auch gerne das eine oder andere Mal applaudiert, aber das hatte sich die Gesetzgebung dann doch anders vorgestellt. Da heißt es einschreiten und deeskalieren, bevor letztendlich doch mit dem Wasserwerfer durchgegriffen wird.

Nur mit ihren Blitzgeräten sollen sie sich endlich einmal brausen gehen, hat der Heinrich sich gedacht. Nicht dass er davon betroffen gewesen wäre, weil er ja kein Auto fährt, aber was man so von anderen hört, führen sich die teilweise auf wie der wahrhaftige Charles Bronson.

So ein Auftreten in Westernmanier mit einem Revolverheldengang durch die City hat er überhaupt nicht gemocht. Wenn die so den Überlegenen heraushängen lassen, ist das mehr als ätzend. Und dann vielleicht noch auf einer abschüssigen Freilandstraße in die 70er Zone hineinblitzen!

Da würde denen der Heinrich am liebsten die Laserpistole rektal und überhaupt... Weil dafür gibt es keine Erklärung. Da hätten sie dann mal überprüfen können, wie schnell so ein Lüftchen durch den Darm fegt!

Wenn du die Leute bestrafst, die mit 150 Sachen zwei Meter hinter dir kleben, okay. Denen kannst du, von ihm aus, auch in den Fuß schießen, aber 35 Euro für einen Restachtziger auf dem übersichtlichen Bundesverkehrsweg sind Willkür der übelsten Sorte.

Ganz beliebt sind auch Parkplätze vor einer Kreuzung, wenn du zu dieser nämlich nicht genug Abstand lässt. Um so etwas zu strafen, würde sich der Heinrich eine kugelsichere Weste anziehen, weil wenn dir da ein Lenker im Affekt kommt, bist du ganz schnell ein Nudelsieb.

In anderen Ländern fliegst du gleich auf die eigene Motorhaube, wenn du nicht gut erkennbar deinen Führerschein zückst. Dagegen sind die bei uns wieder recht human. Die erschießen nicht einmal Schwarzafrikaner ohne klar erkennbaren Grund!

Der Ferdinand ist kürzlich erst in Wien gewesen, weil die vom Swingerclub dort einen sogenannten Partnerclub haben, und da machen sie manchmal so einen Austausch-Rambazamba.

Da kannst du nicht mehr einfach so parken, wenn du glaubst, dass du nur einen Parkschein brauchst. Da gibt es Zonen, in denen dürfen nur ausgesuchte Personen stehen bleiben. Verkehrszeichentechnisch sind wir ja echt sehr kreativ. Da gibt es alles. Eine Ladezone, ein »*Halten und Parken verboten*«, ein »*Nur für Behinderte*« und auch ein »*Parken nur für Autos mit Parkpickerl für den jeweiligen Bezirk*«.

Es gibt aber kein Verkehrszeichen »*Nur für Dorfköpfe aus der Steiermark*« zum Beispiel. Weil dann hätte sich der Ferdinand wenigstens irgendwo hinstellen können. Ein »*Nur für Rudelbumser*« hat er auch nicht finden können.

Deshalb hat der Ferdi auch gesagt, dass er dort nie wieder hinfahren wird, weil zuerst brauchst du eine Parkgarage um zwanzig Euro, und die Swingerclub-Hasen wollen dann auch noch die eine oder andere Tussibrause schlürfen. Das kann sich ein Ukulele-Lehrer nicht leisten.

Zu guter Letzt hat es auch noch eine Razzia gegeben. Die »*Gschmierten*« haben angeblich nach Drogen und so gesucht. Der Ferdi hat nur seine zwei oder drei lustigen Zigaretten mitgehabt, und deshalb haben sie ihn nicht weiter beachtet.

In dieser Szene wird nicht zimperlich umgegangen, wenn du glaubst. Wo die Polente eventuell am Tag für einen Bundesrat oder einen Abgeordneten Begleitschutz bietet, wird in der Nacht im Swingerclub vielleicht dieselbe Person durch das Laufhaus geprügelt, weil sie ein paar Gramm vom weißen Zeug dabei hat.

Also, wo ist da dein Freund und Helfer, hat sich der Heinrich gedacht. Freizeit ist Freizeit, und wenn sich solche Leute bei einer Sitzung im Nationalrat schon bis zum Tiefschlaf langweilen müssen, werden sie doch am Abend wenigstens eine Line hochziehen dürfen, oder? Nicht dass du glaubst, er wäre jetzt auf einmal für den freien Drogenkonsum gewesen, aber alles halt mit Maß und Ziel.

Die Uniformierten haben diese Angelegenheit aber anders gesehen, weil die sind nun mitten in der Nacht in voller Montur zum Einsatz gekommen, und da müssen schon ein paar Typen an die Wand rennen, damit sich dieser Aufwand auszahlt. Der eine oder andere bestand auch darauf, seine Gummiwurst zu verwenden, und das kann man dort auch falsch verstehen. Die haben im Swingerclub öfter mal mit Gummiwurst und so, aber der Wachtmeister hat mit der Verwendung seiner dienstlichen eine ganz andere Vorgehensweise im Sinn gehabt, wenn du weißt, was ich damit deutlich machen möchte.

Da ist die Lust am Miteinander in der Sekunde auf dem Tiefpunkt, wenn du mit der eine kassierst. In diesem Fall ist es sicher besser, du gibts das Koks gleich heraus, egal, ob die Menge für den Eigenkonsum gerade ausreicht, oder für eine ganze Kompanie zu viel ist.

Der Ferdinand hat auf jeden Fall gemeint, dass das zu Hause noch nie vorgekommen ist, und da muss ich natürlich klar stellen, dass ein Hartberg auch noch kein Wien ist. Hier ist es halt doch ärger zugegangen. Und als Steirer bist du so eine kriminelle Energie auch nicht gewohnt. Dort haben sie die Gendamerie und die Polizei zusammengelegt, und die machen außer Verkehr regeln kaum noch anderes.

Eventuell dass sie sich einmal auf die A2 stellen und zwischen den ausgedehnten Schlafphasen ein paar deutsche Raser blitzen, aber mehr nicht. Und selbst das erledigen vermutlich schon umgeschulte Postbeamte im Kurzdienst.

Ehrlich gesagt, der Heinrich hat in jungen Jahren auch überlegt, zur Polizei zu gehen. Da ist er jetzt, von der Sympathie her, recht zufrieden mit dem Lagerhaus. Weil einer, der dir zeigt, wo der Hammer hängt, ist dir halt lieber als der, der dich bei einer Kontrolle darauf hinweist, dass man nach sechs weißen Spritzern nicht mehr selbst nach Hause fährt.

Das war ja ohnehin klar, aber er wäre auch zu schmächtig gewesen, das hat dann letztlich den Ausschlag gegeben. Weil wenn einer im Stadion auf dicke Hose macht, kannst du dem nicht mit 60kg entgegentreten. Ein großer und kräftiger Polizist kann halt auch mit seiner Optik einschüchtern, wobei so ein Heinrichpolizist eher sogar provokant rübergekommen wäre. Bei so einem Sitzriesen siehst du dich als Hooligan richtig gezwungen, dem eine zu zelebrieren, wenn du weißt, was ich meine. Das ist, wie wenn du deine Geldbörse im Lokal offen liegen lässt und die Hunderter schauen raus. So etwas nennt man Verleitung zum Kriminaldelikt oder so.

Den Berufswunsch musste er also bald aufgeben, das wurde ihm klar. Gut bezahlt ist der Job obendrein auch nicht. Da musst du dir eh schon jedes Fußballspiel verkehrt herum ansehen und vielleicht um sechs Uhr in der Nacht den Verkehr an einer Kreuzung regeln und das für vielleicht zwei Tausender auf die Kralle? Im Lagerhaus ist das Geld leichter verdient, war er sich sicher. Der Müller hat früher auch gut gezahlt, da braucht man sich nicht zu beschweren.

Aber Polizist wäre halt so ein richtig männlicher Beruf gewesen. Da hätten sich die Tratschgänse beim Hirzberger nicht die Mäuler darüber zerrissen, ob der Heinrich schwul gewesen ist oder nicht. Wenn du in einer Uniform steckst und die Clock 17 an deinem Gürtel hängt, überlegt sich so eine Unverschämtheit niemand. Aber schon gar niemand.

Und immer wieder kommt es zu die Seele reinigenden Begebenheiten, wobei du dienstlich deine Aggressionen abbauen kannst. Also, mit Tränengas in eine aufgebrachte Asylantenmenge zu sprühen, da brauchst du sicher zehn Tage keine Billakassiererin anzuschnauzen. Nach so einem Einsatz ruhst du in deiner Mitte, das bringt dir kein Yogakurs auf Sri Lanka, das sage ich dir!

Ein bisschen nachgeweint hat der Heinrich dieser verpassten Chance schon, aber was nicht ist, das ist nicht. Dafür liegst du gleich einmal tot im Kofferraum, wenn du bei einer Verkehrskontrolle dem falschen Wilderer begegnest.

Das ist wieder die Kehrseite der Medaille. Im Ernstfall bist du als Polizist ganz vorne, und da gibt es niemanden mehr, hinter dem du dich verstecken kannst. So gesehen ist die Wahl für einen normalen Beruf vielleicht gar nicht so schlecht gewesen. Die Gefahr für Leib und Leben war in jedem Fall deutlich kleiner, selbst wenn dir natürlich auch im Lagerhaus einiges passieren kann. Da liegst du aber nur dann im Kofferraum, wenn du beim Fliesenverladen das Gleichgewicht verlierst.

17. Hund & Erziehung

Jetzt war das Polizisten-Thema vom Tisch, aber das Hunde-Thema weiter offen. Diesbezüglich ist er der Klara nicht mehr ausgekommen. Weil die hat sich schon in den Belgischen Schäfer verliebt - rein vom Internet her. Der war nur drei Ortschaften weiter zu Hause gewesen. In Kaindorf haben die einen Zwinger gehabt, und da waren noch zwei Welpen aus dem D-Wurf übrig.

Jetzt muss man sich einmal vorstellen, dass jedes kleine Tier grundsätzlich einmal süß ausschaut. Selbst ein kleines Krokodil oder eine kleine Schlange hat auch etwas Niedliches gehabt, aber eine kleine Katze oder ein Welpe ist da nochmal eine andere Nummer. Der Heinrich hat zwar eine vorauseilende Abneigung gegen den Vierbeiner mitgebracht, aber wenn dieser dann um die Ecke kommt und dich schwanzwedelnd zum Spielen auffordert, ist der Bann gebrochen. Man sagt ja, dass der Erste, der zu dir kommt, der Richtige ist.

Und dieser Erste ist bei der Klara vorbeigezischt und hat sich quasi gleich den Heinrich ausgesucht. Es handelte sich um einen semmelbraunen Rüden mit einer schwarzen Schnauze. Also, vom Braunton her war das keine chinesische Backboxsemmel vom Hofer, sondern eher so eine Billasemmel, die sie mal wieder zu lange im Ofen gelassen haben. Der hat sich in einer Erwartungshaltung vor den Heinrich geworfen, das glaubst du nicht. Da kannst du nicht widerstehen und musst ihn streicheln.

»*Na, du Kleiner! Was willst du von mir?*«

»*Mitkommen möchte er*«, hat Klara unmissverständlich den weiteren Verlauf dieser Begegnung vorhergesagt.

»Na du! Da werden wir noch schauen, was dein aktuelles Frauchen dazu sagt!« Heinrich kraulte den bereits auf dem Rücken liegenden Welpen am Bauch.

Die Besitzerin beobachtete das Schauspiel und meinte: »Ich denke, dass sich da wohl jemand sein Herrchen ausgesucht hat!« Heinrich grinste, obwohl er das eigentlich hier alles gar nicht so wollte. Das ging alles ein bisschen schnell, weil er hatte noch nicht einmal die Hundebesitzerin begrüßt, und schon soll sich so ein pelziger Nasenbär in die Familie drängen?

»Derek mag anscheinend einen neuen Papa!«

»Was für ein passender Name«, hatte Klara quasi schon die Geldscheine in der Hand gehabt.

»Was kostet so ein Hund eigentlich?«, wusste Heinrich, dass nun wohl bloß noch die Finanzierungsfrage zu stellen war.

»Am besten, Sie kuscheln den kleinen Derek noch ein bisschen, und dann kommen Sie mal auf einen Kaffee herein. So zwischen Tür und Angel ist das nichts!«

Die freundliche Frau Eder verschwand bereits wieder hinter der Tür, um das Brühgetränk aufzusetzen. Klara beugte sich zu Heinrich und Derek hinunter und flüsterte:

»Ist der jetzt süß oder was?«

»Sicher ist er süß!« Jetzt streichelten sie beide den Welpen, und der ließ sich das wohlwollend gefallen und quittierte die Streicheleinheiten mit einem freudvollen Knurren.

»Was sagst du, nehmen wir ihn? Derek würde ausgezeichnet zu unserem Hof passen!«

Rein farblich zur Lärchenverschalung sicher!

Heinrich erhob sich aus der Streichelposition und ging Richtung Tür. Der Welpe sprang sogleich auf, folgte ihm und setzte sich vor ihm hin. Seinen Kopf hielt er leicht schief, und seine schielenden Kulleraugen sahen den Heinrich fragend an.

Das musste Liebe auf den ersten Blick gewesen sein.

»*Ja, wir nehmen dich!*« Das kam dann doch voller Überzeugung und aus tiefstem Herzen. Mit seinem Wedeln signalisierte Derek auch, dass er diese Entscheidung voll und ganz mittragen werde. Klara fiel dem Heinrich um den Hals und küsste ihn. Jetzt musste der kleine Derek noch kurz draußen warten, weil Frauchen und Herrchen begaben sich in die Stube zu seiner Noch-Hundemama um deren Einladung zu folgen.

Frau Eder hatte keinen Zweifel, dass sie die richtigen Hundehalter waren. Sie wollte den kleinen Derek nicht um jeden Preis loswerden, aber wenn sich der Kleine schon so in seine neuen Besitzer verschießt, war das Finanzielle nicht der wesentlichste Teil des Geschäftes.

»*Ich würde ihn euch für 650 Euro überlassen. Er ist gechipt, entwurmt und seine Lieblingskuscheldecke bekommt er natürlich auch mit! Wäre das für euch in Ordnung?*«

Klara sah zu Henrich hinüber, und der hatte ohnehin nach dem ersten Schluck Kaffee sein durchtriebenstes Pokerface aufgesetzt, das glaubst du nicht. Jetzt hat er aber mit einem deutlich höheren Preis gerechnet, weil so ein belgischer Polizeiwastl kostet normalerweise doch bestimmt ein kleines Vermögen!

»*Was denkst du, Heinrich? Ich würde zuschlagen, weil Derek hat sich in dich ja so verliebt, und ich finde ihn auch richtig süß und knuddelig.*«

Aber Achtung, weil so klein ist vieles kuschelig und dennoch wird es einmal groß! Heinrich wollte sich noch ein wenig Zeit nehmen, weil im ersten Moment bist du von jetzt auf gleich vielleicht von etwas überzeugt und im nächsten möchtest du es dann besser wieder umtauschen.

Wenn du ein Gewehr kaufst ist das auch so. Das kriegst du nicht gleich, wenn du denkst! Da gibt es diese Abkühlphase, weil die Anfangseuphorie muss zuerst verflogen sein, wenn du dich zum Kauf entschließt. Die dauert beim Schusswaffenkauf drei ganze Tage. So lange wollte er sich gewiss hier nicht Zeit lassen, aber ein paar Minuten durften es schon sein.

»Ihr müsst den Kleinen schon beschäftigen, nur so ein Schoßhund ist der nicht«, gab Frau Eder zu bedenken.

»Ja, das ist uns klar. Wir wissen, dass ein Schäferhund Aufgaben und Beschäftigung braucht.«

Klara gab sich wieder wissend in dieser Sache, weil sie wahrscheinlich in ihrem unbändigen Wissensdurst drei oder vier Hundebücher auswendig gelernt hatte. Heinrich nippte wieder an der Tasse und schaute sich das fremde Wohnzimmer an. Er musterte seine Umgebung, als könnte er dadurch Rückschlüsse auf Dereks Wesen ziehen. Noch ein Schluck und einen hilfesuchenden Blick Richtung Fenster. Vielleicht schaut ja der Petrus rein und kann ihm einen Tipp geben. Nichts. Noch einmal ließ er den Blick durch den Raum gleiten. Phase abgekühlt.

»Wir nehmen ihn«, kam jetzt im Flüsterton über seine Lippen. *»Wie bitte?«* Frau Eder konnte beim besten Willen nichts davon verstehen, außer, dass er doch etwas gesagt haben dürfte.

Das kommt vor, wenn man etwas sagt, obwohl man es noch gar nicht sagen möchte, oder weil man nicht sicher ist, ob das so stimmt, wie man es gesagt hat.

Erinnere dich an die Schulzeit. So ist es doch jedem schon einmal ergangen. Der Lehrer stellt eine Frage, und keiner weiß die genaue Antwort. Wenn du jetzt der Meinung bist, du weißt es vielleicht, dann gibst du während des Aufzeigens die Antwort so leise, dass sie niemand verstehen kann.

Hauptsache, du bist sie einmal los geworden. Genauso war es jetzt beim Heinrich. Er wollte eigentlich noch gar keinen Laut von sich geben, die Entscheidung ist ihm aber quasi *»verselbstständigt«* entfleucht!

»Wir nehmen ihn«, hat er jetzt in normaler Zimmerlautstärke gesagt. Klara grinste und nickte zustimmend.

»Hab ich eh gewusst«, meinte die Hundezüchterin zwinkernd.

»Ich packe einmal alles zusammen, und dann machen wir das mit dem Geld!«

»Wir haben aber …«, wollte der Heinrich seine Bargeldknappheit andeuten, aber Klara ergriff sofort die Initiative.

»Ich gebe Ihnen die 650 gleich jetzt.« Sie zückte das Geld und reichte es ihr.

»Besten Dank.«

Heinrich war überrascht, dass Klara soviel Bargeld bei sich hatte. Vermutlich wäre sogar bis zum doppelten Betrag genug in der Geldbörse gewesen! Der Hundekauf war, zumindest scheinbar, gut vorausgeplant, und in sowas sind Frauen immer viel besser organisiert. Männer eventuell bei einem Autokauf, aber sonst Fehlanzeige.

Wenn eine in ein Handtaschengeschäft »*nur schauen*« geht, hat sie auch sicher das Geld für die teuerste Louis Vuitton abgezählt im Portemonnaie.

Jetzt war er also Wirklichkeit geworden, ihr eigener Vierbeiner. Das musste erst alles realisiert werden, weil noch ist die Stimmung ausgelassen, aber wenn er zum ersten Mal das Sofa markiert, könnte diese auch kippen, frage nicht.

Als sie zu Hause ankamen, gingen sie gleich eine Runde mit Derek durch den Hof und zeigten ihm die Hühner. Heinrich war neugierig, ob er die behüten oder auffressen würde.

Dieser Frage räumte er eine fifty-fifty-Chance ein. Mal schauen. Nach dem Hof war das Haus dran, weil das neue Familienmitglied musste schließlich sein ganzes Zuhause kennenlernen. Derek war so aufgeregt, dass er nach zwei Schnüffelrunden durch die Zimmer gleich eingeschlafen ist. Der junge Schäfer hat gleich fünf Stunden am Stück durchgeschlafen, so eine Aufregung ist das gewesen.

Sicher waren Klara und Heinrich auch aufgeregt, aber sie schliefen nicht. Sie setzten sich im Wohnzimmer zusammen, um einen Betreuungsplan zu schmieden. Derek war schließlich noch ein Baby; und das brauchte viel Zuwendung. Der musste erst zimmerrein werden und auch das mit der Zurückhaltung hat er mit seinen 15 Wochen noch nicht so gut draufgehabt. Aber Kinder sind da nicht anders, hat sich der Heinrich gedacht. Obwohl er mit Kindern genauso wenige Erfahrungen hatte, und Klara war jetzt auch keine Wurfmaschine im engeren Sinn gewesen. Da war das Glauben mehr anstelle des Wissens gerückt, und die Hoffnung beherrschte definitiv noch die Angst vor dem Versagen.

So einen Hund nimmst du dir ja aus mehreren Gründen. Nicht nur zum Bewachen von Hab und Gut, sondern auch als Kinderersatz oder als Vorhut für ebendiese. Weil wenn du mit einem kleinen Hund fertig wirst, kannst du dir auch Kinder anschaffen. Die sind dann zwar - vor allem ab zwei Stück - noch viel schwieriger zu erziehen als ein belgischer Schäfer, aber es ist ein Anfang. Mit der Kindererziehung hat der Heinrich auch so seine Probleme gehabt, weil wo er hingeschaut hat waren nur noch sogenannte »Gfrasta« unterwegs. Schau dir den Joschi an!

Bei dem, könnte man meinen, haben die Eltern alles falsch gemacht, was aber nicht unbedingt stimmen muss. Weil das Ganze kann mehr so gentechnisch auch Auswirkungen haben. Da sind nicht immer die Eltern schuld. Wenn du - zum Beispiel - bei deiner Geburt nicht durch den Geburtskanal gehst, kann das ebenso weitreichende Folgen haben.

Also jeder geplante Kaiserschnitt ist quasi ein Verbrechen an der Menschheit. Es gibt Studien, die eindeutig belegen, dass Spontangeburten ausgeglichener sind als Kinder, die per Kaiserschnitt ins Freie gelangten. Wobei die Spontangeburt nicht unbedingt gleichzusetzen ist mit einer schnellen Geburt, weil die kann sich durchaus über zwanzig Stunden hinziehen und gilt immer noch als spontan.

Vom Ferdi die Stiefschwester hat so eine Entbindung gehabt. Bei der hat es 29 Stunden gedauert, und da kriegt das Wort »spontan« mit Sicherheit eine neue Bedeutung.

Der ist zwei Wochen nach der Niederkunft auch noch der Mann abgehauen, hat der Ferdi erzählt, und da meine ich, dass ich das verstehen kann. Weil die Ilse hat ihn einen ganzen Tag lang beschimpft, bis das Baby endlich da war und dann ist sie in eine Kindbettdepri gefallen, wie im Bilderbuch. Die hat sich angeblich aufgeführt, da hat er es eh noch lange ausgehalten! Den Heinrich hätten sie schon während der Geburt dreimal wiederbeleben müssen, so oft wäre der umgekippt.

Dagegen war der Serkin eh hart im Nehmen, aber ein so strenggläubiger Moslem will natürlich im Kreißsaal auch nicht hundertmal von seiner Frau beschimpft werden, das ist verständlich. Der hat sich kurz das Kind angesehen und weil es ohnehin nur eine Tochter gewesen ist, ist er dann halt abgehauen.

Ich sage nur: *»Andere Länder - andere Sitten!«* Und außerdem hat er das Kind wenigstens bei der Mutter gelassen, was ja bei denen auch nicht selbstverständlich war, weil auch wenn sie nur eine Tochter ist, kann sie doch vielleicht irgendwann für die gute Sache einen Gürtel tragen. Da hat man nicht hineinschauen können in die Leute, hat der Heinrich gesagt, und der Ferdi war sowieso froh, dass so einer nicht in der Familie geblieben ist.

»Ein Moslem und eine streng katholische Atheistenfamilie - das kann nicht gut ausgehen«, hat er gemeint. Die Ärmste in dieser Sache ist dann doch die Ilse gewesen, weil die hat am wenigsten dafür gekonnt. Hab du einmal 29 Stunden Wehen! Da sprengst du dich lieber vor irgendeiner Botschaft in Luft, das sag ich dir!

Aber wir verstricken uns gerade in Vorverurteilungs-Details, die natürlich so überhaupt und in keiner Weise nicht einmal annähernd belegbar sind.

Darum zurück zur Erziehung und zu den verschiedenen Kindern, bezogen auf den Hund. Nur weil sie selber keine Erfahrung mit Nachwuchs haben, heißt das nicht, dass sie per se schlechte Eltern wären. Weil so ein Heinrich war schon in einem gewissen Maße von sich überzeugt, und die Klara war ja so belesen, die konnte aus dem Stegreif aus mindestens drei Erziehungstipps-Büchern referieren.

Jetzt müssten sie nur einmal die eklatanten Unterschiede zwischen Hundebaby und Menschenbaby herausarbeiten. Da lagen einige auf der Hand, weil so ein Hund ist viel kürzer ein unbeholfener Welpe als zum Beispiel ein Kind ein Baby ist! Dafür muss man aber auch wiederum anmerken, dass man dann eben auch nicht so viel Zeit hat für die richtige Erziehung und man sich auf die wesentlichen Dinge beschränken sollte.

Also, der Vierbeiner muss keinen Salto durch den Ring und er muss auch nicht Lesen und Schreiben können, aber »Sitz«, »Platz« und »Fuß« sollte er halt doch recht bald beherrschen. Ein Befehl für das Stehenbleiben und eventuell einer für das Zurückkommen wären auch nicht schlecht, wenn man nicht will, dass der geliebte Wuffi bald auf der Ladefläche vom Waidmann Platz nimmt.

Da geht es letztlich um vielleicht ein halbes Dutzend Anweisungen, denen der Hund Folge leisten muss, das schaffen sie. Im Freien die Notdurft verrichten, kommt mit der Zeit automatisch, weil der kleine Derek ja im Grunde nicht vorhat, seine Exkremente in den eigenen vier Wänden zu verteilen. Weiters muss für den nötigen Auslauf gesorgt werden und ein paar Streicheleinheiten wären auch nicht schlecht, wenn man möchte, dass der Wachhund auch ein bisschen kuschelig bleibt. In der Theorie war die Erziehung schon recht fortgeschritten, die Praxis musste aber erst zeigen, wie gelehrig der Neuankömmling war.

Bezüglich Kind könnte man den Joschi als abschreckendes Beispiel hernehmen. Der war eben zu seinem Pech mit den Genen auch noch praktisch überhaupt nicht gelehrig, und so eine Mischung geht dann eben in die Hose. Da haben die paar Watschen von der Anne auch nicht mehr viel zurechtrücken können.

Ein Patentrezept hat für Erziehung noch keiner gefunden, hat die Traude immer gesagt und damit sicher recht gehabt. Gut - die ist jetzt schon ein paar Tage auf der Wolke, aber es wäre ihm sicher nicht entgangen, wenn sich da etwas Bahnbrechendes ergeben hätte. Sicher gibt es immer wieder Psychologen, die mit guten Ratschlägen aufwarten und mit Studien und und und.

Heute hat sich zumindest eine Richtung durchgesetzt - nämlich die sogenannte antiautoritäre Erziehung. Also, die kann einmal nichts, hat sich der Heinrich gedacht. Bei einem Hund kannst du die zum Beispiel gleich vergessen, weil wenn der keine Autorität spürt, macht der nur, was er will. Da hast du in zwei Tagen keine Hühner mehr, der Garten ist umgegraben, die Hütte zugekotet und im Windschutzgürtel pflastern Rehleichen seinen Weg! Das weiß jeder, dass das nicht klappt.

Bei Kindern soll das funktionieren? Die sollen all das dürfen, was sie machen wollen? Sie sollen selbst ihre Erfahrungen machen? Wozu sollen die mühselig Erfahrungen machen, die ich schon vor 30 Jahren gemacht habe? Die kann ich ihnen doch eintrichtern, und wenn sich das als zu schwierig herausstellt, dann muss es ihnen halt eventuell dezent eingeprügelt werden, hat der Heinrich den gedanklichen Django ausgepackt.

Hier ist jetzt auch einmal Platz, um Tacheles zu reden! Man muss nicht immer alle in Samt und Seide packen. Als der Sepp noch klein war, waren Watschen an der Tagesordnung. Die wurden da statt der Kommunikation eingesetzt, weil zum Reden war damals nicht so viel Zeit wie heute.

»Na komm schon, Sebastian, lass die Katze. Nicht am Schwanz drehen, das tut ihr doch weh! Sebastian! Komm jetzt - lass das arme Tier. Möchtest du am Schwanz ...« Also ehrlich - wer will sowas? Das ist mit einer durchgeschwungenen Rechten gleich bereinigt und damit der kleine Sebastian auch noch etwas lernen kann, schickt man einen geschmeidigen Merksatz hinterher:

»Drehst du ein Tier am Schwanz im Kreis, wird dein linkes Ohr ganz heiß. Und verläuft diese Lektion im Sand, hab ich noch die zweite Hand!«

So schnell wurde damals was gelernt! Nicht dass der Sepp danach ein *»Blitzgneißer«* gewesen wäre, aber im Großen und Ganzen hat die starke Hand des Vaters zu einer besseren Erziehung mitgeholfen.

Der Joschi wiederum hat schon so viele Ohrfeigen bekommen, da muss man langsam auf *»Magenstamperln«* wechseln, damit der nicht auch noch deppert wird. Weil ein *»G'frast«* mit einem *»Deppscher«* kann niemand brauchen.

Beim Hund übrigens auch nicht, weil das bringt dir nichts, wenn er dir zuerst die Hand abbeißt und dich dann von oben bis unten abschleckt! Antiautoritär war für den Heinrich überhaupt ein Humbug sondergleichen. Klara war dahingehend ähnlich gepolt. Sie hatten also in dieser Beziehung die gleiche Wellenlänge, was die Methodik betrifft!

Sowas soll man nicht geringschätzen, weil eine Linie innerhalb der Familie ist eine wesentliche Grundlage.

Der Michi und die Anne waren sich da nicht immer eins, und dann tanzt dir so ein kleiner Joschi gleich einmal auf der Nase herum - Lambada nichts dagegen.

»Wir werden unseren kleinen Derek erziehen, da werden alle nur so schauen!«

Klara war sich ihrer autarken Hundetrainerbegabung sicher, und Heinrich war durchaus zuversichtlich, dass das klappen könnte. Dies war vor ein paar Stunden noch nicht so und - wenn du dir die Abkühlphase wieder in Erinnerung rufst - kann es morgen schon wieder ganz anders aussehen! Und es hat auch anders ausgesehen!

Derek war halt ein aufgeweckter Welpe, und da machst du schon deine Erfahrungen, sag' ich dir. Weil so ein Hund hat zu allererst einmal ein leicht gestörtes Verhältnis zum Federvieh, und das äußert sich nicht gerade darin, dass Derek versucht war, eine gute Stimmung zwischen sich und den Hühnern zu schaffen. Da war wieder der Heinrich nicht so ganz begeistert.

»Wenn die Federn fliegen, fliegt auch der Hund!«

Das war seine Richtlinie von Anfang an, welche dann doch - gottlob - nicht ganz umgesetzt wurde. Weil dem Derek gibst du schon nochmal eine zweite Chance. Für den ist ein Hahnenkamm kein Begriff aus dem Schisport, sondern von Anfang an sein erklärtes Lieblingsspielzeug auf dem Hof gewesen. Von dem hat sich der stolze Hahn aber auch nicht ganz freiwillig getrennt, wenn du weißt, was ich damit andeuten möchte. Da hat es ganz schön geraschelt im Gebälk!

Der Heinrich war *»not amused«*, wie du dir wahrscheinlich denken kannst, und der Klara war dann im Endeffekt doch der

Hund näher als der Kikeriki! So vom Stellenwert her war das sicher nachzuvollziehen, aber der Heinrich ist schon auch sehr an seinen Hühnern gehangen. Da war die nächste Zeit mal nichts mit Streicheln. Dies hat die Klara übernommen, weil der Derek war ja ihr Baby gewesen. Apropos Baby: Das Thema Nachwuchs ist zwar schon hier und da peripher durch den Raum geschwebt, aber seriös darüber gesprochen wurde noch nicht, und da war es schließlich auch schon gut zwei vor Zwölf, wenn das noch etwas werden hätte sollen.

Weil mit 45 brauchst du nicht mehr zuzuwarten, wenn die Gebärmutter dann doch schon eher eine Gebäroma gewesen ist. Da ist im Normalfall irgendwann Schluss mit lustig, rein von der biologischen Seite her.

Kinder waren beim Heinrich - ehrlicherweise - sowieso nie wirklich ein seriöses Thema gewesen, weil wenn dir dauernd solche Joschis vor die Linse huschen, machst du dir auch nur noch über die Verhütung Gedanken.

Klara hat insgeheim übrigens durchaus länger schon einen Kinderwunsch verspürt, den aber unterdrückt und mit niemandem geteilt. Mit wem hätte sie auch sollen? Den richtigen Mann zum Erfüllen des Wunsches hat sie nie gefunden und jetzt, wo sie den Heinrich hat, war sie sich auch nicht ganz sicher. So biologisch hätte er sicher noch etwas zustande bringen können, aber wenn sich das Handeln so weit hinter der Überlegung versteckt, ist nunmal nicht viel drin.

Die Klara hat seine Unsicherheit in diesen Belangen instinktiv gespürt und ihn auch nie wirklich darauf angesprochen.

Er wäre bloß explodiert, weil als Mann empfindest du so ein komisches Gefühl bei einem Gespräch über Nachwuchs. Zuerst willst du deine Eigenständigkeit nicht aufgeben und dich auch nicht einschränken lassen, dann ist es noch nichtmal sicher ob es überhaupt geht und zu guter Letzt bleibt halt noch die Frage, wie man den Nachwuchs dann ernährt. Ich meine das »Wie« wäre ihm noch zuzutrauen gewesen, aber bei dem »Womit« hätte ich meine Bedenken angemeldet. So ein 10-Stunden Job beim Lagerhaus ist ja nicht gerade ein Managerposten bei der Bank, so ehrlich muss man schon sein. Eigentlich hätte er wieder beim Müller anfragen sollen, wenn es nach der Klara gegangen wäre, weil vom Verdienst her wäre da sicher eine Hausnummer mehr drinnen gewesen.

Dazu war der Heinrich aber zu stolz, weil wenn du wo hocherhobenen Hauptes hinten rausgehst, kannst du dann nicht wie ein geprügelter Pinscher vorne wieder angedackelt kommen. Da hab ich schon Verständnis für den Heinrich.

Klara wollte halt auch nicht auf Dauer die Alleinverdienerin in der Familie sein, da hätte er natürlich schon seinen Beitrag zur gemeinsamen Kassa leisten können. Dazu waren seine 400 Euro nicht gerade das, was sie sich darunter vorgestellt hat. Und das machte ein neues Problem deutlich, das dem Heinrich sauer aufgestoßen ist: Solange er alleine gewesen ist, ist sich finanziell alles ausgegangen, mit Lagerhaus und Eiern und so.

Aber wenn man zu zweit ist, wird alles ein bisschen schwieriger. Jetzt wo auch der Derek noch da war, brauchst du nicht glauben, ein paar Frolic und fertig! Da gibt es eine Hundeabgabe, den Tierarzt und das Futter. Bei dem Wauzi kannst du nur hoffen, dass sich der nichts einfängt, weil sonst geht das gleich ins Geld. Da ist nichts mit Krankenkasse, und mitversichert ist der auch mit niemandem.

18. Golf

Es musste wohl oder übel ein weiterer kleiner Job her. Nur was sollte es sein? Worin war er gut? Mit welcher Tätigkeit war auch Geld zu verdienen? Keine leichten Fragen, denen er sich da stellte. Heutzutage ist es nicht einfach, wenn du nicht der Sohn von einem bist, der einen gewissen Einfluss hat oder jemanden kennt, der jemanden kennt. So einen hat der Heinrich nicht gekannt. Und wenn, dann hätte er sich auch nicht besonders gut dabei gefühlt, eine diesbezügliche Konstellation für sich zu nutzen. Da käme ihm sein Gewissen mal wieder in die Quere. Aber nur vom reinen Gewissen allein kannst du auch nicht leben, soviel war klar. Da machst du auf Gutmensch und musst dir irgendwann die Hundeschüssel mit Derek teilen.

Gegen ein solches Horrorszenario musste entschieden vorgegangen werden. Vielleicht kann er als Ukulele-Lehrer ein paar Euros verdienen? Ein Zweitjob ist nicht so leicht zu finden, weil ja die halben nicht erlaubt und die anderen nur teillegal sind. Dazu kommt dann auch noch die verbotene Nachbarschaftshilfe und die Registrierkasse.

Der Jens hat ihm mal vom Golfplatz am Ringkogel erzählt und dass die dort immer wieder »Greenkeeper« anstellen würden. Da ein solcher ja auch nichts anderes als ein Gärtner ist, könnte man es vielleicht auf einen Versuch ankommen lassen. Gerade jetzt, wo schon jeder Hausmeister Golf spielt.

Der Müller hat gespielt, der Maier auch und dann auch noch die Anneliese. Klara hat die Idee nicht so prickelnd gefunden, weil Golf spielen nur die Snobs, hat sie gemeint. Heinrich hat sich das trotzdem einmal ansehen wollen.

Am nächsten Morgen ist er schon zum Ringkogel hinauf und hat sich vorerst nur das Clubhaus angesehen. Das war so eigentlich gar nicht vorhanden. Dort ist nur ein Stadl in der Landschaft gestanden. Mehr wäre auch wirklich vermessen gewesen, weil das ja nun mal kein wirklicher Golfplatz, sondern nur eine Übungsanlage gewesen ist. Da jeder Golfer, der mit dem Driver den Ball zwanzig Meter über die Wiese chippen kann, glaubt, dass er der Tiger Woods persönlich ist, lassen sich die wenigsten überhaupt auf einer Übungsanlage blicken. Deswegen - Clubhaus sinnlos!

Nichtsdestotrotz wurden auch auf dieser 9-Loch-Anlage Greenkeeper gebraucht und das war vom Betätigungsfeld her recht übersichtlich. Im Grunde nicht das Schlechteste für einen Heinrich.

Der Oberndorfer Sepp hat gerade an einem der drei Rasenmäher-Traktoren herumhantiert und ihn mit einem kurzen Nicken begrüßt.

»Servas, wos fiart di zu mir aufa?«

»Ich habe mir gedacht, dass ihr eventuell noch einen brauchen könnt, der so einen Traktor bedienen kann«, hat sich der Heinrich als regelrechter Profi in solchen Dingen dargestellt.

»Das kunntat durchaus sein«, hat der Oberndorfer gemeint.

»Zwanzg Stund kaun i di austön, waunst di mit de Maschinen auskennst!«

»Auskennen ist relativ!«, hat der Heinrich erwidert. »Mit dem Traktor schon, und den Rest wird man ja wohl lernen können.« Die direkte Art hat dem Sepp gefallen. Er hat sich seine Hände abgewischt und ist dem Heinrich entgegengegangen.

»Nau klor. Setz di glei aufe, auf an von de Beck.«

Heinrich musterte die technischen Geräte kurz und suchte sich dann einen Traktor aus. Er schwang sich behände wie ein Cowboy auf den Gaul, auf einen der Steyrer und hatte diesen in Windeseile in Betrieb genommen. Er setzte das Fahrzeug zurück und blieb vor dem Golfplatz-Pächter stehen.

»Schaut guat aus. Wir mochen jetzt a Ausfohrt, und i erklär dir wo ma wie de Mähkepf einstöht!«

Den Job hätte in jedem Fall nur ein Steirer bekommen können, weil jeder andere hätte bei dieser Artikulation nicht im Ansatz verstanden, was der Oberndorfer von ihm gewollt hat. Weil man muss Leuten, die woanders herkommen, schon auch zugutehalten, dass sich *»Mähkepf«* eher nach mehreren Schafsschädeln, als nach - für das Rasentrimmen notwendigen Traktorzubehör angehört haben. Der Heinrich nickte nur.

»Ich kann maximal zweimal die Woche für jeweils acht Stunden!« »A guat!«

Schon ging es Richtung Loch Eins. Zuerst wurde Rough, Semi-Rough und Fairway besprochen und danach Vorgrün und Grün. Klarerweise war das Grün das Heikelste von allen. Da ist es auf jeden Millimeter angekommen. Für Turniere gebe es andere Gesetze, hat der Sepp gemeint, aber so oft kommen die eh nicht vor.

Weil auf einem 9-Loch Par 31 ist die Herausforderung für bessere Golfer sehr gering. Gefälle war auch kein schwieriges zu finden, und bei sechs Par 3, zwei Par 4 und einem kurzen Par 5 mit bloß 250m würde sich ein McIlroy beide Hände auf den Rücken binden lassen um 5 unter zu spielen.

Sprich: Es war kein Golfplatz, der internationales Interesse wecken hätte können. Ein Woods hätte sich verirren müssen, um dort zu spielen.

»Host scho amoi gspüt?«, wollte Heinrichs neuer Arbeitgeber wissen.

»Nein, ich bin da nicht wirklich interessiert. Suche nur eine Arbeit.«

»Wir mochn de Marschls a, waun a Turnier is! Do miassast daun zumindest de Regeln und de Etikettn kennan.«

»Na, da schau her. Das auch noch. So schwierig wird das schon nicht sein.« »Logisch«, hat der Oberndorfer gesagt.

»I geb dir Zwöfe in da Stund. Aum Turniertog sans Zwanzge!«
Nicht, dass damit alle seine finanziellen Probleme getilgt gewesen wären, aber für den Anfang ist das einmal nicht so schlecht gewesen.

Heinrich verabschiedete sich vom Sepp und meinte, er würde ihm bis zum übernächsten Tag Bescheid geben. Knapp zweihundert Euro mehr in der Woche sind nicht von der Hand zu weisen. Klara würde sicher begeistert sein. Er musste sich nur noch im Klaren darüber werden, an welchen Tagen er würde arbeiten wollen. Montag und Freitag waren für das Lagerhaus reserviert, und an den Wochenenden könnte er wohl hin und wieder mit ein paar Stunden beim Turnier rechnen. Blieben Dienstag, Mittwoch und der Donnerstag. Das würde er die Klara aussuchen lassen.

Sicher ist die Klientel nicht gerade das, was den Heinrich begeistern wird, aber warum sollten nicht auch ein paar nette Leute auf den Golfplätzen zu finden sein.

Das kann ich dir sagen, Heinrich: Weil die netten Leute keine Zeit haben, Golf zu spielen! Golf spielt die High-Society, neureiche versnobte Halbstarke und Pensionisten, die den anderen beweisen wollen, dass sie trotz künstlicher Hüfte und

Alzheimer mit einem Stock mehr können, als sich damit nur aufrecht zu halten.

Deswegen wurden auch die selbstfahrenden Trolleys erfunden, weil zu sportlich darf es da nicht mehr zugehen. Der Topmanager zieht zwar vielleicht sein Schlägerset noch nach, überlässt aber dann spätestens das Reinigen der Schläger einem aus der Unterschicht, dem er dann seine Dankbarkeit bestenfalls mit einem Botox-Lächeln, aber nicht mit barer Münze ausdrückt. Man will schließlich das Fußvolk nicht mit Geld überfordern. Das verteilt man nicht, das hat man.

Lieber Heinrich, da wirst du menschlich noch dein blaues Wunder erleben!

Mit den aktiven Spielern darf man sowieso nur sprechen, wenn man mit ihnen verwandt ist, oder ein einstelliges Handicap aufweist. Das Beste, das dir auf dem Golfplatz passieren kann, ist dann noch die eine oder andere frustrierte Hausfrau, die sich dieses Hobby von ihrem Gatten abgeschaut hat, um diesen doch wenigstens ein paar Minuten zu Gesicht zu bekommen. Der wiederum schaut hier und da nach dem Rechten auf der Driving-Ranch und ob die Gattin nicht etwa negativ auffällt, weil das seine Chancen auf ein erfolgreiches Geschäft schmälern würde.

Rundum kann man zusammenfassen, dass sich auf den Golfplätzen eine recht spaßreduzierte Gesellschaft bewegt, die zuviel Geld mit viel zu kurzem Zeitaufwand verdient, um dann mit der Hilfe eines Grundkurses in Rhetorik, dem gemeinen Volk die Herrenklasse vorzuspielen.

»Das sind die, denen der Rubel weggenommen gehört, um ihn den Ärmeren zu geben.«

Mit einer solchen Einstellung ist der Heinrich dort nicht lange richtig aufgehoben, vermutete ich. Weil hier haben sie einen Greenkeeper gesucht und nicht einen Robin Hood.

Klara hat ihm schon das Gleiche gesagt. Aber bitte. Wer nicht hören will, muss fühlen. Und es handelte sich wenigstens um eine Arbeit an der frischen Luft.

Das Rasentrimmen hat auch super geklappt, und der Oberndorfer war sehr zufrieden mit seiner neuen Arbeitskraft, aber nur unter der Woche. Wehe, es war Turniertag!
Frage nicht.

Heinrich hat sich zwar die Regeln angeeignet, aber wenn du dann einigen Single-Handicappern auf belehrend kommst, hast du schnell ein Problem. Weil die gehen ja davon aus, dass sie mit dem Mitgliedsbeitrag auch gleich alle am Golfplatz arbeitenden Personen mitgekauft haben.

Da waren sie aber schief gewickelt beim Heinrich. Der hat auch gleich einen Verweis ausgesprochen, wenn die Etikette nicht eingehalten worden ist.

Ball zu früh abschlagen, Rasen-Divot nicht zurücklegen, mit dem Trolley auf das Grün fahren und und und. Da ist es mit dem Rasen-John Wayne gleich durchgegangen. Egal, ob Direktor oder Professor - da war der sportliche Vormittag glatt einmal bei Loch 4 schon vorbei.

Jetzt war das aber so eine Geschichte. Weil wenn die Leute nämlich ein Nenngeld für so ein Turnier entrichtet haben, ging der Oberndorfer von einem gewissen Maß an Fingerspitzengefühl aus. Und zwar vom Marshall.

Das wiederum ist leider nicht bis zu unserem Heinrich durchgedrungen. Für den gibt es nur Schwarz oder Weiß - egal, ob Turnier oder Übungsrunde.

Und seien wir ehrlich, wen von uns Golfern ist nach einem 5er Put nicht schon einmal der Geduldsfaden gerissen? Da ist schneller ein A4 großes Rasenstück aus dem Green gelöffelt, als der Mitspieler verschmitzt in seinen Bart lachen kann.

Ein weiteres »No-Go« ist das Drängeln der besseren Spieler. Das ist aber in jedem Club allgegenwärtig. Da rollt schon mal neben dir als »Over-Thirty« ein Golfball einer alten Nebelkrähe, die auf dem Golfplatz quasi aufgewachsen ist. Dieses Verhalten bedeutet übersetzt in eine für alle verständliche Sprache: »Schleich dich da vorne mit deinem langsamen Spiel. Wenn du zu blöd bist zum Golfen, geh halt kegeln!«

So was kann man halt leider nicht bringen, wenn der Heinrich als Marshall unterwegs ist. Der nimmt so einer Spielerin gleich einmal ihr Schlägerset ab und lässt sie als Spaziergängerin zurück. Das ist zwar menschlich gesehen einwandfrei und nach der offiziellen Etikette absolut korrekt, aber im wirklichen Leben kommt das anders rüber. Das hat der Oberndorfer ihm zu erklären versucht, was aber, wie du dir sicher denken kannst, beim Heinrich sinnlos gewesen ist.

Weil ein ausgeprägter Gerechtigkeitssinn auf einem Golfplatz genauso viel verloren hat wie eine Surstelze im veganen Restaurant. Wo das dann hinführen würde, konnte sich wohl jeder denken!

Der Heinrich wollte nicht mehr, und der Oberndorfer konnte nicht mehr - oder umgekehrt.

Jedenfalls trennten sich die Wege vom Sepp und seinem neuen Greenkeeper schon nach wenigen Wochen wieder. Beide fanden es eigentlich schade, aber es ging einfach nicht anders. Heinrich brauchte nach jedem Turnier mindestens zwei Tage Therapiegespräche mit Klara, um halbwegs mit einer solchen

Gesellschaft zurechtzukommen. Das konnte es schließlich auch nicht sein. Da hätte er ein Zigfaches verdienen müssen.

Weil wenn du wegen dem Job einen Seelenklempner benötigst, gehst du vor die Hunde! Das hat der Sepp damals schon gewusst. Der hat sich dann meist mit Hochprozentigem drüber hinweggeholfen. Aber das wollte der Heinrich nicht. Er wusste, dass das der falsche Weg gewesen wäre.

Bei solchen Dingen hast du auch gute Erfolgschancen auf deiner Suche nach dem Burnout. Das ist schneller gefunden als du glaubst, und hineingeschlittert bist du auch ganz zügig. Solche Beispiele sitzen zur Genüge beim Doktor Hirzberger herum. Und da hilft dir dann kein Arzt mehr und auch nicht wirklich ein Medikament, sondern nur noch Disziplin und viel Zeit. Das willst du nicht, sag ich dir. Da halten dich Leute für komplett »plemplem«, die ein paar Stunden zuvor noch eine hohe Meinung von dir gehabt haben.

So ein Burnout zwingt dich zu Handlungen, dass du selbst glaubst, du bist dreimal in der Volksschule sitzen geblieben. Wenn du es nicht selbst gehabt hast, hältst du es nicht für möglich, aber Zähneputzen wird da ganz schnell zur Zentralmatura-Aufgabe!

Klara meinte, da solle er sich lieber etwas anderes suchen, weil so einen »Vollstocki« könnte sie schließlich auch nicht brauchen. Der Fernbeißer hat ja den elterlichen Betrieb schon übernommen und vielleicht sucht er noch einen zuverlässigen Mitarbeiter.

Heinrich wollte diesbezüglich aber Freundschaft und Beruf strikt getrennt lassen, was Klara durchaus verstand. Es würde sich sicher etwas ergeben.

19. Freunderlwirtschaft

Das mit dem »*ergeben*« ist dann auch wieder so eine Sache, weil meist ergibt sich gar nichts! Ohne Fleiß und Anstrengung kann sich in unserer Zeit nichts ergeben. Da musst du schon wo sitzen, wo du der Sekretär von einem hohen Tier bist, das richtige Parteibuch besitzen oder dich in einen Rennstall einkaufen.

Wenn du zum Beispiel nur ein bisschen lustig bist, brauchst du nicht zu glauben, dass du dich da irgendwo und irgendwie mit irgendeinem Text auf die Bühne begeben kannst, und die Welt feiert dich als großen Kabarettisten und Entertainer! Da ist heutzutage nur noch für die eine Tür offen, die zumindest dazu fünf Instrumente gleichzeitig spielen oder zwanzig Prominente imitieren können.

Lustig war der Heinrich aber eh auch nicht. Dafür pingelig. Damit findest du erst recht keinen Fulltime-Job.

Ergeben hat sich übrigens etwas für den Schorsch. Der ist nämlich wirklich in die Politik gegangen, weil dem sein Partner war ein guter Bekannter von einem, der quasi ein Du-Freund vom türkisfarbenen »*Ohrwaschlblederer*« - wie ihn dem Schorsch sein Vater genannt hat - war. Deshalb ist der Heidelbeer-Schorsch jetzt der Liste Kurz beigetreten!

Das war so eine Ausnahme beim Ergeben. Heinrich hat aber keine einflussreichen Personen gekannt, und die Klara hat jetzt vielleicht ein gutes Wort beim Mehmet einlegen können, nicht aber beim Parlamentsklub!

Was hätte der Heinrich bitte auch in der Politik zu suchen gehabt? Mit einem angeborenen, nicht ausschaltbaren Gewissen bist du politisch gleich einmal der Rohrkrepierer.

Rot will mit Blau nicht, möchte aber auch nicht vorher schon alle ausgrenzen, damit sie vielleicht doch noch ein paar Stimmen von denen kassieren, die das Spiel nicht gleich durchschauen. Schwarz hat sich in eine sehr kurze Liste verwandelt, deren alteingesessene Heckenschützen immer noch für den einen oder anderen Querschläger gut sind, und die Neos schmücken sich mit einer bereits verblühenden Ex-Präsidentschaftskandidatin, die mit »neo« so gar nichts gemein hat. Dann gibt es die Schwammerlliste, deren Spitzenkandidat ein Po-Grapscher der obersten Güte war und vielleicht noch die vom Stronach-Ableger, der keinen Platz in anderen Parteien gefunden hat.

Jetzt haben wir bald die gesamte Pantone-Palette, aber niemanden, von dem man politisch vertreten werden möchte. Hofer hätte zwar Sympathien, kann aber für die Blauen kaum Punkte einfahren, so weit wie der sich jetzt zurückgezogen hat. Die Hälfte seiner Wähler wissen schon nicht mal mehr, dass der am Stock geht.

Wo sollte sich der Heinrich da politisch finden?

Nein - definitiv keine Option für eine einträgliche Position!

»*Kieberer*« geht auch nicht, obwohl der Ex-Innenminister ja sowieso jedem Quereinsteiger ein Kapperl aufgesetzt hätte, wenn der nur bis drei zählen hätte können.

2000 neue Exekutivbeamte schüttelst du schließlich auch nicht aus dem Ärmel. Der Heinrich hätte als Kapperl-Ständer aber keine gute Figur gemacht, und so kleine Uniformen hat die Republik ja gar nicht anfertigen lassen. Hätte er wenigstens ein Pferd besessen, wäre er vielleicht doch noch als Polizei-Jockey bei der Exekutive untergekommen.

Vielleicht bei der Rettung? Er konnte ja kein Blut sehen, und wenn jetzt bei der Zenzi die Fruchtblase platzt, wünscht sich die auch nicht, dass sie der Heinrich aus dem dritten Stock nach unten trägt. Liegend wohlgemerkt!

Die Anneliese kann ihn sicher auch nicht anstellen, weil die hat sich geradeso als Logistik-Partner über Wasser gehalten und die drei Pensionisten, die sich noch hin und wieder einen Kaffee gönnen, bringen auch nicht wirklich die große Kohle. Die Torten mampft sie wohl zum Großteil selbst, meinen die, die sie noch von früher kennen.

Die Klara hat dann gemeint, eventuell Tupperware-Vertreter! Sie hat gesagt, dass sie da eine kennt, die eine kennt, die einmal wo war, wo eine andere so eine Party geschmissen hat. Jetzt ist das natürlich nicht etwas ganz Neues, aber wenn man davon nicht viel weiß, lässt man sich, wie der Heinrich, eventuell dazu überreden, einmal an so einer Verkaufsveranstaltung teilzunehmen. Heiliges Kanonenrohr!

Da ist er dann tatsächlich dort gewesen, mit der Klara wohlgemerkt, weil alleine hätte er sich niemals in die Höhle der Löwinnen gewagt. Hätte dich die Feigheit nur abgehalten, möchte ich da mal gemeint haben!

Wie gesagt, nur Frauen; und die Vertreterin hat gleich einmal mit der geschmeidigen Zitruspresse losgelegt. Da war so eine extrem dünne Nano-Schicht drauf, die hätte wohl niemand groß vermisst, wenn man sie nur beworben, aber gar nicht aufgebracht hätte.

Der Heinrich - im Sicherheitsabstand zu der grölenden Menge - hat sich das zuerst einmal beinahe unvoreingenommen angesehen. Die hat das präsentiert, als hätte Tupperware die Zitruspresse geradezu erfunden.

Zitronen konnten die Neandertaler schon auspressen, und die alten Inkas hatten so ein Teil bereits in deren Webshop, aber mit diesem Multi-Meister ist die Tupper-Presse im dritten Jahrtausend angekommen.

Langsam hatte die Verkäuferin die Frauen für sich gewonnen, weil sie ja so spannend dem Polypropylen-Staubfänger geradezu den Heiligenschein aufgesetzt hatte.

Und dann kam der Clou - ein Aufsatz zum Erdäpfelschälen. Erdäpfel rein und pressen, und schon trennt sich die Schale wie von Zauberhand von der Knolle. Nichts klebt mehr an, außer, man hat halt Pech!

Das klingt nämlich nach mehr Küchenschlaraffenland, als es denn wirklich gewesen ist, weil die Holde ist dann langsam mit dem Kleingedruckten hinter dem Vorhang hervorgerückt. Damit das funktioniert, müssen die Erdäpfel exakt die richtige Zeit bei der richtigen Temperatur kochen!

Der Heinrich war jetzt nicht der Jamie Oliver, aber kochen war doch kochen, oder hatte er sich etwa vom Physikunterricht auch abgemeldet? Wer weiß, vielleicht kochen die Tupperware-Erdäpfel auch bei 50 Grad?

Langsam ist ihm das Geimpfte aufgegangen, und da sieht man wieder, dass es besser ist, die Männer bleiben so einer Party fern und geben der Frau bloß ihre Goldene Visa mit!
Die anderen Männer taten das nämlich genau so, nur der Heinrich erwartete, im Franchise-Paradies der Plastikschüsseln, seinen Teil vom Kuchen.

Die Traude hat damals auch geflucht beim Schälen, aber so ein Multi-Trottel wäre ihr trotzdem nicht ins Haus gekommen. Der hat ein ganz einfacher Trottel wie der Sepp schon gereicht!

Sicher verbrennst du dir hin und wieder die Finger, und manchmal lässt sich die Schale einfach nicht abziehen, aber deshalb gleich dafür sorgen, dass die Verpackungsmafia wieder ein paar Maybachs bestellen kann? Nein, das wäre nicht in Frage gekommen!

Der Heinrich hatte zu diesem Zeitpunkt bereits mit verschränkten Armen eine dezente Aggressionspose eingenommen. Der hatte schon ein leichtes Schleudertrauma vom vielen Kopfschütteln. Und gerade in diesem Moment hat die Tupper-Lady den Burner des Abends ausgepackt:

Den Nudelaufsatz! Damit kann man im Handumdrehen selber Nudeln machen und das ist natürlich genau das, worauf die Meute gewartet hat! Weil Nudeln, die du an jeder Ecke - Bio oder nicht - um 99 Cent kaufen kannst, reichen nicht mehr! Jetzt heißt es, nur Selbstgemachtes ist das Wahre!

Die sind der Marktschreierin nun mit aufgerissenen Augen derart an den Lippen gehangen, dass du glauben hättest können, die Chippendales tanzen vor ihnen durchs Zimmer.

Da ist jeder Realismus ganz schnell der perfekten Welt gewichen, und die Rattenfängerin hatte ihr Ziel erreicht.

Sie alle würden in diesem Stadium jede chinesische Heizdecke kaufen, hätte es sie nur gegeben.

Der Multi-Wurschtl mit dem Nudelaufsatz war der 911er unter den Küchenmaschinen, so viel war klar! Dazu wurde jeder Dame auch noch ein Satz Gratisspateln im Tausch gegen ihre alten angeboten. Was ist das aber überhaupt für ein Teil, diese Spatel? So was haben sie noch nie gebraucht. Die Traude nicht, die Fatima nicht, die Gerti und die Anneliese auch nicht! Nicht einmal der Hirzberger hat so ein Ding gebraucht!

Und dem Joschi hätte man damit zwar den Arsch versohlen können, das hätte die Anne dafür aber auch nicht gebraucht! Da hat die flache Hand gereicht!

Das Ganze dann noch in einer Farbgebung wie von Tapeten der 70er Jahre. Welche Designer das wohl angerichtet haben in der Bude, hätte er gerne gewusst. Die mussten zumindest eine Rot-Grün-Blau Farbschwäche gehabt haben, wenn sie nicht überhaupt komplett blind gewesen sind.

Heinrich hatte kurz versucht herauszufinden, wofür man so ein Ding brauchen kann, aber keine einzige der umherstehenden Personen konnte es ihm sagen - keine!

Und dann ging es auch schon los mit der schier endlosen Bestellliste! Alles, was der Spritzguss hergegeben hat, wurde gnadenlos veräußert.

»Wenn ihr eine Trinkflasche nehmt, kostet sie 15 Euro, im Dreierpack 45!« Heinrich dachte sich nur: Schön, dass die wenigstens rechnen können!

Es wurden aber fast ausschließlich Dreierpacks bestellt - sagenhaft. Vielleicht hätten die noch einen Sixpack für 95,- verkaufen sollen, da wäre die Runde geradezu ausgerastet!

Zu diesen Flaschen gibt es auf der Homepage übrigens eine Rubrik *»Gut zu wissen«*! Die sollte man lesen, weil da stehen Sachen, die man mit der Flasche machen darf und andere, die man besser unterlassen sollte! Wasser einfüllen und trinken, ja - Hamster hineinstecken und schütteln - nein!

Klara hat ihm jetzt recht schnell angesehen, dass dies wohl kein geeigneter Zweitjob für ihn gewesen ist, so rot hat seine Birne schon geleuchtet. Da war der Thermometer schon am Anschlag, wenn du weißt was ich meine. Dass er die Plastik-Vertreterin noch nicht geknebelt hat - reiner Zufall!

Vier Frauen haben noch den »*Nudel-Trottel-Aufsatz-Scheiß*« bestellt, acht haben ihre Spateln eingetauscht und zwei haben eine Zuckerfee geordert. Da füllst du den Staubzucker unten ein, dann machst du den Deckel drauf, und beim ersten Bestreuungsversuch von Süßspeisen fällt dir die komplette Fee in Einzelteilen auf die Marillenknödeln.

Dieser Plastikmüll ist damals gleich bis zur alten Kastanie in Schorschs Vorgarten geflogen, so sauer war der Heinrich! Also als Tupperware-Vertreter durch die Welt zu tingeln, war sicher eines der letzten Dinge, die er zustande gebracht hätte.

Vielleicht sollte er den alten Stall auf Vordermann bringen und wieder Schweine oder Rinder halten? Dazu hätte er zwar das geeignete Wissen und die Ruhe, aber ob damit noch etwas zu verdienen war, wäre wohl doch mehr als unklar gewesen.

Der Ferdinand hat früher angeblich mal Stoff verkauft und gemeint, dass dies wohl ein lukrativer Job sei. Aber daran hat der Heinrich nicht geglaubt, weil heute ja sowieso schon alles aus Taiwan kommt, und da ist dann kein Geld mehr zu machen. Der Ferdi hat zwar entgegnet, dass es völlig egal ist, woher das Zeug kommt - Hauptsache, es fährt ein und bring richtig Kohle. Wie irgendwelche Fetzen fahren sollen, war dem Heinrich mindestens genauso unklar, wie dass dies Kohle einbringen könnte. Der Ferdinand hat manchmal in Rätseln gesprochen, und da war es für einen grundlegend einfach gestrickten Heinrich kein Leichtes, daraus etwas Verwertbares herauszufiltern.

Das mit dem Stoff hat er dann schon lieber dem Einrichtungshaus Müller überlassen, obwohl sich die mit Paulis Vorhang auch nicht mit Ruhm bekleckert hatten.

In Wahrheit hat er sich jetzt eigentlich nur beim Lagerhaus gesehen und da waren leider definitiv nicht mehr Stunden möglich, weil die ja auch an allen Ecken und Enden sparen haben müssen. Selbst ein so erfahrener und engagierter Mitarbeiter wie der Heinrich musste das akzeptieren. Besser gering- als gefügig, möchte ich dazu anmerken.

Einer von Ferdinands Mitbesuchern vom Swingerclub hat angeblich mal eine Bankfiliale von der Raika um einen stolzen Betrag erleichtert, und der hat dann das ganze Geld zwar »*verhurt*«, wie der Ferdi gemeint hat, aber da ist jahrelang was gegangen mit dem Zaster.

Man wird jetzt aber wohl doch nicht gleich zum Bankräuber werden, nur weil sie ein drittes Familienmitglied durchfüttern mussten? Da gehört wohl noch ein Stück mehr dazu.

So eng war es dann im Hause Heinrich auch noch nicht, und so ein Draufgänger war er ohnehin nicht, dass er sich da eine Maske aufgesetzt und mit der Pistole vom Sepp dann um ein paar Scheine angefragt hätte.

Ich stell' mir den Heinrich jetzt gerade bildlich vor, mit Schihaube und Schreckschusscolt:

»*Hohoho - i bin da Höd und hoi ma dei Göd!*« oder

»*Enemenemu, i stüh da dei Göd und a deine Schuh!*«

Das wirkt wahrlich mehr als nur lächerlich.

Derek würde sie sicher nicht gleich armfressen, und wenn doch, müssten sie halt mal ein paar Legehennen über die Klinge springen lassen.

Leben und leben lassen, mal von der anderen Seite her betrachtet. Also nicht von der Hennen-Seite!

20. Zweitjob

Und dann ist sie ihm doch noch eingefallen, die optimale Lösung! Badeaufseher im Hartberger Freibad.

Ich kann mir das auch nicht erklären, warum ihm das dann wie Schuppen von den Augen gefallen ist, aber wieso eigentlich nicht?

Heinrich ist ja ein sehr guter Schwimmer gewesen, und diese Eigenschaft war in einem Schwimmbad sicher nicht verkehrt. Dort haben ja nur der Bertl und der Sascha für Ordnung gesorgt, und das war gelinde gesagt, suboptimal!

Der Bertl ist unter zwei Promille nie ins Freibad gekommen und wenn er arbeiten musste, nicht unter drei! Der Sascha hätte den Pool vielleicht aufheizen können, aber jemanden retten? Naja! Die Leute haben ja schon gemunkelt, dass der Sascha eigentlich ein Nichtschwimmer war und so, aber ganz sicher war sich niemand, weil der noch überhaupt keinen aus dem tiefen Becken retten hat müssen.

Der war nur immer ganz aufgeregt, wenn der Winter Harry am 3 Meter-Turm gestanden ist. Der Harry war schon gut durchtrainiert, weil der war Karate-Meister in Graz, und da hast du dir natürlich keine Bierwampe antrinken dürfen. Da er nebenbei kein Ängstlicher gewesen ist, hat er schon ein paar kunstvolle Sprünge vom Brett in die Chlorlacke gezaubert.

So etwas sieht durchaus ästhetisch aus, aber der Sascha hat fast ein Sauerstoffzelt gebraucht, wenn der Grazer Karate-Kid dort zum Salto angesetzt hat. Da hätte der Ivan vom Vasily im Steirischen Süßwasserbecken verenden können, wäre ihm das nicht einmal aufgefallen.

Da ist dem Hartberger Freizeitzentrum so eine Schwimm-granate wie der Heinrich sicher recht gewesen, weil beim Bertl hast du geglaubt, dass der die Rettungsboje zum Frühstück gegessen hat, so ist dem die Plauze weggestanden.

Er müsse mal mit der Gemeinde reden, hat er zur Klara gesagt. Da sind in der Sommersaison sicher zwanzig Stunden zusätzlich drinnen, und in Kombi mit dem Lagerhaus und den Mehrstunden unter der Hand würden sie sicher ein vernünftiges Einkommen erzielen!

Da braucht sich dann gar nicht so viel ergeben, damit sich etwas ergibt!

In solchen Momenten - in denen die Existenzsorge nicht unmittelbar die erste Ukulele gespielt hat, ist ihm wieder der Urlaub auf Rhodos in den Sinn gekommen.

Dort war die Welt in Ordnung. Rhodos war noch mal eine ganz andere Nummer gewesen als Caorle in der Kindheit. Da bist du nicht sechs Stunden mit dem »*Asphaltduttel*« von Renault mit gerade einmal 45 PS unter der Haube über die Landstraße gepflügt, sondern geschmeidig geflogen. Retour sogar Sonderklasse - made in Russia!

Da ist es wieder: Man vermisst nur das, was man schon einmal genießen durfte! Antigua, Mauritius oder Mexico hat er genau Null vermisst! Den schleimigen Gianni und seinen griechischen Prachtbunker aber sehr wohl.

Wenn sie denn wieder genug Geld hätten, würde sich sicher wieder ein schöner Urlaub ausgehen. Heinrich empfand jetzt geradezu ein Suchtgefühl danach.

Obwohl so ein Urlaub auch seine Tücken hat. Da ist nicht immer alles rosig, was glänzt! Da ist es auch einmal bräunlich, wo es nach Fäkalie riecht.

Im idyllischen Urlaubsparadies ist durchaus einmal schmutzige Wäsche da, die man waschen muss, und so eine Leiche hat man auch schneller im Keller, als einem lieb ist!

Nicht dass du glaubst nur Mojito, Strand und Sonnenschein! Nein, auch dort, wo die Welt scheinbar in Ordnung ist, ist das wahre Leben zu Hause. Dort wird auch nur mit Wasser gekocht, und nicht jeder, der griechisch aussieht, hat auch griechische Eltern. Da kann dir heute auch gut ein syrischer Einwanderer ein Souvlaki für ein Bifteki vormachen, und du merkst es nicht.

In Mallorca zum Beispiel kommen Haifische heute bis ganz an den Strand heran, obwohl man Jahrzehnte davon überzeugt war, dass die in so seichtem und warmem Wasser gar nicht schwimmen können. Aber warum eigentlich?

Nur weil ich im 32 Grad warmen Thai-Wasser bade, hab' ich ja nicht das Schwimmen verlernt! Auf der Ansichtskarte sieht man auch nicht die Qualle, die dir dort am Strand gleich den halben Fuß wegätzt, bevor sie die chemische Müllbrühe dahinrafft. Und manchmal überlebst du gerade noch den Muränenbiss und gehst dafür dann ein, weil du kurz auf einen giftigen Seeigel gestiegen bist!

Im Ferienparadies ist die Idylle manchmal mehr gespielt als echt. Warum soll ein drei Meter langer Hai bitte nicht bis zum Strand schwimmen, wenn die mit Kokos eingeölte Veronika ihr Krampfaderwadel zur Schau stellt? Der Haifisch ist ja auch nicht deppert! Der wird einem Clownfisch kilometerweit hinterherjagen, wenn die unbewegliche Veronika vor ihm auf dem Präsentierteller liegt ...ähm schwimmt! Na sicher!

Aber Urlaub ist Urlaub und Job ist Job. Was der griechische Bademeister auf Rhodos zusammengebracht hat, das schafft er im Hartberger Freibad schon lange.

Zuerst ordentlich Geld ranschaffen, und dann geht es wieder an die paradiesischen Orte dieser Welt. Vielleicht wird es ja einmal Kreta oder Kroatien. Es soll ja viele Orte geben, wo es schön ist.

Einige schwärmen geradezu von Hurghada, aber 45 Grad im Schatten der Kalaschnikow vom Sicherheitsbeamten hinter deinem Liegestuhl hat er sicher nicht gebraucht.

Dann schon lieber Hartberg und arbeiten. Dann wird sich auch wieder ein Urlaub ergeben. Weil zuerst die Arbeit und dann das Vergnügen.

21. Sehnsucht

Der Heinrich hat sich den Urlaub auch nicht durch Gefahren vermiesen lassen und weiter danach gestrebt.

Gefahren lauern überall. Da dürfte er nicht mal am Sonntag in die Kirche oder auf dem Hof zu seinen Hühnern in den Stall. An dem einen Ort wartet vielleicht eine tollwütige Henne und am anderen - der Herr Pfarrer. Dazu später mehr.

Außerdem hat ein Aufenthalt am Meer auch noch andere Dinge zu bieten. Wenn man da so in der ersten Reihe fußfrei am Strand liegt und den Blick durch die verspiegelte Ray-Ban über den Horizont schweifen lässt, gibt es da schon auch so Dinge, die rein optisch durchaus betrachtenswert sind.

Die Silhouette einer weiblichen Person, zum Beispiel! Jene scheinbare Kleinigkeit kann dir den Tag retten oder eben nicht, je nachdem, ob diese Umrisse des weiblichen Körpers zur zwanzigjährigen Mercedes aus Sevilla oder zur sechzigjährigen Sieglinde aus Stinatz gehören! Das ist jetzt natürlich nur eine rein metaphorisch gestützte Hypothese.

Weil das Ganze hat ja nichts Verwerfliches oder Sexistisches an sich. Da geht es rein um biochemische Verbindungen. Hast du gewusst, dass man sich sogar in die bloße Silhouette einer Frau verlieben kann? Da kann man sogar die abgehalftertsten Hobby-Philosophen fragen: Das ist so.

Die kann dann bei näherer Betrachtung ein Gesicht haben wie nach einem Auffahrunfall - völlig wurscht! Dich hat eben vorher schon ein anderes Programm gefesselt, somit ist folglich und erwiesenermaßen eine Krummsäbel-Nase auf dem zweiten Blick bereits belanglos. Die Umrisse haben gewonnen. Der Schein siegt über das Sein.

Dieses Prinzip funktioniert übrigens bis zu einem gewissen Grad nicht nur visuell, sondern auch akustisch. Eine erotische Stimme am Telefon kann vieles von der Wirklichkeit geradebügeln, wenn sie denn nur vorher da war.

Wer zuerst kommt, gewinnt! Sprich: first come - first surf!

So ist die Natur mit all ihren Gesetzmäßigkeiten.

Ein Phänomen des Lebens und etwas, das erklärt, warum die vielen hässlichen Bonzen so schöne Frauen haben: Die verzaubernden Nuancen im Ton der Stimme haben wohl überzeugt, oder aber schlicht und einfach nur das schweißnasse »Asterl«, das der spätere Göttergatte bei Anbahnung aus dem Ferrarifenster hat hängen lassen! Weil Sicherheit ist Sicherheit!

Die Wahrheit ist ein Vogerl ... und weitere Details entnehmen Sie gerne der eigenen Erfahrung;-)

Heinrich war glücklich mit Klara und mit ihrem neuen Vierbeiner. Um Fehlinterpretationen gleich vorzubeugen: Trotzdem giert der Jäger nach der Weiblichkeit und der endbezweckten Streuung! Gene gehören verteilt und, wenn geht, - einspurig! Da braucht der gute Hengst keine Verstärkung. Da ist der gemeinsame Nenner keine Gunst unterm Strich!

Heinrich war aber nicht der typische Testosteron-Sklave! Mehr so ein »Schauen-wir-mal«!

Es gibt ja zum Glück auch die, denen ein flüchtiger Blick genügt. Aber glaubt keinem, der meint, er schaue nicht - das ist unmöglich! Weil wir schauen ja nicht bewusst, sondern weil wir müssen! Die Schöpfung hat das so vorgesehen. Was soll man da bitte dagegen tun? Soll man sich gegen den Schöpfer auflehnen? Soll man den natürlichen Trieb willkürlich unterdrücken und einer bei der Tür hereinkommenden Dame nur noch mit freundlichem Gesichtsausdruck in die Augen schauen? Das gehört sich doch nicht! Die hat zwei Stunden vor dem Spiegel an ihrem kleinen Schwarzen herumgezupft, nur um freundlich angegrinst zu werden?

Da meine ich: Der freundliche Blickkontakt alleine wäre geradezu unhöflich!

Es kaufen nicht 50% aller Frauen Push-Ups, damit man ihnen nur ja nicht auf die Brüste schaut!? Soviel weiß auch unser Heinrich. Und wenn der Kleiderstoff durchsichtig ist, dann weil man eben auch etwas sehen soll. Wäre es anders, würden die Damen in einem Strickkleid oder einem Rollkragenpulli stecken.

Die Gerti ist dafür auch ein gutes Beispiel. Nämlich für die Ausnahme, die die Regel bestätigt. Weil ihr hat immer jeder nachgesehen, obwohl sie weder geschminkt war noch eine aufreizende Kleidung getragen hat. Die war mehr so eine Erscheinung. Geradezu ein Kunstobjekt, irgendwie.

Ich glaube, dass die Schönheit nicht im Auge des Betrachters liegt, sondern dass sich das der jeweilige Betrachter einredet, weil er die Schönheit nicht erkennt. Bei den Frauen kommt es auf die Rundungen mit dem korrekten Radius am richtigen Platz an.

Das ist auch nicht einfach zu erklären.

Nehmen wir mal die Traude und die Gerti. Beide haben gewisse Rundungen, aber die eine alle an den richtigen Stellen und die andere hatte Pech. Weil bei der stimmte nicht einmal der Radius. Tut mir leid, besser kann ich es nicht erklären.

Die Anne vom Michi hat zum Beispiel ein wunderschönes Gesicht gehabt, und trotzdem haben ihr nur die wenigsten nachgeschaut. Der Grund liegt hier unbestreitbar in der Formgebung. Der Liebe Gott hat ihr eine Dreiecksform mit Abflachungen verpasst, und da darfst du dich dann nicht wundern, wenn dir niemand hinterherpfeift. Der Michi hat sie angeblich auch nur geheiratet, weil er sie immer nur von vorne gesehen hat.

Man kann auch beobachten, dass solche Frauen meist hinter dem Mann gehen. Also, nie vor ihm. Das ist lustig, weil eine Kardashian geht immer vorne und eine Salma Hayek und eine Lopez auch. Soziologe hätte ich werden sollen!

Die Fatima hat übrigens immer einen Schleier getragen! Da war alles klar, da war nichts mit Spekulationen, ob sie angeschaut werden möchte oder nicht. Nur vielleicht, was der Schleier alles verhüten kann. Das war auch absolut in Ordnung für den Heinrich.

Der Zorro war damals auch voll verschleiert, weil er sich nicht zeigen wollte! Gleiches Recht für beide Geschlechter! Und heute würde der Zorro in seinem Aufzug nicht einmal mehr auffallen, bei den vielen Mund- und Nasenschutzträgern.

»Sellerie«, wie der Flic mit der Tricolore-Maske sagen würde!

22. Geschlechter

Apropos Geschlecht. Da hat es ja auch nicht nur die zwei gegeben - sprich Rot und Schwarz wie beim Kugelspiel im Casino. Wenn man genau ist, hat es da viele Mittel- bis Dunkelrot und auch das ein oder andere Hellschwarz gegeben. Weil nur Frau oder nur Mann ist auch sehr oberflächlich betrachtet. Es gibt auch Mädchen, die eigentlich ein Bub sein möchten, und Männer, die sich in einem Frauenkörper definitiv mehr zu Hause fühlen würden. Weiters gibt es noch welche, die sich zwar gerne als Frau kleiden, aber sonst durchaus selbstbewusst ihren Mann stehen. Man sieht schon, wie viele Facetten es unter den Geschlechtern gibt - da gibt's quasi nichts, was es nicht gibt!

Der Heinrich ist natürlich schon einer, der mehr so für ein eindeutiges Rot oder Schwarz gewesen ist, weil das andere ja doch ein wenig seltsam und außerdem noch dazu selten in Hartberg vorgekommen ist.

Der Wendtner Schurli soll angeblich so ein Fall gewesen sein. Der hat nach Hörensagen zumindest vorgehabt, eine Wendtner Berta zu werden, aber damit hätte der Hartberger Nostalgiechor, in dem er mitgewirkt hat, eventuell doch so seine Probleme gehabt. Weil wer alte traditionelle Lieder zum Besten gibt, hat traditionell auch leichte Vorurteile bei so einer Umwandlung. Und der Schurli hat in die Vollen gehen wollen, so umwandlungstechnisch! Da war nichts mit nur Brust und vielleicht ein Pausbäckchen mit einem lieblichen Grübchen. Der hätte auch untenrum gerne ... mehr so einen Hauch von nichts gehabt.

Die Sache ist dann aber ins Wasser gefallen, weil der Wendtner Klaus, sein Vater, unbedingt wollte, dass er im Chor weitersingt und als einziger Sohn am Hof kannst du auch schlecht eine Tochter werden. Das muss man selbstredend auch ein wenig aus der Sicht des Familienoberhauptes sehen!

So eine spätberufene Tochter bringst du später auch nur schwer wo unter. Und wenn der einzige Sohn, die ganze Muskelkraft in ein geschminktes It-Girl vom-Land-Image umwandelt, bringt dir das landwirtschaftlich genau gar nichts. Das ist also der Grund dafür, dass die vermeintliche Berta noch ein Schurli ist, und die meisten nur denken, dass der so ein Fall ist, es aber keiner weiß.

Vielleicht war es auch besser so für die Allgemeinheit. Für die Berta sicher nicht.

23. Urlaubsgefühl

Jetzt nochmal zurück zum Urlaubsgefühl. Dieses Gefühl ist irgendwo zwischen Hoffnung und Genuss einzuordnen. Wenn das Zimmer natürlich auch am Urlaubsort so aussieht, wie es vor dem Buchen im Prospekt abgebildet war. Weil immer ist das Gefühl nicht dort, wo es hingehört. Wenn dich zum Beispiel die Kakerlaken zum Frühstückstisch tragen oder eine trübe Suppe das Wasser im Pool sein soll, dann ist das Gefühl ganz woanders angesiedelt! Und wenn der Schimmelpilzbefall im Badezimmer sich nicht nur auf die Fliesenfugen beschränkt, sondern bereits die Farbgebung des Raumes übernommen hat, so liegt das gleich einmal zwischen saftiger Beschwerde und abgrundtiefem Speiben.

Aber ein azurblaues Meer, das sanft vor sich hinrauscht und, von Sonne und tiefblauem Himmel eingerahmt, Ebbe und Flut spielt, lässt dich zu einem Dichter und Denker werden.

Ein Schiller für Arme, könnte man sagen. Einer der den Wilhelm Tell für Hartberg neu erfindet.

Er ist gerade auf dem Sofa gelegen und hat so melancholisch aus dem Fenster sinniert. Du kannst immer am besten denken, wenn dich nichts und niemand ablenkt. Wenn du gerade überhaupt nichts zu tun hast, ist immer die richtige Zeit, sich Gedanken zu machen und Klara war auch gerade mit Derek unterwegs.

Die besagten Gedanken schweiften gerade um die ästhetischen Dinge, die sein Auge gerne eingefangen hätte. Alles übrigens so im Halbschlaf. Weil welcher Mann sieht sich, im Liegestuhl liegend und Mojito schlürfend, nicht gerne die holde Weiblichkeit an?

Ja ich weiß, es gibt die, die sich das nicht zuzugeben trauen und die, die sich lieber einen wie den Schorsch ansehen und die, die es nur nicht machen, weil sie sich zu viel um die eigene Family kümmern müssen:

Schirm da aufspannen, Luftmatratzen aufblasen und das Ruderboot vom Onkel Rudi; die Kleine eincremen, den Kleinen eincremen und dann noch die Kleinste eincremen und die Mama zwischen den Schulterblättern, damit sie sich sicher auf den Rücken legen kann.

Dann noch mit dem Kleinen Fußball, bis du den Rist nicht mehr spürst und gleich darauf Boccia mit der Kleinen. Jetzt will Mama gewendet werden. Dann was Kaltes zum Trinken für die beiden Größeren und ein lauwarmes Wässerchen für die, die gerade die Windel gefüllt hat.

Gleich wickeln und Exkrementesackerl entsorgen. Der Kleine muss bereits wieder eingeschmiert werden, weil er zu oft im Wasser war. 50er-Faktor für die Kleinste, dass die ausschaut wie eine weiß lackierte Russenpuppe. Mama ruft nach einem Aperol. Die Kleine schreit ohne Ton, weil eine Qualle sie erwischt hat - verarzten. Silberwasser, Kokoscreme und Notfalltropfen, damit die Stimme wieder kommt. Schon da! Man hört sie bis zum übernächsten Hotelkomplex.

Jetzt rüber zum schmierigen Italiener fünf Liegen links, weil der die Gattin angezwinkert hat. Südländer die Fresse polieren, den Po von der Kleinsten polieren, die Fingernägel von dem Röstfleisch neben ihm polieren. Jetzt kehrt langsam Ruhe ein. Der Kleine schläft auf der Sonnenliege in der prallen Sonne - Schatten machen. Die Mama schlängelt sich auf der Liege, um möglichst keinen Körperteil unbesonnt zu haben - Schatten wegmachen.

Die Kleinste hat Hunger und schoppt sich beidhändig den Sand rein. Die Kleine will helfen und wirft eine Bocciakugel nach ihr. Beule kühlen!

Der Kleine ist aufgewacht und schießt den Lederball einer älteren Dame halbvolley ins Gesicht. Die Kleine lacht sie aus; die Kleinste hat jetzt auch Zigarettenfilter als Nahrungsmittel entdeckt. Papa beruhigt die gerötete Urlauberin und kippt sich gedanklich einen Drink hinter die Binde. Der Kleine bohrt in der Nase. Die Kleine schraubt sich eine Muschel ins Ohr, und die Kleinste zeigt sich ebenfalls handwerklich begabt und sägt an Mamas Nervenstrang.

Jetzt geht es leider schon ans Einpacken. Die Sandspielsachen in der trüben Meerwasserlauge abspülen. Sonnenschirm abspannen. Mit Liege verschmorte Gattin von dieser befreien und Handtücher einpacken. Flascherl einpacken. Ball, Bocciakugeln und die unnötig gesuchten Muschelfragmente einpacken. Ringkampf unter den Kleinen beenden.

Die Kleinste ins Wagerl, die zwei anderen neben das Wagerl und die Frau hinters Wagerl schön auf den befestigten Steg im Sand stellen. Mit einem Seufzer den Strandtag beenden und alle mit einem konsequenten »Abfahrt!« Richtung Parkplatz treiben. Die Kleinste plärrt. Sie will irgendwas oder irgendwas nicht. Die Kleine liegt auf dem Boden. Sie will noch nicht gehen. Der Kleine läuft weg. Er will endlich zu Hause sein. Jetzt ein paar Watschen androhen und mit Müh und Not alle lebendig ins Fahrzeug schaffen. Mama hängt apathisch am Kinderwagen. Sie hat vermutlich zu viel Sonne erwischt. Der Kleine speibt gleich nach dem Einsteigen auf den Rücksitz. Er hat vermutlich etwas Schlechtes beim Essen erwischt.

Die Kleinste hat ein Büschel blonder Haare zwischen den Fingern. Sie hat vermutlich den Kopf ihrer Schwester erwischt. Die Kleine springt vor lauter Schmerzen auf. Der Kleine springt der weggetretenen Mama auf dem Kopf herum, und das Auto springt nicht an. Der Papa probiert es mit gutem Zureden, was aber weder bei den Kindern noch bei dem Fahrzeug fruchtet. Bei der Gattin sowieso schon seit Jahren nicht.

Eine Werkstätte rufen bringt nichts, weil wenn du einen Italiener findest, der des Schraubens mächtig ist, fehlen dir die Alufelgen. Nach ein paar Versuchen geht es eh los! Wie soll man an so einem Tag zum Schauen kommen?

Da ist es nur zu verständlich, dass der verantwortungsbewusste Familienvater nicht auf andere Frauen schauen kann und die Familienidylle sicherer gewahrt bleibt, als eigentlich vom Schöpfer vorgesehen.

24. Bikini

Der Heinrich hat auf Rhodos schon Zeit gehabt zu schauen. Sicher ist er damals wegen der einen oder anderen Insultierung manchmal kurzfristig nicht dazu in der Lage gewesen, aber schauen ist schauen, und der da oben hat uns ja auch nicht zwei Augen verpasst, damit wir sie geschlossen halten.

Aber das alles ist nicht mehr so wie früher, mit den Bikinischönheiten. Was sich der damals hoch pubertäre Heinrich von seinem einzigen Urlaub am Meer behalten hatte, waren die vielen, in alterungsresistenten Zellen gespeicherten Bilder von nackten Brüsten am Strand. Die sind vor dir hin und her gewippt, das war sagenhaft. Damals hätte es kein Beachvolleyball geben können, weil da wäre nicht nur der Spielball zu blocken gewesen, sag' ich dir. Das willst du dir nicht vorstellen!

Den klassischen Bikini hat es ja quasi nicht gegeben in den 80er Jahren. Vor der Jahrtausendwende gab es ja praktisch nur das Höschen bei den Damen. Oben herum wurde alles weggelassen. Frau wollte ja schließlich nahtlos braun werden. Das wollen die übrigens auch heute noch, aber nicht mit der nötigen Offenheit wie damals. Jetzt erfinden die Chinesen schon Stoffe, die die Haut durch das Kleid bräunen lassen. Da heißt es Obacht geben, wenn man angekleidet einen Strandspaziergang macht. Da gleicht deine Haut gleich einmal einem gekochten Hummer.

In Caorle hatte jede Dame der Schöpfung voller Über-zeugung ihr Oberteil weggespart. Gut, damals stand es um die

Finanzkraft nicht so rosig, und ein einteiliger Bikini hat wahrscheinlich nur die Hälfte von einem Zweiteiler gekostet.

Einige von den herumstehenden Dingern konnten ja durchaus ein ästhetisches Erscheinungsbild abgeben, aber die meisten waren schon eher eine schwingende Zumutung. Auch die Traude hatte ihre Töpfe damals zwanglos präsentiert - da konnte man seinen Blick gar nicht lösen. Und das war nicht mal Absicht, sondern anatomisch bedingt! Die hat sich einfach immer auf den Rücken legen müssen, weil sie sonst vom Badetuch gerollt wäre. Der Sepp hat alles versucht, aber eine Traude-Arretierung auf dem Strandtuch war leider nicht durchführbar. Also gab es keine andere Möglichkeit, als die Oberweite gnadenlos der Sonnenbestrahlung auszusetzen.

Solche Mehlsäcke hat der Heinrich damals wie heute nicht sehen wollen. Die könnten ruhig in einem Badeanzug stecken. Das hat sich eingebrannt im Oberstübchen. Wenn er dran denkt, kommt es ihm geradezu wie gestern vor.

Heute findest du niemanden mehr oben ohne. Außer in den FKK-Zonen.

Aber diese Unkultur ist sowieso nur für die richtig »Sierigen« - wie die Traude sagen würde, weil die wären am liebsten überall, wie Gott sie schuf, herumgelaufen. Vielleicht war das vom Schöpfer ohnehin so geplant? Wer hat uns eigentlich die Kleidung verpasst? Die Evolution, weil wir über die Zeit das Fell verloren haben, lieber Heinrich!

Also dieser freie Körperkult naja, aber überall alles zu zeigen muss wirklich nicht sein. Wenn eine Frau im richtigen Stück Stoff steckt, ist das ohnehin um vieles anziehender.

Der Heinrich möchte überhaupt keine Bikinis ohne Träger und Tankinis fand er ebenfalls überflüssig. Neckholder sind im Grunde die hübschesten, hat er gefunden. Die umschmeicheln einen schönen Oberkörper wie der passende Bilderrahmen das Kunstwerk.

Die Klara hat nur solche Bikinis gehabt, und die hat oberweitenmäßig schon fast so ausgesehen, als hätte so ein Schönheitsdings mit Erfolg an ihr herumgeschnitzt.

String-Tanga ist ebenfalls völlig out. Man darf heute ruhig ein bisschen was vom Hinterteil verdecken. Schön, dezent und slim fit, wie man heute zu der Bekleidung sagt, die definitiv zu klein ist.

In Caorle sind diese »Ritzenschnüre« allgegenwärtig gewesen, konnte er sich erinnern. Da konnte der Sepp damals die Traude gerade noch davon abbringen, so ein Teil auf dem Markt zu erstehen. Da hätte der Heinrich seine Mutter entmündigen lassen, wäre die so am Strand herumgelaufen.

Wie bereits erwähnt - allein die Silhouette am Horizont kann schon beeindrucken und mit dem richtigen Bikini noch ein wenig mehr. Heute sind da leider sehr viele durchtrainierte Frauen unterwegs, weil ein Sixpack muss bei denen nicht unbedingt sein, und wenn die einen Bizeps wie die Steirische Eiche haben, ist das beinahe schon ungustiös.

Ein normales Bäuchlein und schlanke bis sportliche Beine reichen völlig aus - für die perfekte Heinrich-Silhouette. Nach Möglichkeit keine Beinstellung im gleichschenkeligen Dreieck, bei der man eine Murauer-Kiste durchschieben könnte, aber ansonsten gäbe es keine gröbere Anatomievorgaben seitens unseres Freundes und Zwetschkenrösters Heinrich.

Klara öffnete die Tür. Gut, die war ja auch nicht gerade unpassend bezüglich seiner gegenwärtigen Gedanken. Sie hat schon was dargestellt. Jetzt gerade im Derek-Gassi-Outfit vielleicht nicht, aber sonst schon.

Mit der Klara hat man sich schon zeigen können - egal, ob bei der Anneliese auf einer Freitag-Nachmittagsjause, beim Doktor Hirzberger oder in der Sonntagsmesse! Auch auf dem Hartberger Feuerwehrball wäre die nicht verkehrt gewesen.

Sie schenkte ihm ein flüchtiges Lächeln und verschwand mit dem Wauzi in der Küche, um diesem sein zweites Tagesmahl zu verabreichen. Da ist der Vierbeiner kaum wegzubekommen, wenn jemand etwas in der Küche zubereitet - egal, für wen.

Selbst wenn du seinen Schwanz filetieren würdest, der Wasti würde sitzen bleiben.

Heinrich lag noch immer auf dem Sofa und schnaufte zufrieden durch. Es würden wohl noch ein paar Tage vergehen, bis wieder Urlaubszeit ist, aber trotzdem darf schon mal die Vorfreude sein. Weil die ist auch nicht viel schlechter als die Schadenfreude.

25. Gemeindeamt

Am nächsten Morgen war es soweit. Er betrat die Gemeinde und versuchte, den Verantwortlichen für die Sektion Schwimmen zu finden. Das ist aber selbst auf einem Gemeindeamt einer knapp 7000 Seelen zählenden Stadt kein leichtes Unterfangen. Da gibt es für alles ein Referat, und halb Hartberg ist dort angestellt gewesen.

Gemeinderäte, Stadtrat, Bürgermeister, Bürgerservice und Bauamt und was weiß ich noch alles. In Hartberg hat es zum Beispiel nicht nur einen Service für Bürger gegeben, sondern auch einen eigenen für Hartberg und eine Finanzverwaltung, dass du glaubst, das Rechenzentrum von Apple ist von Cupertino hierher übersiedelt.

Dass dies alles seine Berechtigung hat, kommt einem, der nur alle zehn Jahre etwas auf einem Amt zu tun hat, natürlich nicht so leicht in den Sinn. Aber so ein Gemeindeamt ist der geistige Sitz einer Stadt und hauptverantwortlich für die Lebensqualität in einer solchen. Da hat auch der Heinrich noch etwas zu lernen!

Jedenfalls hat sich dieser nicht so zügig zurechtgefunden, wie er gehofft hatte, weil da hat es drei Stockwerke gegeben und dazu noch eine ganze Menge Türen, hinter denen sich vermutlich genauso viele Arbeitszimmer verborgen hielten. Dass dort dann nicht immer alle Büros zu jeder Zeit besetzt sind und nicht jeder Mitarbeiter gerade nur so auf den Heinrich gewartet hat, hätte ihm aber nach zehn Folgen von MA 24/12 beim Heiko durchaus klar sein können. War es ihm aber nicht! Er hat geglaubt, dass es so nur im Film zugeht.

Wie man sich doch täuschen kann, lieber Heinrich. Manche Sendungen sind halt doch näher an der Wahrheit dran, als man denkt.

Jetzt gibt es dort zwar den Bürgerservice, der dich zum richtigen Zimmer schicken soll, aber es bleibt ein Glückstreffer, wenn dieser und das entsprechende Zimmer gleichermaßen besetzt sind. Weiters gibt es dann noch solche Anliegen wie dieses vom Heinrich, welches sich ja nicht genau dem einen oder dem anderen Referat zuteilen lässt.

Jetzt ist das Schwimmbad nämlich ein bisschen von allem gewesen - Bauwesen, Verwaltung und vielleicht auch ein wenig Wohnraum, weil der Lerchenfelder Karl ist immerhin jeden Tag mehrere Stunden dort gewesen und zu Hause war er nicht annähernd so oft, wenn man seiner Frau Greta glauben darf! Der Heinrich ist jedenfalls auf und ab gelaufen und hat natürlich auch keine genaue Auskunft bezüglich des richtigen Zimmers bekommen.

»*Oamoi oda zwoamoi aufi und daun bei Hundatochte oda Hundatzehne, je nochdem, ob da Sepp oda da Koal do is. Waun net, daun weita oben auf Zwoahundatsiebzehne*«, ist auch kein ganz präziser Hinweis gewesen.

Dann haben die dort auch keinen Aufzug gehabt, da kannst du alles zu Fuß abklappern, und wenn du dann auch noch ein Glückspilz wie der Heinrich bist, ist gleich weder der Sepp noch der Karl zugegen. Und das um 10 Uhr Vormittag!

Zu dieser Zeit war sogar das Büro vom Ing. Breitfuß besetzt, und das mag was heißen, wie er durchs Red Zac-Fenster sehen hat können.

Manchmal hast du aber im Unglück auch ein bisschen Glück, weil ihm der Gmej Mike vom Rantanplan-Bau hinter der Zeckenfabrik entgegengekommen ist.

»Hallo, Heinrich! Was suchst du denn?« Heinrich war selten begeistert, wenn er den Mike gesehen hat, aber diesmal doch. So als Sachbearbeiter war der Mike gar nicht so schlecht, der hat echt viel gewusst bezüglich Gemeindeangelegenheiten.

»Ich brauch wen, der das Schwimmbad über hat! Jemand, der weiß, ob noch ein Bademeister gebraucht wird.«

Der Gmej vom Rantanplan-Bau war etwas verdutzt, man sah ihm aber durchaus an, dass er versucht war, seine Gehirnwindungen in alle Richtungen in Vibration zu bringen.

»Der Kurzgstöde ist heut net da, und der Surbraten budat seit gestern in Thailand!«

Zu dieser nicht ganz kindergerechten Geheimsprache braucht es natürlich eine kurze Erklärung. Mike hat nur darauf hinweisen wollen, was Heinrich schon ahnte: Weder der Sepp noch der Karl waren in Amt und Würden.

Den Sepp nannten sie *»den Kurzgstödn«*, weil er der einzige war, der beim Limbodance auf dem Feuerwehrball nicht in die Knie gehen musste. Bei uns würde man Sitzriese oder *»Zwergerl-Schnäuzer«* zu so einem sagen. Surbraten haben sie zum Karl gesagt, weil der sein Bauchfleisch ständig vor sich herumgetragen hat, wenn du verstehst, was ich damit sagen möchte.

Wenn ich schon einen Erklärungslauf habe, werde ich euch auch gleich noch mitteilen, was es mit dem Rantanplan-Bau und der Zeckenfabrik so auf sich hat:

Der Rantanplan-Bau hat so geheißen, weil dort immer ein Hund vor dem Eingangstor gelegen ist, der dem Gefängnishund von Lucky Luke so ähnlich gesehen hat. Außerdem ist der Wohnblock auch 1960 gebaut worden, was Rantanplans Geburtsjahr entspricht.

Wer den Bau auch immer so genannt hatte, wusste niemand mehr, aber es war irgendwie dennoch sehr passend. »Zeckenfabrik« war einfach ein Hartberger Synonym für die ortsansässige Volksschule.

Der Mike hat jetzt eine gute Idee bezüglich Heinrichs Problem gehabt, weil er ihn gleich zur Veronika auf Zimmer 120 geschickt hat. Die war so das »Mädchen für alles«, wenn die Kollegen nicht da waren. Die hat Einblick in alle Dinge gehabt und konnte auch das ein oder andere ganz alleine entscheiden.

Jetzt ist der Heinrich mit dieser Bademeistergeschichte vor ihr gestanden und hat auf seine schrullige Art versucht, Werbung für sich zu machen. Die Veronika hat ihn aber ohnehin von früher gekannt und sofort wieder gewusst, dass der da nie etwas anderes gekonnt hat als schwimmen! Sie hat geschmunzelt:

»Drei Badewascheln können wir aber sicher nicht brauchen!«

»Das verstehe ich natürlich, aber vielleicht ist entweder für den Bertl oder für den Sascha eine andere Position besser geeignet?«
Dass die beiden nicht die optimalen Bademeister gewesen sind, hat natürlich auch die Veronika gewusst!

»Der Bertl wäre als Vorkoster beim Branntweiner sicher besser dran und den Sascha kann er gleich als Bierwärmer mitnehmen«, war die Gemeindebedienstete ohnehin im Bilde!

»*Sind aber beide mit welchen verwandt, die halt mit welchen verwandt sind... Du weißt, was ich meine?*« Sicher wusste er das! Die Sache mit der Freunderlwirtschaft hatte er ja schon durch.

»*Für den Bertl könnte sich aber etwas auf dem Bauhof ergeben. Da kann er voll planiert eventuell weniger Schaden anrichten!*«

Veronika war sichtlich bemüht, wohl wissend, dass Heinrich für den Job im Freibad mit Sicherheit besser geeignet war.

Sie selbst hatte es ja nicht so mit dem Wasser, aber die kleinen Ungustln von der Zeckenfabrik waren ja schon oft dort, und die kannst du auch nicht so einfach mir nix dir nix ersaufen lassen. Und wenn doch, kannst du später dem Gericht schlecht einen Bertl als umsichtigen Badeaufseher präsentieren - so viel war klar!

»*Wir machen das! Du teilst dir das mit dem Sascha, und für den Bertl finde ich schon was!*«

So schnell hat der Heinrich nicht mit einer positiven Nachricht gerechnet, aber die Veronika war mehr so ein Mann der Tat, wie man so sagt! Das ist jetzt vielleicht nicht perfekt »*gegendert*«, aber du hast die Veronika ja auch noch nicht gesehen.

»*Bezüglich Verdienst und Arbeitszeit bleibt alles ohnehin so, wie es ist. Da kannst du den Sascha fragen. Es ist jedenfalls Teilzeit.*«

Veronika hatte jetzt auch noch andere Dinge zu tun und wollte die gegenwärtige Angelegenheit so schnell wie möglich hinter sich bringen.

Heinrich hatte eigentlich auch nicht vor, den ganzen Tag auf dem Gemeindeamt zu verweilen und war nicht nur zufrieden, dass er eine Jobzusage hatte, sondern auch, dass es nicht so lange gedauert hat wie befürchtet. Sicher war es jetzt nicht der lukrativste Job, aber wenn keiner kurz vor dem Ersaufen ist, hast du ja auch praktisch nichts zu tun. Weiters ist ein großer Vorteil an dem Job, dass er sich mit Sascha abstimmen kann, damit er nicht in einen Zeitkonflikt mit dem Lagerhaus kommt. Da ist tatsächlich alles unter einen Hut zu bringen.

Den Bertl konnte er sich wiederum auch auf dem Bauhof nicht so recht vorstellen, aber das war ja mit Sicherheit nicht sein Bier, sondern Veronikas.

Heinrich hat das Gemeindeamt schon verlassen wollen, als er jemanden von hinten rufen gehört hat.

»Haaallllooo! Heinrick?«

Er blieb kurz vor dem Ausgang stehen und wandte sich um. Bereits während seiner Körperdrehung wusste er schon, dass die Person nur eine sein konnte: »Jössas na, die Fatima!«

26. Schulwesen

Sie ist schon ein paar Mal auf der Gemeinde gewesen, weil sie versucht hatte, ihren Sohn Timur für die Schule anzumelden. Das ist kein leichtes Unterfangen, weil hier weißt du nicht gleich, wo du so einen kleinen Ausländer anmelden sollst.

Die Schule ist dafür nicht zuständig, und hier ist noch weniger wer dafür zuständig und wenn doch, dann sind die Zuständigen irgendwo auf Urlaub, krank oder müssen noch schnell beim Spider Solitär ein paar Karten legen oder mit dem Mario das nächste Level schaffen!

Fatima hat echt entnervt ausgesehen gerade. Die war von Grund auf eher selten die Ruhe in Person, aber wenn du schon wochenlang von einer Schule zur nächsten läufst, damit der Kleine irgendwann die Möglichkeit hat, außer Auto aufzutanken auch noch etwas anderes zu lernen, so kann man leicht vom Nervenzusammenbruch ins Burnout schlittern!

Jetzt war sie sehr froh, eine bekannte Person zu erblicken, der sie ihr Leid klagen konnte. Der Heinrich hat sich das auch alles brav und mit ganz vielen »Ks« angehört und sie dann zur Veronika geschickt.

»*Zimmer 120 - da kannst du nichts falsch machen. Die weiß alles!*« Fatima war sehr dankbar, obwohl sie gerade nicht gewusst hat, ob sie nicht auch in diesem Zimmer schon sieben Mal gesessen ist.

So eine Schulanmeldung ist kein Honiglecken! Zuerst musst du einmal wissen, wohin, und dann solltest du noch akribisch die Postsendungen sortieren, damit du die obligate Einladung zum Schulbesuch nicht versäumst. Weil wenn das passiert, sitzt schon mal der hochbegabte Timur in der Sonderschule, weil überall anders kein Platz mehr frei ist. Das war natürlich nur so eine hohle Metapher, weil Heinrich glaubte nicht daran, dass das Produkt aus Fatima und Mehmet ein hochbegabtes Wesen hätte sein können - aber wer weiß! Nur zu oft ergeben zwei Miese ein Juwel!

Ich sage nur: Minus mal Minus ergibt ein Plus und, da braucht mir jetzt keiner mit Statistik und so kommen - weil was Mathematik ist, ist Mathematik!

Es war natürlich klar, dass der kleine Timur mit der Volksschule beginnen musste, weil der kann nicht gleich eine höhere besuchen, ohne erst einmal vernünftig die deutsche Sprache zu können. Fatima war ihm da sicher keine große Hilfe, und der eher wortkarge Tankwart Mehmet auch praktisch null Komma Josef. Der arme Timur musste da also schon allein durch, aber aus solche Zecken werden oft die besten Schüler.

Klara hat auch nicht viel Unterstützung von zu Hause gehabt und ist die Beste von allen gewesen. Jetzt hat der Timur fünf vor zwölf praktisch noch keinen Platz gehabt, und da waren die normale Volksschule und auch die Da Vinci mit Sicherheit schon randvoll mit den kleinen Bälgern.

Man muss ja echt sagen, dass Hartberg jetzt fast schon ein Aushängeschild bezüglich Ausbildungsmöglichkeiten ist, weil dort hat es Schulen gegeben, da braucht sich diese steirische Kleinstadt vor keiner anderen zu verstecken. Es hat von den Volksschulen über die Neuen Mittelschulen auch Tagesschulen, Begabtenförderungsangebote und auch eine Schule für die sogenannten »*Fetzenschädeln*« gegeben.

Die Zeckenfabrik hat sicher auch noch ein Plätzchen für den kleinen Timur! Es gilt ja die Schulpflicht, und somit bleibt denen eh nichts anderes übrig, als dem Kleinen einen Stuhl anzubieten.

Auch wenn die Fatima jetzt durch den Wind war - das wäre der Heinrich sicher auch - wird sich das alles wohl mit Sicherheit zum Guten wenden! Die Veronika wird das schon machen.

Sie hat es auch wirklich gemacht. Ratzfatz war der kleine Migrant eingeschrieben und fertig. Da hat die nicht lange gefackelt, weil wo die anderen Kollegen während der Arbeitszeit noch weniger tun als im Urlaub, hat die Veronika Gas geben können - Aston Martin nichts dagegen!

Die Fatima war jedenfalls überglücklich, weil der Kleine in die Da Vinci-Schule gekommen ist, und die hat schon einen außergewöhnlich guten Ruf. Dort hat es nicht nur einen Kindergarten und eine Art Volksschule gegeben, sondern auch noch die Zwergenschule. Dort hätte der Heinrich auch heute noch, rein vom Physischen her, hineingepasst!

Späßchen am Rande - aber in dieser Schule sind die Kinder eingestuft worden, die noch nicht ganz reif für die Volksschule gewesen sind. Also die kleinen Wasteln, die entweder einen an der Klatsche gehabt haben oder die Migranten, die mit der Integration noch nicht so weit gewesen sind, wie das unsere Frauen und Herren Minister gern gesehen hätten.

Für alle ist definitiv etwas dabei gewesen, und der Timur würde sich dort sicher gut zurechtfinden können.

Die haben auch noch so andere Sachen angeboten. Diese Förderungsgeschichten... Bionik und Kreatives und Soziales und und...

Dort ist nichts dem Zufall überlassen worden, dass du glaubst. Die haben auch Schulversammlungen abgehalten, welche sicher dazu dienen, dass man sich später beim Streiken leichter tut. Das hat der Heinrich ausgezeichnet gefunden, weil die Italiener und die Franzosen haben das ohnehin viel besser gekonnt. Auch so was gehört eben von der Pike auf gelernt! Streiken kann man nicht einfach so - da muss man mit einer Versammlung klein beginnen und sich langsam zur Arbeitsniederlegung vorarbeiten. Unsere Kinder werden schon noch sehen, hat sich der Heinrich gedacht. Den Arbeitgebern ist heute schon lieber, du legst die Arbeit nieder, weil die wollen ohnehin alles mit Maschinen machen.

Deswegen muss man die Jugend - unsere Pensionsvorsorge - zu allen Richtungen hin ausbilden, und dahingehend macht die Da Vinci-Schule vieles richtig!

Sicher könnte man auch sagen, dass dort nur die Dinge gefördert werden, die dich später ganz sicher nicht weiterbringen, weil dass du töpfern kannst und Kontrabass spielen und weißt, warum eine Klette klettet, wird dich jetzt sicher nicht groß rausbringen. Aber das ist zu kurz gedacht!

Zuerst musst du einmal die kleinen Terrorwanzen von 8 Uhr morgens bis 16 Uhr in der Schule behalten, damit man Zeit hat, denen, die außer WhatsApp und Playstation ohnehin nichts mehr anderes im Sinn haben, ordentlich Wissen einzutrichtern. Dazu braucht es natürlich auch geeignete Pädagogen mit fundierter Ausbildung und mit erzieherischem Geschick. Diese muss man nicht zwingend 40 Stunden pro Woche schöpfen lassen, aber gut bezahlen muss man sie allemal. Ein Lehrer aus Überzeugung ist nicht hoch genug einzuschätzen, hat der Heinrich immer gesagt.

Aus der Fremdenlegion sollten die rekrutiert werden! Selbst hat er ja aus seiner familiären Situation heraus nicht die Chance gehabt, mehr Zeit in seine Ausbildung zu investieren, aber er war sich immer im Klaren, welchen Stellenwert die Schule haben muss. In jedem Fall eine höhere als jetzt. Da konnte sich der schmächtige Hartberger hineinsteigern, das glaubst du nicht!

Er ist von der Ganztagsschule überzeugt gewesen, weil um 12 Uhr mittags kann keine Familie der Welt den Nachwuchs wieder retour brauchen. Und der Zuckerrübenbauer wird dem Sohnemann dann im weiteren Tagesverlauf auch keine große Stütze beim Differenzieren sein.

Das bedeutet bitte nicht, dass Bauern jetzt gleich alle Idioten sein müssen, aber viele von denen, vor allem die älteren Semester, sind über das Kleine Einmaleins kaum hinausgekommen, und die sollen dann die Aufgaben ihres Nachwuchses kontrollieren? Auf was hinauf, frage ich mich. Weshalb wird von Menschen etwas verlangt, wofür andere Geld bekommen und zwar unser Steuergeld?

Die Lehrer sind doch für die Schulausbildung zuständig und nicht die Erziehungsberechtigten. In diesem Wort steckt ja auch bereits alles drinnen, was es zu wissen gibt: Sie sind berechtigt zu erziehen, aber nicht für alles verantwortlich! Sonst müsste es doch wohl Erziehungsverantwortlicher heißen, oder?

Lehrer und lernen beziehungsweise Schüler und Schule scheinen diesbezüglich - rein vom Wortstamm her - doch einiges gemeinsamer zu haben, als die Realität vermuten lässt.

Da konnte er die Kabel kriegen, unser Heinrich! Weil er manchmal über diese Dinge auch mit der Klara diskutiert hat.

Wenn zum Beispiel der Joschi an ihnen vorbeigekommen ist oder die Klara doch mal unterschwellig etwas bezüglich eigenem Nachwuchs abklären wollte.

Die Schulbildung unserer Zeit konnte ihm in jedem Fall den Tag verderben, soviel war klar! Damit die kinder- und jugendgerechte Ausbildung in der Gegenwart ankommen kann, muss sie sich verändern, und diese Veränderung kann nur die Ganztagsschule zum Ziel haben! Es sollte der Fokus auch darauf ausgerichtet sein, einen Unterricht zu schaffen, der der Realität näher ist und nicht das klassische Fächerdenken der 70-er Jahre aufleben lässt.

Im Kopf Wurzel ziehen braucht kein normales Schulkind, sondern der promovierte Zahnarzt! Alles andere ist schlicht nicht mehr zeitgemäß und ebnet maximal, den von vielen Entscheidungsträgern fokussierten Weg in eine Zukunft ohne Mittelstand.

Nun aber wieder zurück zur künftigen Gegenwart:

Fatima hat sich eine schlechte Zeit ausgesucht, um ihren Wonneproppen anzumelden, weil die neue Regierung jetzt die Auflagen verschärft hat, und nun muss sich auch noch Mama irgendwie integrieren. Die Vollverschleierung ist gefallen, und dann sitzt der kleine Timur zu allem Überdruss noch neben lauter Römisch-Katholischen; und selbst das Kreuz bleibt an der Schulwand hängen... und der Van der Bellen grinst dich auch noch an! Der Timur hat eh gefragt, ob das Porträt hinter Glas den am Kreuz zeigt. Ich weiß nicht, wie der Bub darauf gekommen ist.

Diese gesamten gesellschaftlichen Widrigkeiten musst du als Türkin jedenfalls erst einmal verkraften.

Der Mehmet ist ja in diesen Schulbelangen keine große Hilfe gewesen, und der Timur hat auch nur aus seinen rehbraunen Augen herausgeglotzt wie ein Meerschweinchenjunges.

Und wenn dann alles an der zierlichen Fatima hängen bleibt, ist es nur zu verständlich, wenn sie sich einmal hinter der Burka verstecken möchte. Gut, dass die Veronika da war und alles geregelt hat.

Heinrich hatte mittlerweile das Amt verlassen und ist schon wieder Richtung nach Hause unterwegs gewesen. Selten ist etwas so zügig und auch noch positiv abgehandelt worden, hat er sich gedacht. Klar, er hat erst fünfzehn Türen öffnen müssen, um auch einen arbeitssamen Menschen dort anzutreffen, aber sind wir uns ehrlich:

Auch im Lagerhaus ist nicht zu jeder Zeit jemand durch die Gänge gelaufen, um sich eine ahnungslose Kundschaft zu suchen, der er etwas andrehen wollte. Wir Menschen laufen halt lieber vor der Arbeit davon als sie zu suchen. Dass diesbezüglich das Gemeindeamt im Allgemeinen quasi der Prototyp ist, bleibt ein nicht zu Ende erforschtes Mysterium.

Heinrich war gerade am TUI Reisebüro vorbei und bei der Libro Filiale und gerade dabei, einen Abstecher in den Park zu seinen Freunden zu machen. Er hat sie schon lange nicht mehr besucht und auch nicht gefüttert. Mit Sicherheit warteten sie schon auf ihren Populationsregulator im geheimnisvollen Sackerl.

Aber er hatte an diesem Tag nichts dabei gehabt, und ihnen nur beim Flattern zuzusehen, ist halt auch nicht das Gelbe vom Ei. Vielleicht ein andermal.

Er hätte ihnen auch vom positiven Ausgang bezüglich seines Bemühens um den Job als Bademeister erzählen können, aber bei einem Gespräch mit den Tauben verhielt es sich ähnlich wie bei einem mit dem Lieben Gott:

Wenn du denen etwas erzählst, dann meist, wenn es nicht so gut gelaufen ist. Die kriegen nur die Klagelieder zu hören, aber nur ganz selten die wirklich schönen Geschichten.

Und gerade über den neuen Job vom Heinrich hätte sich das Federvieh besonders gefreut. Da hätte es durch den ganzen Park gegurrt, frage nicht!

Er überlegte stattdessen, ob er eventuell noch auf einen kleinen Espresso bei der Anneliese vorbeischauen sollte und befand das kurzerhand als ausgezeichnete und stimmige Idee.

Weil die hat dort so was von guten Bohnen in Verwendung, da hast du schon nach nur einem Espresso einen Herzschlag gehabt wie eine Spitzmaus.

Da hast du auch gut und gerne 10 Bananen verdrückt haben können - nach Annelieses Kaffee sitzt du auf dem Scherben, jede Wette!

27. Bundesheer

Und wie er da so gesessen ist und in seinen Körper hineingehört hat, ob die Pumpe, die vom Kaffee gepushte Frequenz wohl noch verkraften wird können, ist der Karasek Heinz ins Café gekommen.

Den hat fast jeder gekannt und vor allem die Anneliese, weil der sich immer so viele Dinge im Internet bestellt hat, die dann zu ihr geliefert wurden. Der Heinz war kein Freund der vielen Worte, aber dafür ein Raunzer vor dem Herrn, da wird der Petrus die Pforte verrammeln, wenn der mal dort oben seinen letzten Auftritt hat, war sich der Heinrich sicher.

Und er hat auch gleich losgelegt: »*Das da!*«

So hat er die Benachrichtigung vom Logistiker hinübergereicht. »*Das ist da*«, hat die Anneliese nach einem kurzen Check erwidert und ihm sein Paket gegeben.

»*Die Ecken sind eingedrückt*«, hat der Karasek gesagt.

»*Na ja - vielleicht ist es hinuntergefallen*«, entgegnete die Café-Besitzerin mit leichtem Augenrollen.

»*Das wäre schlecht, dann ist es kaputt!*«

»*Und wenn nicht?*«

»Es war schon einmal etwas kaputt!« hat der Heinz gemeint.

»*Es ist aber selten etwas kaputt bei unseren Paketen und wenn doch, dann kommst du einfach zurück!*«

»*Dann muss ich extra nochmal herkommen*«, war sich der Heinz des hypothetischen Falls bewusst und zeigte seine dahingehende Abneigung!

»*Du bist eh jeden zweiten Tag wegen einem Paket da!*«

»*Aber zum Holen, nicht zum Bringen!*«

Die Anneliese hat sich nun der weiteren Kaffeezubereitung gewidmet. Der Heinrich hat den Heinz nicht näher gekannt, aber angeblich hat sein Vater, der Sepp, mit ihm in derselben Kompanie gedient. Der Heinz war laut Hörensagen nicht nur ein Karasek, sondern sogar ein Hauptmann Karasek! Der war früher bei den Gebirgsjägern, und da kann schon was zurückbleiben, wenn du deinen Körper ständig in diesen Höhen bewegst. Da ist die Luft dünner, und da brauchst du nicht zu glauben, dass das Fehlen von Sauerstoff an jedem spurlos vorübergeht! Der Heinz war jedenfalls nicht ganz dicht und hat sich offenbar den Befehlston von früher bewahrt.

So hat er noch niemanden die Anneliese herum-kommandieren gehört. Sie hat das aber ohnehin nicht so eng gesehen, weil sie ihre Pappenheimer doch recht gut gekannt hat, und der Heinz war halt ein Morgen-, Mittags- und Abendmuffel.

»Ich pack' es gleich hier aus, weil wenn es hin ist, kannst es dir gleich behalten«, tönte er mit sonorer Stimme.

»Passt, setz dich hin - dein Verlängerter kommt gleich!«

Die Anneliese war der reinste Engel, hat der Heinrich gefunden. Sie ist nie ausgezuckt, obwohl man ihr bei manchen Kunden einen Amoklauf zugestanden hätte. Der Heinz hat sich zum Heinrich gesetzt, weil sonst vor lauter Paketen praktisch kein Platz mehr frei war. Außerdem ist das in Cafés auf dem Land ohnehin oftmals so. Wo sich in der Stadt jeder Gast an einen eigenen Tisch setzen möchte, wird hier in Hartberg gern einmal die Gesellschaft anderer gesucht. Man möchte sich ja gerne mitteilen, und das geht besser, wenn jemand zuhört. Heinrich war jetzt nicht der geborene Zuhörer, aber der Heinz hat da auch keine genaue Analyse durchführen wollen, wen er da mit seinem Kram jetzt belästigen wird.

»*Das ist ein Zeiss. Ein echtes. 40fache Vergrößerung! Wenn das hin ist, reiß´ ich denen …*«

Da er das Ende des Satzes durchaus schon richtig im Voraus ahnte, entgegnete Heinrich:

»*Das hält schon was aus. Ist es für die Jagd?*«

Der Heinz sah ihn nun zum ersten Mal musternd an und fuhr fort: »*Ist ein Militärglas! Bist du nicht der Bua vom Sepp?*«
Heinrich nickte.

»*Der war in Ordnung. Nur ein bisserl zu viel gesoffen!*«

»*Das ist wohl wahr*«, entgegnete Heinrich.

»*Der hat die Burschen noch rangenommen. Nicht so lasch wie heute. Sechs Monate!*«

Der Karasek schüttelte den Kopf, während er das Fernglas auspackte. Sicher war der Sepp einer der strengsten, wenn es um die Grundausbildung gegangen ist. So viel hat der Heinrich auch gewusst, auch wenn er selbst kein großer Fan vom Heer gewesen ist. Er vertrat ja die Meinung, dass man im Zivildienst wichtigere Dienste für die Menschheit vollbringen kann, als sich im Feld gegenseitig mit Platzpatronen zu beschießen.

Das wollte er jetzt dem Karasek aber nicht auf die Nase binden, weil mit dieser Einstellung hat schon der Sepp nichts anfangen können und dann erst der Hauptmann Heinz. Der mit seinen drei goldenen Sternen auf der Schulter hat keinen Spaß verstanden, wenn es darum ging, Präsenzdienst oder nicht. Für ihn wären dafür 24 Monate immer noch zu wenig gewesen, weil durch das Feld robbend lernst du angeblich viel für die Zukunft. Ohne dass du deinem Land dienst, wird kein richtiger Mann aus dir, da musst du dir schon im Sommer die

Knie aufwetzen, und im Winter muss dir der Sack einfrieren, dass du nach dem ersten Wasserlassen ein fröhliches Hallelujah anstimmst. Das alles war noch so ein bisschen alte Schule, weil heute ist das ja anders.

Da braucht nicht mal der Verteidigungsminister beim Heer gewesen sein, und der Grundwehrdienst dauert bald nur noch drei Monate oder wird ohnehin abgeschafft.

Der Soldat von vor zwanzig Jahren ist der Schülerlotse von heute. Es ist ja auch nicht unwichtig, dass dem Joschi einer über die Straße hilft, weil unsere Kinder können sich ja überhaupt nicht mehr auf den Verkehr konzentrieren, wenn sie ständig ins Facebook posten müssen.

Der Heinrich hat gemeint, dass die Kinder gar nicht mitkriegen würden, wenn sie jemand überfährt, so vertieft sind die heute in den Social Media!

»Schaut eh nicht hin aus«, murmelte der Heinz jetzt in seinen Schnauzer, während er das Fernglas fast fertig ausgepackt hat.

»Schönes Ding. Was beobachtest du denn damit?«, hat der Heinrich gefragt. Hauptmann Karasek a. D. drehte und wendete den Zeiss hin und her.

»Den Truppenübungsplatz. Einer muss ja schauen, ob die den Arsch nicht zu sehr in die Höhe strecken!«

Er meinte damit augenscheinlich, dass er überwachen wollte, dass die Grundausbildung der jungen Soldaten ordnungsgemäß über die Bühne geht. Anneliese schüttelte nur den Kopf. Sie servierte ihm seinen Verlängerten und kassierte bei Heinrich.

»Bald ist es eh aus. Das Berufsheer kommt. Irgendwann.«

»*Dann müssen sich eben die im Zivildienst um Katastrophen-einsätze kümmern*«, hat der Heinrich unter Beweis stellen wollen, dass er der Unterhaltung ständig folgt.

»*An Schas werden die. Von den Fernsehwastln und Computer-Affen kann doch kein einziger einen Spaten halten. Was wollen die helfen? Außer uns Alte mit dem Rollstuhl ins Krankenhaus schieben oder mit der Kelle Autos aufhalten, können die nix!*«

Da war der Heinrich anderer Meinung, nur erkannte er auch, dass dem Karasek seine eigene wohl in Stein gemeißelt war. Die Anneliese hat ihm mit ihrem Kopfschütteln auch angedeutet, dass er jetzt nicht versuchen sollte, den Heinz vom Gegenteil zu überzeugen. Er hat den Wink mit dem Zaunpfahl gleich verstanden und sich verabschiedet.

Heinrich freute sich darauf, Klara davon zu erzählen, dass das mit dem Bademeisterjob klappen würde. Damit waren die ersten Existenzsorgen ausgeräumt und man konnte familiär wieder zur Ruhe kommen. Finanzsorgen schweben immer über dir wie ein Damoklesschwert, und ein solches belastet die Beziehung und gefährdet Existenzen.

Das Lagerhaus, die Eier und das Hartberger Freibad würden ihnen nun wieder Raum zum Atmen geben und das war gut so. Sie werden sich dann auch gemeinsam wieder mit dem Urlaubsthema näher beschäftigen können, weil irgendwann sollte auch wieder die Zeit für die Ferne kommen.

Obwohl so richtig wollte er sich damit auch noch nicht auseinandersetzen, weil der Derek war jetzt erst eine kurze Zeit bei ihnen, und den musst du schließlich auch in solche Überlegungen miteinbeziehen.

Das war dem Heinrich schon klar. Ein passendes Verantwortungsbewusstsein hat er durchaus an den Tag legen können. Weil wenn das Pelztier schon einmal da ist, soll es ihm auch gut gehen.

Klara freute sich sehr darüber, dass er auch mehr Finanzverantwortung übernommen hatte und dass sich das familiäre Gesamteinkommen in Bälde vergrößern wird.

Sie hat natürlich auch gewusst, dass damit ihre Chancen, noch zu studieren mit Sicherheit steigen würden, und ein wenig Selbstverwirklichung gehört zum Leben dazu.

Der Heinrich hat seine Verwirklichung - so gesehen - im Freibad direkt vor sich. Wenn einer untergeht, eilt der Hartberger Torpedo durch den Pool, da wird die Oberfläche brennen, keine Frage!

Er freute sich schon darauf und Klara auf den Beginn ihres Studiums. Es wird wohl Rechtswissenschaften werden. Keine schlechte Wahl, möchte ich anmerken. Heinrich hat das ähnlich gesehen, obwohl er natürlich schon gewusst hat, dass die gemeinsame Zeit darunter leiden wird. Aber Klara wäre ohne das Studium nur ein halber Mensch, und dafür wollte er sicher nicht verantwortlich sein.

28. Glücksspiel

Apropos halber Mensch:

Der Ferdinand hat einen Bruder gehabt und von dem hat er gesagt, dass er abgerutscht ist. Der Xaver soll gebrochen sein - ein Schatten seiner selbst. Vermutlich eben dieser halbe Mensch.

Er hat den Ferdi das letzte Mal auf Xaver angesprochen, weil der so geknickt dreingeschaut hat. Das heißt schon was, wenn einer, der mal so 300 Kröten an einem Swingerclubabend liegen lässt, nun so aus der Wäsche schaut.

»Dem kann niemand mehr helfen«, hat er gesagt.

So etwas sagst du über einen mit Krebs im Endstadium oder zu einem, der mit 150 an den Baum gefahren ist, aber der Xaver hat doch nur gespielt!?

»Wieviel hat er denn diesmal verloren?«, stieg der Heinrich gleich mitten in die Angelegenheit ein.

»Ach, er ist endlich einmal mit einem Teil der Wahrheit herausgerückt, und das war sicher noch nicht alles.«

»Wie viel?«

»An die 100.000 bei der Bank und gut 50.000 bei einem Kredithai!«

Das hat jetzt alles wirklich nicht sehr gut geklungen, weil der Xaver ohnehin nur zu Gelegenheitsjobs zu bewegen war. Von der Banksumme kommst du schon mal nicht runter, aber die fünfzig Riesen bei den *»Halbseidenen«* - da bist du mit einem Fuß in der Urne.

»Die Bank ist egal, aber von den 50 muss er runter! Das wird sonst gefährlich. Die sind da nicht zimperlich!«

Ferdinand kannte sich in den Kreisen doch ein wenig aus, und dass mit solchen Leuten nicht zu spaßen ist, weiß auch der Heinrich spätestens seit seinem Rhodos-Urlaub. Beim Vasily möchte er auch keine Schulden haben.

Das Glücksspiel ist so eine Sache. Das hat der Heinrich gehasst, weil der Sepp hat früher auch manchmal einen guten Teil des Hauswirtschaftsgeldes im Casino liegen lassen. Deswegen war nicht selten Feuer am Dach zu Hause.

Das fängt alles mit Lotto, Toto oder einem Brieflos an. Dann vielleicht einmal im Casino die goldenen Gratisjetons auf Schwarz, und schon kippst du hinein. Beim nächsten Mal ist es dann ein Einarmiger und dann vielleicht eine Pferdewette, weil einer einen guten Tipp gekriegt hat von einem, der jemanden kennt, der gerne gute Tipps gibt.

Hast du es dann noch nicht ins Minus auf deinem Konto geschafft, gibt es als nächste Falle die Online-Plattformen. Bei Wintoday, Mr. Green und Co. kannst du dann auf die Kreditkarte von der Mama, von der Oma und von der Urstrumpftante spielen. Hast du alle in den Ruin getrieben und dich überall auf dieser Welt selbst gesperrt, kommst du dann zu einer Pokerrunde in einem finsteren Hinterzimmer. Und wenn du dort auch noch etwas schuldig bleibst, wird es in der Regel recht schnell finster.

Da bist du dann ganz zügig nah dran an den Vasilys und den Rigolettis dieser Welt, und genau dort ist der Xaver jetzt gewesen. Am absoluten Arsch!

Heinrich hat in dieser Sache auch keine vernünftigen Ratschläge parat gehabt, aber Ferdis: »*Der kann sich erschießen!*« ist sicher noch weniger als gar nicht hilfreich gewesen.

»Er braucht zuerst mal einen Job und dann muss er dem Kreditgeber versichern, dass er jeden Cent bei ihm abliefert«, hat der Heinrich versucht, ein Szenario zu zeichnen, bei dem Xaver eventuell nicht vorzeitig über den Jordan hätte gehen müssen.

»Der kann und will nicht!«

Der Ferdinand setzte keine großen Hoffnungen auf eine Rettungsaktion. Er hatte ihn ohnehin bei sich aufgenommen, er war sich aber sicher, dass sein Bruder diesmal die Kurve nicht würde kratzen können.

Wie ich nun vorwegnehmen möchte, hatte er recht.

Xaver hat angeblich noch ein wenig versucht, mit kleinem Glücksspiel von seiner Spielsucht wegzukommen, aber da war dann wirklich nichts mehr zu machen. Die Bank hat sich weitgehend rausgehalten, weil die hätten ihn zwar bis auf die Unterhose gepfändet, aber von Xaver war nichtmal mehr diese zu bekommen.

Was den Kredithai angeht, weiß man es nicht so genau. Manche haben gemeint, dass Xaver verreist sei, weil von einem auf den anderen Moment ist der verschwunden.

Jetzt haben die Verwandten sich natürlich an die Theorie geklammert, weg ist besser als hin, aber der Ferdi hat es besser gewusst:

»Wenn es denen zu viel ist, ist es denen zu viel. Die haben ihn entsorgt, jede Wette!«

Der Heinrich wollte auf gar nichts wetten und rechnete bloß mit einer 50:50-Chance, dass der Ferdinand richtig gelegen ist. Aber es hätte auch gut sein können, dass sich der Xaver noch rechtzeitig absetzen hat können.

Doch angeblich hatte er weder Freunde noch andere, die ihn bei einer Flucht unterstützt hätten. Auf seinen Bruder hätte er sich natürlich verlassen können, aber den wollte er, in eine Solche Sache, nicht hineinziehen.

Das ist zwar einerseits löblich, aber wenn es um Leib und Leben geht doch auch ein gutes Stück bescheuert! Weil die Verwandtschaft geht dir ohnehin oft dermaßen auf den Sack, da kann es dann ja nur gut und richtig sein, wenn Teile daraus dir auch einmal aus der Patsche helfen. Das steht ihnen zu.

Das Glücksspiel heißt so, weil man Glück braucht, um zu gewinnen, aber in Wahrheit gibt es dieses Glück nicht. Nicht mal für die, die gewinnen. Weil das sind die Lotterien und Casinos, und bei denen ist nichts auf Glück gebaut, sondern auf knallharte Berechnung. Und online geht das noch einfacher. Da rechnet das der Computer aus und sorgt dafür, dass wenn einer Glück hat, tausend andere gedanklich schon den Strick um den Dachbalken zusammengeknotet haben. Glück hast du nur dann, wenn du dem Glücksspiel entkommst, war sich der Heinrich sicher.

Der Xaver hatte das augenscheinlich nicht, weil das Glück mag zwar ein »Vogerl« sein, aber es musste - wenn es auch von einem zum anderen fliegt - nicht zwingend bei Xaver vorbeischauen.

29. Ama . . .

Wenn er so im Wohnzimmer gesessen ist, meist mit der Kronenzeitung vor sich, hat er gut über Gott und die Welt nachdenken können. Klara hat ein wenig mit Derek gespielt und sich dann zurückgezogen, um sich einem Reclamheft zu widmen. Sie war unglaublich konsequent, wenn es darauf ankam, und das war ein weiterer Punkt, warum er sie so liebte. Wenn man etwas beginnt, soll man es auch zu Ende bringen. Zielstrebigkeit war in gewisser Weise eine wunderbare Eigenschaft. Lesen und Schreiben hat die Klara überhaupt ausgezeichnet draufgehabt. Im Schreiben war sie der wahre »Schecksbier«, wie der Heinrich gefunden hat.

Und zwar in allen Belangen, weil vor ein paar Wochen hat sie einige Zeit mit ihrem Schriftverkehr mit A. zugebracht, und ich sage: »Nicht schlecht Herr Specht!".

Heinrich ist zwar zwischendurch fast der Endtopf abgeglüht, aber die Klara hat das geradezu sachlich und wortgewandt zu Ende kommuniziert. Hut auf!

Dieser A. mit den sechs Buchstaben, oder wie man den auch immer nennen mag - dieser Online-Händler halt, hat einfach etwas verkauft, das sich überhaupt gar nicht in seinem Besitz befunden hatte. So hat es jedenfalls angefangen.

Also es fängt schon mal damit an, dass Heinrich so einen Account gar nie gehabt hätte und damit auch nichts online bestellen hätte können und dadurch auch etwas nicht bekommen hätte, das es gar nicht gibt! Weil auf die Idee, Dinge zu kaufen, die es nicht gibt, musst du auch erst einmal kommen.

Aber als die Klara vor ein paar Monaten entschieden hat, zu ihm zu ziehen, war ein Internetanschluss natürlich Grundbedingung, weil die hat mit dem »Hinterwäldlerdasein« sowieso aufgeräumt, frage nicht.

Und wo dann ein Internet ist, da ist der A. nicht weit, und dann dauert es nicht lang und schon kommen die ersten Pakete zu ihnen oder eben zur Anneliese. In Ihrem Café hat es früher schon den einen oder anderen richtigen A. gegeben, und aktuell sind es halt die Kartonschachteln mit den sechs Buchstaben, die dir während dem Genuss ihrer göttlichen Schwarzwälder-Kirsch perspektivisch im Weg stehen!

Jetzt aber zu dem besagten Sachverhalt. Die Klara hat einen Mixer bestellt, und der war auch noch so ein besonderes Angebot, da kannst du gar nicht nein sagen. Heinrich hat so ein Ding eigentlich überhaupt nicht gebraucht, weil um etwas klein zu kriegen hat sein Smoothie-Maker allemal gereicht. Klara hat aber gemeint, dass es in jedem Haushalt einen Mixer geben muss, und wenn der halt gerade dort im Supersonderangebot ist, muss man zuschlagen. Da nützt auch ein typisch männliches Achselzucken nichts. Und schon war das Ding bestellt.

Er war als »sofort lieferbar« gekennzeichnet, und wenn du den als »Primakunde« am Mittwoch bestellst, kannst du normalerweise am Dienstag davor schon damit mixen. Ja, so schnell sind die! Normalerweise!

In diesem Fall erreichte sie aber eine E-Mail, dass das Produkt nicht lieferbar wäre und sie noch ein wenig warten müssten. »Gut, grundsätzlich auch kein Problem, mixen wir eben erst ein oder zwei Wochen später«, war die Klara vorerst die Entspanntheit in Person.

Nach vier Wochen war der sofort lieferbare Artikel aber immer noch nicht verfügbar, und Klara wurde von Fathie Mekundrat *(Namen natürlich alle aufgrund des Datenschutzes geändert)* vertröstet, noch ein wenig zu warten, sie würden sich bemühen, den Artikel so schnell wie möglich zu liefern.

Jetzt muss man natürlich wissen, dass dem Heinrich das noch reichlich egal war, weil der hat ja ohnehin nicht händeringend auf einen Mixer gewartet, aber Klaras Zwölffingerdarm hat sich schon leicht zu einer Faust gekrümmt. Das heißt was, wo doch die Dame des Hauses normalerweise so harmonisch mit solchen Dingen umzugehen weiß!

Zwei Wochen später, als sie dann mal wieder so auf dieser A.-Seite herumgesurft ist, hat sie ihn gesehen: Den gleichen Mixer mit Verkauf und Versand von A. und 11 Stück lagernd!

Da ist ihr aber der Butterfly in der Montur aufgesprungen, kann ich dir sagen! Da war nichts mehr mit »*warten*«, nur noch Kundendienst! Jetzt ging es aber vorwärts, ach du liebe Zeit! Weil zuerst musst du da zwanzig Dinge anklicken, bis du endlich einmal dort bist, wo du hingehörst und dann geht es los: Eine E-Mail an den indischen Support.

Ich möchte mal sagen, dass die E-Mail halb mittelerzürnt und halb knackig formuliert war. Was aber ohnehin bei einer Kommunikation mit dieser Firma beachtet werden muss, ist, dass es egal ist, was du schreibst, weil du sowieso bloß eine Standardantwort zu erwarten hast.

Der liebe Kundrat Mahatatschandran hat entgegnet, dass ihm der Vorfall sehr leid tue, der Artikel wäre momentan aber noch nicht lieferbar. Weiters dann noch so ein, unter dem Teppich kriechend angesiedeltes, »*Wir versuchen alles-Blabla*«!

Jetzt ist es so, dass du als Kunde - in dem Fall Klara - nochmal die Seite öffnest und natürlich strahlt dir da wieder der lieferbare Mixer mit LED-Effektbeleuchtung entgegen!

»Jetzt schlägt es aber 13!«, hat die Klara angemerkt, als sie eine geschmeidige Antwort an den lieben Kundrat formuliert hat. Natürlich müsste man hier aber beachten, dass dir bei dem Online-Unternehmen nie dieselbe Person zweimal schreibt. Das dürfte dort via Codex so in Stein gemeißelt sein.

Klara hat nämlich noch ein gewisser Verdam Aknandugnan zurückgeschrieben und zwar - komischerweise - genau eine deckungsgleiche Antwort zu vorher.

Fantastisch, wie die das draufhaben. Kommen nicht nur aus demselben Land, die denken auch noch das Gleiche. Heinrich hat ihr nur ein bisschen über die Schulter geschaut, wie sie die dritte, vierte und fünfte Message retour geschrieben und von Merdat, Mechrat und Meldor Antworten darauf bekommen hat. Irgendwann hat sich dann auch das Überdruckventil vom Heinrich geöffnet, wobei ihn das Problem, wie gesagt, gar nicht direkt betroffen hat.

Da sieht man wieder einmal, wie man in einer wunderbar funktionierenden Beziehung dem Partner mit Einfühlsamkeit begegnen kann. Rührend!

Sein: *»Denen müssen sie ins Hirn g... haben und die sollen sich den Mixer in den A... schieben«*, konnte Klara zwar leider nicht entscheidend weiterhelfen, den Versuch war es dennoch wert, lieber Heinrich!

Was die Frauen aber durchwegs gutheißen ist, wenn man mit ihnen auf derselben Seite steht, und dazu hat er sich mit diesem zwanglosen Gewaltausbruch mit Sicherheit bekannt.

Jedenfalls hat, wie immer nur Minuten nach der Anfrage, eine gewisse Lena Haradiwondra - dürfte sich um eine halbindische Support-Supervisorin handeln - gemeldet und mitgeteilt, dass der Artikel nun verpackt und umgehend versendet wird!

»Wie wollen die jetzt was versenden, das sie gar nicht haben?« Heinrich liebte diese sinnlosen Fragen ins Blaue hinein.

»Wurscht - Hauptsache, sie liefern!«

Es wäre nicht der Primaservice wenn nicht das Paket am nächsten Tag schon gebracht worden wäre! Prima, sag ich da! Freudestrahlend machte sich Klara ans Auspacken, und Heinrich war froh, dass dieses Kapitel ein Ende gefunden hat. Gut zwei Wochen war Klara im andauernden Schriftverkehr mit vermutlich allen Supportangestellten indischen Ursprungs auf dieser Erde, die über scheinbar existente Deutschkenntnisse verfügen.

Jetzt war der Artikel ausgepackt, und Klara traute ihren Augen nicht. Vor ihr lag ein wunderschöner Milchaufschäumer im gleichen makellosen Reinweiß, das auch der bestellte Mixer gehabt hätte. Über die Minuten nach dem ersten Blick hülle ich meinen literarischen Schweigemantel.

Da ist dann nichts zu machen. Am besten, man schickt den Artikel zurück, und gut ist es. Jede weitere E-Mail und Aufregung wären absolut sinnlos, denn guter Kundenservice wird heutzutage gut vorgespielt, aber nicht geboten.

Das bringt die Zeit mit sich, und wenn man etwas nicht ändern kann, muss man sich oder seine Einstellung dazu anpassen. Dies fällt dem Heinrich nicht leicht, aber die Klara schafft das.

Sie war da echt bald wieder gelassen, weil warum über einen nicht bekommenen Mixer aufregen, wenn Heinrich sowieso den Smoothie-Maker zu Hause hat?

Für Heinrich war das Thema jedenfalls noch nicht gleich gegessen. Der beschäftigte sich mit dem sinnlosen Mixer erst in dem Moment, indem klar war, dass es für sie wohl endgültig keinen geben wird.

Er hätte jedenfalls am liebsten jede Schachtel bei der Anneliese einzeln aufgerissen, um nachzusehen, ob vielleicht irgendwo ein weißer Mixer darauf wartet, ausgepackt zu werden.

»Mit dem Milchaufschäumer kann sich die Anneliese ihre Haare eindrehen«, hat er gesagt.

Was den Online-Handel betroffen hat, hätte er am liebsten sofort die Internetverbindung gekappt und den Router vom Netzbetreiber bis zum Bio-Müll Sammelplatz vom Heidelbeer-Schorsch geschleudert!

Die *»Cool Down Phase«* durfte bei ihm eben erst ein wenig später eingetreten sein, wie wir uns wohl schon gedacht hatten. Zuvor schwirrten noch verwirrte Gedanken durch sein überhitztes Oberstübchen.

Vielleicht sitzen dort gar keine Inder? Vielleicht sind es syrische Flüchtlinge ohne Bleiberecht, die, in kleine Kämmerchen mit Internetanschluss gepfercht, auf indische Namen hören müssen!

Heinrich ist sowieso der Meinung gewesen, dass die dort gar keine E-Mails schreiben. Die haben eine virtuelle Tastatur mit Tasten von 1-100 und jeder Taste ist eine vorgefertigte Antwort hinterlegt. Bei einer Anfrage hat der Supporter dann die Möglichkeit, aus diesen Knöpfen frei zu wählen.

Das geht schnell und bringt nichts! Ganz im Sinne unserer Konsumgesellschaft.

Normalerweise meldet sich bei solchen Internetfirmen nämlich überhaupt keiner oder eben erst in zwei Wochen, aber beim A. ist die Reaktionszeit eine gewaltige. Schnell aber sinnbefreit - ein Spiel unserer Zeit.

Klara hat dann in weiterer Folge nicht mehr darauf bestanden, einen Mixer im Haushalt zu haben, und deswegen war das Thema auch schnell eines von gestern. Der Heinrich hat diese Angelegenheiten noch lange nicht zur Gänze von sich schieben können, aber die Zeit heilt ja bekanntlich alle Wunden, und irgendwann ist es dann auch für ihn gut.

Diese Bestellungen im Internet haben ja ohnehin überhand genommen. Vor dreißig Jahren hat die Traude nur irgendein Gewand bestellt, aber heute kannst du ja schon alles online ordern. Sofas, Autos und selbst Arzneimittel. Alles ist nur noch ein paar wenige Klicks entfernt.

Einerseits ist das für einen, der nicht so gut zu Fuß ist, sicher eine Erleichterung, nicht jede Pille einzeln in der Apotheke holen zu müssen, aber im Endeffekt geht das Zwischenmenschliche verloren.

Keine Kommunikation mehr - und irgendwann bearbeitet meine Bestellung ohnehin nur noch ein Cyborg, und irgendein Roboterarm packt sie ein. Danach liefert so ein humanoider Blechpostler die Schachtel zur Anneliese oder wirft dir das Paket über den Zaun. Und vergessen wir die Drohnen nicht! Die fliegen tiefer als die Schwalben vor dem Platzregen und fotografieren dich noch dazu in Unterhosen, während sich die Klopapierlieferung oberhalb des Pools ausklinkt.

Heinrich hat über solche Dinge gar nicht lang nachdenken dürfen, weil da ist die Magensäure gleich am Siedepunkt gewesen.

Klara wollte sich am Anfang ihrer Beziehung auch einen Geschirrspüler über Online kaufen, aber diesem Unterfangen hat der Heinrich einen Riegel vorgeschoben, weil solche elektronischen Dinge werden gefälligst beim Red Zac gekauft, wenn er dort schon manchmal gratis fernsieht!

Sie hat gemeint, dass der Händler im Internet aber drei Jahre Garantie gibt und beim Red Zac gibt es nur ein Jahr.

Also eigentlich sind es in Österreich immer zwei Jahre, aber davon ist halt eines Garantie und das zweite heißt Gewährleistung.

»Das ist aber sicher fast das Gleiche, nur nennst du bei zwei Kindern auch nicht beide Franz, obwohl es sich trotzdem bei beiden um Kinder handelt«, hat der Heinrich gemeint.

Er hat das wirklich gut erklärt, so mit der Beweispflicht und so. Aber drei Jahre wären doch auch nett gewesen, war sich die Klara nicht ganz sicher.

Ich kann vorwegnehmen, dass die Spülmaschine dennoch beim Red Zac erstanden wurde, weil der Heiko ist ja auch an der Provision beteiligt, und den wollte der Heinrich keinesfalls leer ausgehen lassen.

30. Geplante Obsoleszenz

Nun hat aber so ein elektronisches Haushaltsgerät grundsätzlich schon ein gewisses Problem mit eingebaut, was man in Fachkreisen »*geplante Obsoleszenz*« nennt. Ein Begriff - nicht sehr geläufig - aber durchaus kein sehr neues Phänomen! Gegen dieses wehrt sich die Wirtschaft vehement, aber Faktum ist Faktum. Es werden Geräte nicht mehr kaputt, wenn sie kaputt werden, sondern dann, wenn der Hersteller es dem Gerät sagt. Sprich, die Elektronik in dem Geschirrspüler ist so intelligent, dass sie weiß - hat das Gerät drei Jahre Garantie, dann gebe ich im 37ten Monat nach Rechnungsdatum den Geist auf. Damit es nicht zu sehr auffällt, gibt es bei gleichen Geräten natürlich die verschiedensten Fehler.

Also entweder geht der Einschalter kaputt, das Wasser läuft nicht mehr ab oder die Pumpe saugt schlicht kein Wasser mehr und die Maschine raucht ab. D. h. kaufen der Pepi und der Michi die gleiche Maschine, hat vermutlich der Pepi nach der Garantie einen Wasserschaden und der Michi einen Brandfleck in der Wohnküche!

Jetzt versteifen wir uns bei diesen geplanten Fehlerfällen aber nicht nur auf Haushaltsgeräte. Auch der PC, der Fön oder der Drucker versagen einfach nach einer gewissen Zeit ihren Dienst. Beim Drucker ist das aber kein großes Problem, weil eine neue Tintenfüllung ohnehin teurer ist als ein Neugerät mit frisch gefüllten Tinten.

Aber aufgepasst: Der Drucker wird nie defekt, wenn die Tinten beinahe aufgebraucht sind. Das ist spannend, denn da hat der Programmierer ein kleines »*Gimmick*« dazugeschrieben, damit sich der Endkunde sicher in den Arsch beißt!

Das hat der Heinrich fürchterlich gefunden und auch diesbezüglich den Heiko zur Rede gestellt, aber was soll dazu bitte ein einfacher Verkäufer beitragen? Ein gekauftes Produkt muss schließlich so bald wie möglich kaputt gehen, damit die Kunden ein neues erwerben. Ein Auto, das 20 Jahre ohne Service schadlos übersteht, will im Handel keiner mehr, obwohl es technisch möglich wäre. Auch Premium-Maschinen, die angeblich auf 20 Jahre getestet werden, sind manipuliert, um auf keinen Fall ewig zu halten. Wäre dem nicht so, wäre das ja geradezu geschäftsschädigend. Da hast du im Garantiefall ganz sicher irgendein Kleingedrucktes überlesen, und schon kannst du auch das High-End-Produkt zu Grabe tragen oder es um den dreifachen Verkaufspreis reparieren lassen. Wie weit sind wir gekommen, fragt man sich da.

Sie haben Heikos Rat befolgt und ein Gerät einer Zweitmarke eines Premiumherstellers gekauft, weil da hast du zumindest ein Markengerät zum günstigeren Preis, bei dem nur ein paar Teile gefehlt haben, bekommen. In ihrem Fall haben sie scheinbar die akustische Dämmung ausgespart, weil das Ding war derart laut, dass der Derek gleich immer mit allen vier Beinen gleichzeitig hochgesprungen ist, wenn Klara das Eco-Programm gestartet hat. Dieses Programm spart angeblich alles ein, nur nicht die Zeit. Eco dauert so lang wie ein Flug von Wien nach Male und in dieser Zeit ist auch der Derek definitiv länger in der Luft denn in seinem Körbchen. Der neue Geschirrspüler hatte sich wohl auch auf seine Verdauung ausgewirkt, hat der Heinrich gemeint. Weil wenn du nach einem geschmeidigen Waschgang mit ihm Gassi gegangen bist, hast du nicht ein Sackerl fürs Gackerl, sondern einen Nass-Sauger mitnehmen müssen.

31. Umwelt

Da sieht man wieder, wie sich Technik, schwachsinnig umgesetzt, direkt auf die Gesundheit auswirkt.

Und nicht nur das! Weil auf die Umwelt wirkt sich das ganze ja auch noch aus. Nicht dass der Heinrich jetzt der Grüne schlechthin gewesen wäre, aber wenn die Mutter Erde in Gefahr ist, lässt einen Steirer dies mit Sicherheit nicht kalt.

Weil wo bitte schwimmt denn die bescheidene High-End-Maschine herum, wenn eine Reparatur nicht mehr wirtschaftlich sinnvoll ist? Na wo denn? Richtig - im Ozean!

Und da ist es komplett egal, ob die jetzt schwimmt oder untergeht, weil das Hauptproblem liegt nämlich nicht im Detail, sondern im großen Ganzen.

Da werden Diskussionen über die Frisur von Trump und den Kleidungsstil von der Merkel geführt und ob unser Ex-Innenminister auf dem Pferd noch zur Arbeit reitet, aber das Wesentliche wird immer nur am Rande erwähnt. Kioto - und was machen wir mit dem Iran, und ist dann jede Sonnenliege in Griechenland auf Jahre reserviert, wenn die Chinesen erst zu reisen beginnen?

Was ist mit dem Kim Jong Un? Vergiften jetzt die Russen alle ehemaligen Doppelagenten kurz bevor sie ohnehin der natürliche Lauf der Zeit dahinrafft? Löst sich die Sozialdemokratie auf oder machen sie endlich den mit der heiseren Mafiastimme zum Kanzlerkandidaten?

Ja, da wird um den heißen Brei herumgealbert in Brüssel, aber dass wir endlich mit dem Plastikmüll und gleichzeitig vielleicht adäquat mit dem ganzen Amtsschimmel aufräumen, darauf kommt niemand. Ordnung schaffen ist eben kein taugliches Europa-Projekt!

Joghurt in Bechern, Wasser in Plastikflaschen und selbst jedes Blatt Wurst steckt heute in einer Cellophanbox. Früher hast du das nur ab und zu gesehen, wenn du mal der Traude Blumen gebracht hast, aber heute ist alles nur noch Kunststoff und selbst das Hühnchen vom Biobauern ist ein Kunstobjekt aus Klebefleisch und der Pizzakäse ist analog, obwohl wir schon längst im Digitalzeitalter angekommen sind.

Der Heinrich hätte gerne wieder die gute alte Zeit zurück, als die Bauern noch die Milch in Kannen verteilt und der Käse noch ein wenig natürlicher als seine Verpackung gewesen ist. Bei uns hat du keinen Stempel auf den Eiern gebraucht. Da war klar, dass es sich dabei um gesunde Naturprodukte von glücklichen Tieren handelt. Aber heute, gibt es für alles irgendwelche Nachweise, weil dir sonst keiner glaubt, dass du in deinem Stall nur glückliche Hühner und nicht ein Klon-Labor für Genmanipulationen im großen Stil installiert hast.

Apropos Umwelt. Da hast du gar nicht weit schauen müssen, dass dir klar war, wie weit es schon gekommen ist.

Nehmen wir nur das Hartberger Freibad. Da hat der Heinrich natürlich auch nicht lang arbeiten können, obwohl es schon wirklich gut gepasst hat für ihn. Denn was glaubst du, was da alles drinnen ist, in so einem Chlorbecken. Da tummeln sich Keime und Bakterien, für die brauchst du nicht einmal mehr ein Mikroskop - die musst du im Kescher fangen, sag ich dir.

Die Klara hat ihn dann immer wieder darauf hingewiesen, womit er sich da tagtäglich umgibt, und irgendwann wirkt das Gesagte auch, selbst wenn du dich davor verschließen möchtest. Weil diese unguten Mikro-Organismen sind nunmal da, um dich aus ihrer Welt zu verdrängen - auch wenn du sie nicht sehen kannst.

Da ist ihm dann irgendwann das Frühstücksei gleich die Speiseröhre wieder hinaufgekrabbelt, wenn er nur an die Badehose gedacht hat. Aber da braucht man jetzt natürlich auch nicht glauben, dass das nur in künstlichen Gewässern - sprich »Brunzpool« so ist, weil selbst die Adria ist schon so verseucht, das glaubt man nicht, bevor man die trübe Lacke nicht vor Augen hat.

Zuerst, nach der Jahrtausendwende, haben sich ja die Ängstlichen noch gefreut, dass sich keine Krabben mehr in der Nähe des Strandes befunden haben, weil die könnten ja zwicken und auch die Fische sind zum Glück ausgeblieben.

Und wenn du nur hin und wieder ans Meer kommst, fällt dir auch gar nicht auf, dass die Lacke undurchsichtiger ist als der Neusiedlersee.

Wie der Heinrich damals mit dem »Asphaltduttel« vom Vizeleutnant nach Caorle gekommen ist, war auch dort das Wasser noch blau und es hat sogar Einsiedlerkrebse gegeben. Von denen brauchst du heute keinem Kind mehr zu erzählen, weil da findest du in den Donauauen eher noch ein Edelweiß, als im Meer diese kleinen niedlichen Schalentiere.

In Caorle hat es damals auch Quallen gegeben, aber die haben vielleicht einen Durchmesser von zehn Zentimetern gehabt, aber heute liegt da ein Geleegebilde mit einem halben Meter Durchmesser am Strand herum.

»*Das kann nicht normal sein*«, hat sich der Heinrich gedacht. Und recht hat er damit gehabt!

Wir verpesten mit allem, was wir zur Verfügung haben die Umwelt und beklagen uns dann überschwänglich über die Folgen.

Der Mensch ist eine »*Gretzn*«, hat der Fernbeißer richtig gesagt. Und wir werden schon schauen, wo wir mit dieser ganzen Misswirtschaft hinkommen.

Im Hartberger Bad sind sie zum Beispiel nicht weit gekommen, weil da hat sich die Ulrike einen Keim eingefangen, dass sie gleich 14 Tage in der Waagrechten verbracht hat.

Jetzt ist das natürlich nicht leicht beweisbar, wo sie sich diese Geschichte wirklich zugezogen hat, aber das Bad war in jedem Fall in der engeren Wahl.

Die Ulli hat es auch sonst nicht so mit der Sauberkeit gehabt, und da ist es natürlich auch mal ganz nett, wenn man die Schuld jemand anderem in die Schuhe schieben kann.

Die Klara war sich aber ziemlich sicher, dass so ein Schwimmbad für viele Dinge gut war, vor allem für die schlechten.

Weil so ein Durchfall und eine klassische Bindehautentzündung sind schnell einmal aufgerissen, da brauchst du dich nicht einmal groß bemühen.

32. Frauenquote

Klara war ja ganz froh, dass Heinrich einen Zusatzjob für Frühling bis Spätsommer gehabt hat, aber wenn der dann gesundheitliche Probleme auslöst, ist schnell einmal Schluß mit lustig. Außerdem hat sie sich schon öfter gefragt, warum eigentlich keine Frauen als Bademeisterinnen eingesetzt werden. Bis zu den Badeschlapfen ist das Gendering wohl noch nicht vorgedrungen! Nirgends traut man dem Weibervolk wohl zu, jemanden aus den Fluten zu retten.

In Amerika waren sie da fortschrittlicher, die haben einige Mädels bei Baywatch dabei gehabt. Also da hat sich beim Heinrich gleich der Sender verbogen und zwar nicht weil die die Rettungsbojen im Tankini getragen haben, sondern grundsätzlich wenn dieses Thema angeschnitten wurde.

Weil man muss ja wohl nicht immer darüber philosophieren, warum da und dort mehr Männer arbeiten und keine Frauen. Es gibt halt nicht überall eine sogenannte Frauenquote - und das ist auch gut so.

»Warum sollen jetzt auf einmal Frauen die Lebensretter am Pool spielen?«, wollte Heinrich wissen.

»Es geht hier nur ums Prinzip!«

Es ist übrigens oft ums Prinzip gegangen und so ein Prinzip ist ja durchaus auch nicht verkehrt, aber wenn sich daraus eine Besessenheit entwickelt, geht das zu weit.

Weil das würde ja im Umkehrschluss bedeuten, dass weder der Bertl noch der Sascha ihre Arbeit am Poolrand wirklich tadellos ausgeführt hätten. Jetzt ist es natürlich schon auch so, dass der Bertl ohnehin ungeeignet dazu war, jemanden zu retten, rein prinzipiell gesehen.

Da wäre ganz klar jede Nichtschwimmerin besser geeignet gewesen, weil der Bertl hat erstens gar nicht viel mitgekriegt, von dem, was rund um ihn passierte und wenn er dann einmal zur Tat geschritten ist, hast du gehofft, dass er - zweitens - nicht dein Kind im Schwitzkasten vom Grund des Pools hochgeholt hat.

Weil besser dem Kleinen fehlt ein paar Minuten der Sauerstoff, als der Bertl-Unterarm drückt ihm die Halsschlagader ab. Und wenn er den Kleinen im Babypool mit einem Hechtsprung zuerst in die Mosaikfliesen hineingedrückt hat, bevor er ihn nach oben holt, hat sich die ohnehin schon panische Mama gleich einem Nervenzusammenbruch hingegeben.

Der Sascha war da schon aufmerksamer und bei dem war man auf der sicheren Seite, wenn man gerettet wurde. Aber wie oft ist das schon vorgekommen? Keine fünf Mal hat der Sascha hineinspringen müssen und der Bertl hat in seiner gesamten Badewaschl-Karriere drei Kinder retten und ein paar Pensionisten helfen müssen.

Die Rettungseinsätze halten sich im Hartberger Bad also in überschaubaren Grenzen. Da waren beim »Branntweiner« um die Ecke bereits weit mehr Einsätze nötig. Dort sind nämlich schon einige sehr nahe am Ertrinken gewesen!

33. Jahreszeiten

Die schönste Zeit war im Frühherbst oder im Spätsommer, je nachdem, welcher Jahreszeit man mehr zugetan war.

Weil da sind dann die Massen ausgeblieben und die Pensionisten sind wieder mehr beim Arzt gesessen und haben nicht schon um 7:30 Uhr vor den Pforten kampiert.

Der Heinrich hat diese Zeit geliebt, weil es waren so wenige Leute dort, da hast du ohne Stress überhaupt alles im Überblick gehabt. Sicher aber zumindest so viele, dass du einen Bademeister brauchst, weil die Geringer Vicky war zum Beispiel immer noch da und die hätte den Pool leergesoffen, so schlecht hat die schwimmen können.

Was der Heinrich nicht geliebt hat, waren die Jahreszeiten an sich. Weil früher in der Schule hat er gelernt, dass das Jahr in vier Jahreszeiten einzuteilen ist, heute hat sich dieses Wissen aber bereits selbst überholt.

Es gibt nur noch den Hochsommer und den Spätherbst. Entweder es ist so heiß, dass deine Haut Wellen schlägt oder es ist naßkalt, nebelig und regnerisch. Hin und wieder schaut eventuell in den Bergen auch einmal der Winter kurz vorbei, aber einen Frühling hat Heinrich schon ewig nicht mehr zu Gesicht bekommen. Also in der Steiermark vielleicht noch ein wenig, aber im Flachland, wie dem Donaubecken gibt es den gar nicht mehr.

Dieser Zustand hat den Heinrich derart geärgert, dass er unbedingt den Grund für dieses Jahreszeitensterben herausfinden wollte. Denn nur an den Dieselfahrzeugen konnte es doch nicht liegen, dass dir bis Mitte April der Arsch abfriert und du Anfang Mai spätestens die Klimaanlage bis zum

Anschlag aufdrehen musst, damit du Dereks Zunge nicht mit dem Perser im Vorzimmer verwechseln kannst. Früher haben alle immer gesagt, die Treibhausgase in den Haarsprays sind schuld am Klimawandel und dann wären es die Kühe gewesen und dann die Dieselmotoren mit der Schummelsoftware.

Aber dass auch jemand schuld an der Auflösung der Jahreszeiten sein hat müssen, hat genau niemanden interessiert. Nicht in St. Pölten und auch nicht in Brüssel. Immer nur Klimawandel und nie Jahreszeiten!

Jetzt wollen sie vielleicht auch noch die Zeitumstellung für den fehlenden Frühling verantwortlich machen! Beim Heinrich hat sich die Milz gleich hinter dem Pankreas versteckt, wenn er nur daran gedacht hat.

Früher hat man gerne noch so Übergangsjacken getragen, aber sowas hat ein Modehaus heutzutage gar nicht mehr im Programm. Dafür kannst du an allen Ecken Flipflops kaufen, dass dir die Sommersonne den Rist wegbrennt und Moonboots, die nicht nur wärmen, sondern klarerweise vor allem wasserdicht sein müssen, weil Schnee gibt es eh nur noch im Hochgebirge, aber dafür kommt des öfteren die eine oder andere Sturzflut zu Besuch.

Die Mur hat sich auch nicht immer an ihre künstlich hergestellten Begrenzungen gehalten, und vor allem kleinere Bäche wurden immer wieder zu reißenden Flüssen. Alles der Klimawandel, keine Frage.

Früher hatten die Naturkatastrophen noch Anstand. Da war ein oder zweimal pro Saison ein Hagel und ein Murenabgang und vielleicht einmal ein Starkregen, dass es dir den Vierkanthof weggeschwemmt hat, aber mehr nicht.

Tornados blieben dort, wo sie eben hingehören und auch einen Blizzard kannte man maximal als defizitäre Schimarke, aber ganz sicher nicht als Naturkatastrophe in unseren Breiten. Da hat es mal die eine oder andere Welle am Wörther- oder Neusiedlersee gegeben, aber nicht dass du damals gleich von einem Tsunami gesprochen hättest!

Das wiederum hörte man nur von der Taloder Uschi, der Lehrerin vom Maier Joschi, wenn der bei der Jahresvorstellung am ersten Schultag nicht seinen Nachnamen nennen wollte. *»Na Joschi, und wie lautet dein Tsunami?«*

Soviel zu den damaligen Katastrophen - und der Joschi hat auf jeden Fall dazugehört. Aber die Taloder war eh noch eine vom alten Schlag. Die hat ihm gleich mit dem Rohrstaberl auch noch den Namen entlockt, wenn es denn sein hat müssen. Das darf man heute ja gar nicht mehr erwähnen, also vergesst das gleich wieder, weil eh scho wissen!

Bei der *»gsunden Watschn«* setzt die Gerichtsbarkeit eine bedingte aus. Da gehst du schneller in den Bau, als dir lieb ist. Also wenn du da zum Beispiel als Lehrer wirklich einmal mit dem Staberl durchschwingst, sitzt du ein, egal ob dich das *»Gfrast«* vorher dreimal auf dem Schulhof angespuckt hat!

Da kennen unsere Gesetze zum Schutz der Jugend keine Handlungsspielräume. In dem Fall zerrt dich der Staatsanwalt nicht erst, wie den Grasser, durch alle Gerichtssäle unserer Republik. Da bist du ruckzuck im Häfen, um die Öffentlichkeit vor dir zu schützen. Dafür bekommst du ein paar situationsbegleitende Psychotherapien, damit du nach fünf Jahren bei guter Führung wieder ein normales Leben als selbstbestimmtes Individuum in unserer Gesellschaft fristen kannst. Arbeitslos versteht sich.

Natürlich ohne Chance auf deinen alten Job, weil da würde dir niemand glauben, dass du nicht mehr zu solch, in die Jahr gekommenen, Lehrmethoden greifst.

Darum bedenke:

Ein Lehrer mit Stock ist kein Lehrer mit Gehschwäche, sondern ein Schläger der rüdesten Sorte! Quasi der »*Hells Angel*« unter den Pädagogen.

Einem Vergewaltiger glauben wir natürlich, dass er das nicht wieder macht, wenn wir schon tausende Euros in seine Wiedereingliederung investieren, aber einem Lehrer?

Gut, wir bewegen uns gerade rund um ein Thema, das der Heinrich ja schon zur Genüge behandelt hat, und eine Wiederholung sehe ich in diesem Zusammenhang geradezu als maßlos an.

34. Über den grünen Klee

Aber bezüglich Maier Joschi können wir schon noch etwas anmerken, weil der passt perfekt als Überleitung zum nächsten Thema. Der Al Capone unter den lausigsten Rotzbuben aus der Zeckenfabrik.

Sein Papa, der Maier Michi, hat ihn nie wirklich in den Himmel gehoben, wobei man echt sagen muss, dass es auch keinen Grund zu einer solchen Handlung gegeben hätte.

Aber selbst der kleine grundlegende Prototyp eines nahezu perfekten Unsympathlers hat seine Stärken gehabt. Das sagt man sicher nicht gerne, aber was es wiegt, das hat es auch.

Er war ein guter Läufer, wenn ihn zum Beispiel die Anne mal wieder mit aufgezogener Rechten durch den Park gejagt hat, und auch beim Zeichnen hat sich der kleine Vollkoffer gar nicht so blöd angestellt. Der hat mit nur wenigen Strichen echt was darstellen können. Also Talentfreiheit konnte man ihm beim besten Willen nicht attestieren und dennoch waren die Maiers bescheiden und protzten nicht etwa mit dem neuen Peter-Paul Rubens aus Hartberg.

Das aber gilt leider nicht für alle Kinder aus der Zeckenfabrik. Da hat es praktisch nur welche gegeben, von denen die Eltern derart geschwärmt haben, weil irgendwo ein Funke an Talent aufgeblitzt war.

Sowas hat der Heinrich partout nicht ausstehen können, weil da kann man sich ja auch einmal im Stillen freuen, wenn der 13jährige Leopold endlich eine Masche bei seinen Schuhen zusammenbringt. Da braucht man ja nicht gleich einen begnadeten Magier aus ihm machen.

Vor allem was die Fingerfertigkeiten der Kinder und die Bewegung an sich betrifft, hat eigentlich fast jeder die »Pappn« zu halten, ist sich der Heinrich sicher. Unter den 10 bis 15 jährigen befinden sich derart viele Bewegungslegastheniker, da hätte jeder zweite eine Geh-Hilfe nötig, um überhaupt zeitnah über den Zebrastreifen zu kommen.

Da brauchen wir erst gar nicht von sportlichen Leistungen und irgendwelchen Leichtathletikbegabungen zu sprechen.

Jetzt war der Heinrich selbst auch nur beim Schwimmen gut, aber die Kinder von heute können ja gar nichts mehr!

Heute würde kein Schulkind mehr einen Schulweg von fünfzehn Minuten zu Fuß zurücklegen können. Ohne Öffis würde der Nachwuchs hilflos zu Grunde gehen.

Der Peter Rosegger von damals, ist der »Computerwastl« von heute. Die brauchen keine Wald- sondern eine Gehschule, musste Heinrich schmunzeln. Das Zirkeltraining der Neuzeit ist eine Runde um das Popcorn-Sackerl.

Keine zehn Schritte ohne Sauerstoffzelt, dafür kann der halbstarke Nerd hundertmal pro Minute auf die Maus draufklicken! Und dann wird der übergewichtige Hobbit noch freudestrahlend in der Familie herumgereicht, weil er in drei Stunden zehn Level hinter sich gebracht und den Endgegner besiegt hat. Na alle Achtzig, sag ich da!

Aber wenn der Turnlehrer ihn auf eine Sprossenwand schickt, hängt die bemitleidenswerte Figur auf eineinhalb Metern wie ein Räucherlachs zum Trocknen. Da haut es einem das Gewinde von der Schraube! Unserem Heinrich ist jedenfalls das Geimpfte aufgegangen, wie du dir denken kannst.

Wenn dann in der Leichtathletik ein Kind vielleicht drei gerade Schritte laufen kann, wird das zum Festakt zelebriert und eine Seite fehlerlos lesen, da wird von den Eltern vehement der Schulsprecher beansprucht, das glaubst du nicht.

Da werden im Elternverein und bei diversen Schulveranstaltungen verbale Verfehlungen ins Blaue hinein avisiert, schmerzbefreiter geht es kaum.

Hier ein paar von Heinrichs Lieblingssätzen, bei denen immer so ein situationsverstärkender Nebensatz zum besten gegeben wird:

»Unsere Sonja spielt schon ganz schwierige Stücke am Klavier, keine Ahnung, wo sie dieses begnadete Talent her hat.«

»Der Johannes ist schon wieder Rechenkaiser geworden, obwohl er sich diesmal gar nicht angestrengt hat.«

»Unser Heinzi ist heuer zum dritten Mal in Folge schnellster beim Schulmarathon - und das mit einer leichten Grippe!«

»Meine Lydia hat heute ein Referat präsentiert, da haben ihr sogar die Streber der ersten Reihe zugejubelt!«

Also wenn Eltern derart vor Unbescheidenheit strotzen und ihre Bälger in den Himmel loben, wollen sie nur damit bekräftigen, welch armseliges *»Würstl«* sie selbst waren, als es noch schwarz-weiß Fernsehen gab.

Der Heinrich hat zum Beispiel mit der Anneliese, die ja solche Sätze bei den diversen Kaffeekränzchen zu Hauf gehört hat, darüber diskutiert, warum niemand es groß herumerzählt, wenn der Nachwuchs so richtig in den Dreck greift.

Man darf doch auch sowas erzählen, nicht nur immer wie es im besten Fall gewesen sein hätte können.

Ein: »*Der Hansi hat sich beim gestrigen 400m Lauf dreimal übergeben, nachdem er sich zweimal verlaufen hat*« oder ein:

»*Die Leni hatte beim letzten Rechentest einen derart abgrundtiefen Vollfetzen geschrieben, das waren so wenige Punkte, die wäre nicht einmal positiv gewesen, wenn man das Ergebnis mal 5 gerechnet hätte.*« Solche Sätze hört man nie.

Kein: »*Der Bernd ist beim Seilklettern nicht einmal bis zum ersten Knoten gekommen, obwohl er gestern nur drei Krapfen zum Frühstück und zwei Teller Bauernschmaus am Abend verdrückt hat!*« kommt da und auch kein:

»*Unsere kleine Frida hat heute ihren Deutschtest zurückbekommen und da war mehr rot als blau auf dem Blatt. Es wurde aber milde beurteilt, weil der Lehrer angenommen hat, dass ein Migrationshintergrund eine bessere Leistung verhindert hätte!*«

Nichts, aber auch schon gar nichts in diese Richtung. Nur eine grausige Schleimattacke nach der anderen.

Die Traude hat übrigens früher nie angegeben mit dem Heinrich, obwohl er als Schwimmer sehr gut gewesen ist und im »*Eier zusammenklauben*« ebenso. Aber die hat das nicht etwa deswegen nicht gemacht, weil man das nicht tut, sondern weil sie gar nicht groß an sowas gedacht hatte. Damals musste man sich nicht selbst besser darstellen, und alles was man geschafft hat gleich mit einem breiten Publikum teilen. 25m schwimmen war 25m schwimmen und 14 Eier auf einmal zu tragen war kein Heldenakt, sondern es wurden einfach nur 14 Eier auf einmal getragen.

Der Sepp hat dieses überschwängliche Loben vor anderen noch eher drauf gehabt, aber selbst das war anders als heute.

»*Die Traudl hat wieder einen Schweinsbraten gemacht - zum Niederknien, sag ich euch! Ein Gedicht.*«

Das war so ein Ausspruch, der ihm beim Frühschoppen über die Lippen gekommen ist. Eben anders. Heute hat man das Gefühl, dass sich jeder größer machen muss, um wahrgenommen zu werden.

Dass die Selbstdarstellung mindestens so weit geht, dass der Gesellschaft das Speiben kommt. Und ich lehne mich soweit aus dem Fenster, um zu behaupten, dass kein einziger von diesen »*Profilneurotikern*« mehr erreichen wird, als eine sich durch den Gesellschaftsspeck fressende Made.

Die richtig Guten kennt man erst, wenn sie richtig gut sind. Die Erfolgreichen aus eigener Kraft kennt man erst, wenn sie sich durch Fleiß und Empathie nach oben gearbeitet haben. Alle anderen kennt man immer schon.

Die unsympathischen Kinder, denen man versteckt gerne einmal eine zelebrieren würde, die vor Ehrgeiz strotzenden Teenager, deren monumentale Geschichten über ihr letztes Hole-in-one sich wie eine Senfgaswolke über die Clubhausterrasse legt und dir den Gehörgang verätzt und die gräßlichen Lackaffen in ihren taillierten Maßanzügen, gekrönt mit, in vorwiegend weiblichen Farben gehaltenen, Krawatten.

Doch die wird es immer geben. Und irgendwann sind die unsympathischen Kinder unsympathische Erwachsene, bis dann später unsympathische Pensionisten aus ihnen werden.

Das ist der Lauf der Dinge und den halten wir nicht auf. Sicher ist nur, dass der, der so ist, auch immer so bleiben wird.

Heinrich legte Derek gerade das Brustgeschirr an, um eine kleine Runde durch den Park zu gehen. Kopf frei bekommen und seine Freunde, die Tauben, zu besuchen, ist gerade das, was man die Symbiose aus Spaß an der Freude und einer pflichtbewußten Handlung der Notwendigkeit nennen könnte.

Der Park hatte immer etwas Magisches für den Heinrich. Zauberei würde er es nennen. Es herrschte immer so eine gewisse Ruhe und Gelassenheit, alles Schnelllebige war mit dem Eintritt in den Park verschwunden. Kein Lärm, keine Ablenkung, geradezu kein Nichts!

Doch auch das ist anders geworden. Weil, wo der Park früher noch zeitlos gewesen ist, hat sich das jetzt geändert. Dort hat es keine Uhren gegeben und wenn es welche gegeben hätte, dann wären sie sinnlos gewesen, weil wo keine Zeit ist, da braucht man auch keine Zeitmesser.

Aber was ist heute noch zeitlos? Kein Vorhang, keine Tapete und auch kein Auto mehr. Ein Roman oder diese Fiktion, die du gerade liest? Nein, denn wenn ich zum Beispiel schreibe, dass wir vor zwei Jahren den EU-Ratsvorsitz übernommen haben, dann ist es aus mit der Zeitlosigkeit, denn jeder, der das Buch 2025 liest, weiß, dass ich es um 2020 herum geschrieben haben muss.

Und der Park hat leider in der Zwischenzeit sein Wichtigstes verloren. Seine Zeitlosigkeit. Leute sitzen mit Tageszeitungen da, hören Radio am Mobiltelefon und aktualisieren am Laptop ihre Google Kalender. Sie alle setzen Zeitpunkte und nehmen Heinrichs Park damit seine Besonderheit. Nämlich diese märchenhafte Leichtigkeit.

Wenn der Heinrich heute auf den Kieselwegen durch den Park schlendert, fehlt ihm etwas, keine Frage.

Und dennoch ist er der optimale Rückzugsort für Derek und ihn. Er spürt dann, wie sich seine Kopffestplatte zu defragmentieren beginnt und Platz schafft für Neues, und der Hund wird ganz ruhig und schnüffelt gelassen an allen Hecken und Weggabelungen. Der Park bleibt seine andere Welt.

35. Besserwisser

Die eigentliche Welt ist leider zu einer Welt der Besserwisser und Weltverbesserer verkommen. Aus welchem Grund gibt es die eigentlich? Während er so dahin schlenderte, sinnierte er über die vielen Begegnungen mit dieser Art von Mensch.

Der Mehmet war so ein Fall. Der hatte immer sofort gewusst, dass die Tankstelle kein Blumenladen ist und auch was man im Krankenstand machen darf und was nicht. Warum musste er das bitte gleich jedem auf die Nase binden?

Der Schuster Ignaz hat auch gewußt, dass der Adolf durchaus für einiges gut gewesen ist, und der Fellner hat in der Wirtschaftskammer nur so vor Weisheiten gesprüht.

Selbst der Ferdinand hat dir immer wieder zu erklären versucht, dass so ein Swingerclub dein Leben bereichert, auch wenn dir noch so gegraust hat. Alleine schon die Vorstellung von den vielen Kreuz- und Querspritzern, hat jede weitere Überredungskunst ad absurdum geführt.

Aber alles egal, all diese Typen wollen dich von irgendetwas überzeugen und dabei ist ihnen beinahe jedes Mittel recht.

Der Kabarettist steht knapp zwei Stunden auf der Bühne und versucht krampfhaft, in Teilbereichen vielleicht sogar witzig, dich von der SPÖ und den Grünen zu überzeugen, und dann bei der Zugabe von seiner neuen CD.

Der ORF will dich davon überzeugen, dass die GIS Gebühr ein wichtiger gesellschaftlicher Beitrag ist und zeigt gleichzeitig eines der wahrlich wesentlichsten Dinge nicht - nämlich die Champions League.

Ein gewisser Präsident versucht dich davon zu überzeugen, dass die Diktatur die einzig geeignete Regierungsform ist.

Nur aufgepasst - dieses Prozedere war auch dem Himmel nicht fremd. Weil der Petrus hat dir auch die »*Gschichtln*« nur so hineingepresst. Sicher war er wortgewandt und hat vor Allgemeinwissen nur so gestrotzt, aber eine aggressive Werbung hat der für den Himmel gemacht, als wolle er dir einen Staubsauger an der Wohnungstür andrehen.

Der Heiko, der eigentlich etwas verkaufen sollte, war nicht so. Er hätte dir schon hineinpressen können, dass die Nespresso die beste Kaffeemaschine und der Panasonic Fernseher das Maß aller Dinge ist, weil der einen genialen Mediaplayer und zahlreiche Anschlüsse hat. Aber das tat er nicht. Er hat die Kunden einfach nur gefragt, was sie suchen und ihn oder sie dann dahingehend beraten.

Die Fatima hat dich wieder von Antalya überzeugen wollen, obwohl sie gar nichts dafür bekommen hätte, wenn du dort einen zweiwöchigen Familienurlaub gebucht hättest. Weder eine Provision von einem Reisebüro, noch eine Ehrenmedaille der Stadt Antalya.

Der Berthold, sein damaliger Lehrer, hat wieder eine besondere Fähigkeit gehabt, weil der hätte die Schüler vom Lehrstoff überzeugen sollen, hat aber irgendwie den Sympathie-Spagat hinbekommen, es nicht auf diese langweilige Weise zu machen.

Deshalb hatten ihn die meisten Schüler recht gern gehabt. Der hat Wissen auf seine besondere Art und Weise vermittelt, die die Schüler gut annehmen konnten. Es war mehr so ein praktischer Unterricht. Etwas zum Angreifen. Weil nur Theorie hängt einem bald einmal zum Halse raus.

Das einzige, wovon er alle überzeugen wollte, war, dass alle alles lernen können, wenn der Weg dorthin der richtige ist. Und der Weg war für jeden sein eigener. So lernt man dann fast schon gerne.

Die Klara hat immer gerne gelernt und sich auch noch alles gemerkt. Heute lernt sie sogar sehr gerne und merkt sich noch mehr. In ihren grauen Zellen müssen schon so viele Daten gespeichert sein, das würde für halb Hartberg reichen, war sich der Heinrich sicher.

Obwohl in Hartberg sowieso nicht wenige »*Blitzgneißer*« zu Hause waren. Von H wie Heiko bis H wie Hirzberger wohnen dort schon auch ein paar Leuchten.

Nur konnte der Hirzberger auch manchmal den Gott in weiß heraushängen lassen. Da haben die Pensionisten vielleicht im Warteraum miteinander diskutieren können, aber nicht im Behandlungszimmer. Weil wenn dort eine Spritze aufgezogen war, dann wurde sie auch verabreicht, sag ich einmal.

Da hast du nicht mit irgendwelchen Impfschäden daherkommen können, wenn das Knie aufgeschlagen war. Tetanus ist Tetanus und von dem Zeckenimpfstoff hast du gleich die dreifache Dosis bekommen, wenn du von so einem Drecksvieh gebissen worden bist.

Der hat die Zecke noch drehend entfernt, obwohl man heute ja nur noch anreißt.

»*Weils wurscht is*«, hat der Doc gemeint! Selbst mit Infusionen ist beim Hirzberger nicht gespart worden und auch nicht mit dem einen oder anderen Arzneimittel. Wenn es hilft ist es gut und wenn nicht, schadet es nicht gleich, sondern macht sich dann erst als Langzeitfolgeerscheinung bemerkbar, die keinem Arzt angekreidet werden kann.

So ein Allgemeinmediziner ist schon ein schlaues Kerlchen, hat sich der Heinrich oft gedacht. Alle kommen einmal zu dir und wenn du irgendwas nicht diagnostizieren kannst, wird die Patientin halt zu einem überwiesen, der wirklich was kann.

Der Praktische - ein Doktor für Schnupfen und Heiserkeit, mehr ist der nicht!

Einige haben gemeint, dass die Hausärzte heute sogar »*mitschneiden*« beim Medikamentenverkauf, aber soweit möchte ich nicht gehen. Nämlich nicht heute - immer schon!

Es reicht, wenn so ein Weißkittel einfach davon ausgeht, dass im Jahr 2020 noch etwas wirkt, von dem er 1965 gelernt hatte. Gerade, wo allgemein bekannt ist, dass gewisse Bakterien und Viren gegen alles Mögliche resistent sind, glaubt das doch keiner mehr. Die lachen dich geradezu aus, diese Luder!

Im Freibad hat es auch immer welche gegeben - also nicht Viren und Bakterien, dass du glaubst. Also doch schon, aber die meine ich nicht. Sondern Leute, die dir ihre Weisheiten in einer geradezu umwerfenden Arroganz auftischen möchten.

»*Dort drüben ist das Pool nicht so tief!*«

»*Der Pool ist überall gleich tief!*«

»*Da, neben dem Kinderpool ist das Pool mindestens 10 cm seichter!*«

»*Der Pool hat auch dort die gleiche Tiefe!*«

»*Warum hängen meine Haare dann hier ins Wasser und dort nicht?*«

»*Weil Sie hier entweder nicht auf Zehenspitzen stehen oder aber den Kopf schief gehalten haben!*«

Da kannst du auch als Bademeister nur noch das Gespräch beenden, weil das sonst zu nichts führen würde, ausser zu einem endlosen Diskussionsmarathon ohne Ziellinie.

Dort sind »Hirnederln« zuhauf herumgelaufen, dass vor lauter Stress deine Hämorrhoiden Walzer getanzt haben, das glaubst du nicht, wenn du nicht selbst einmal als »Badewaschl« aktiv gewesen bist.

»Letztes Jahr hat der Eintritt nur 3 Euro gekostet und heuer schon fast das Doppelte!«

»Voriges Jahr waren es noch drei Euro, richtig. Und heuer kostet der Eintritt 3 Euro 50 Cent! Da dürften gewisse mathematisch relevante Zellen eine Insuffizienz gegen allgemein gültige Formeln aufweisen.«

Mit diesen Maßregelungen kommst du aber in einem öffentlichen Bad nicht weit. Auch dort sind die Kunden Kaiser, König und Edelmann und das Ganze natürlich dann auch noch weiblich, versteht sich!

Der Pribil Ernstl hat übrigens auch immer genau gewußt, wie man mit den Tischlermaschinen umzugehen hat und der hat den Lehrbuben immer eine verbale Breitseite verpasst, wenn die irgendwas schief angegriffen haben. Er war sicher ein guter Tischler, aber, obwohl er mit viel Erfahrung ausgestattet war, und noch dazu die Weisheit mit dem Löffel gefressen hatte, konnte er auch nicht verhindern, sich die Hand wegzuhobeln.

Einmal nicht im richtigen Moment geschaut, kann alles anders sein und das gilt nicht nur in der Tischlerei, sondern auch beim Arzt, beim Billa und selbstverständlich auch für das Lagerhaus.

»Dürfen's 17 dag sein?«

*»Nein - wenn ich 15 bestellt habe, dann dürfen es keine 17
sein! Weil wenn ich einen 3er BMW bestelle, darf es bei der
Endabrechnung auch kein 4er sein!«*

Mit so einem Satz bei der Feinkost riskiert man ganz schnell
eine Kundschaft, die dir mit der Kehrseite ins Gesicht fährt.
Und das alles bloß für 2 dag! Einmal zu spät hingeschaut!

Der Schorsch hat für die Besserwissergesellschaft einen ganz
wichtigen Satz parat gehabt:

*»Wenn einer g'scheit daherredet, heißt das noch lange nicht,
dass er auch g'scheit ist!«*

Der Pfarrer - zum Beispiel - der hat wirklich absolut gescheit
daherreden können, aber dass er die Gerti mehrere dutzend
Mal im Pfarrhaus quer durch das Kabinett gestoßen hatte, war
alles andere als gescheit, wenn du weißt was ich meine.

Da nützt es dann auch nichts mehr, wenn du in der
Sonntagsmesse allen Schäfchen den richtigen Weg erklären
kannst, wenn dich dein eigener in die definitiv falscheste
Richtung führt - so rein aus der Kirchensicht heraus!

Da büßt du nicht nur die Glaubwürdigkeit ein, sondern
gleich auch noch dein Ansehen und den Job sowieso.

Weil so eine *»Knattermaschine«* in der Soutane will - gerade
in der heutigen Zeit - niemand in der Kirche sehen.

In der aktuellen Kirchenkrise mit minütlichen Austritten
erschüttert ein solcher Vorfall die katholischen Grundfesten bis
in den Vatikan hinein.

36. Kinder

Wenn ihr jetzt glaubt, dass die Erschütterung eine leichte war, habt ihr euch getäuscht, weil da hat es ordentlich gescheppert!

Da hat es vom Wasserbett des Papstes bis zurück zur Dorfkirche eine regelrechte Druckwelle der Bestürzung gegeben. Denn die Gerti ist nämlich auch noch schwanger geworden und das wiederum hat die Druckwelle direkt in den Hof vom Heinrich gebracht, aber dazu im Laufe der Geschichte mehr.

Die Gerti hat eh verhütet - vielleicht - und der Priester auch, sagen die, die es ja wissen müssen - da waren sicher immer mehrere Zuschauer anwesend. Aber wie es der liebe Gott manchmal will, ist alles Wehren zwecklos und schon ist es passiert. Wegmachen war von beiden Seiten kein Thema und so ist es dann halt früher oder später rausgekommen und Religionslehrer werden ja auch gesucht. Da braucht man dann Sonntags nicht mehr zeitig aufstehen, was ja auch nicht das Schlechteste ist.

Wenn man jetzt das ganze katholische Dings weglässt, muss man natürlich schon auch sagen, dass es häßlichere Mütter von Kindern gibt und vom Wesen war die Gerti auch nicht übel. Natürlich dauert das alles seine Zeit, bis Gras über die Sache gewachsen ist, aber eine fortschrittliche Stadt wie Hartberg schafft das. Und die Zeit hilft auch dabei.

Also könnte man sagen: »*Hartberg und die Zeit machten ihren Frieden mit Gertis geistlichem Haxipraxi!*«

Gut, klingt immer noch ein wenig komisch, aber Hauptsache alle sind gesund.

Jetzt hat die Gerti halt dieses Kind bekommen und es war - wie konnte es anders sein - ein ausgesprochen schönes Kind.

In den meisten Fällen empfinden die Eltern ihr Neu-geborenes als schön, ausser es ist wirklich häßlich, aber man sollte schon auch einmal die rosarote Brille abnehmen und der Wahrheit ins Auge blicken.

Es gibt durchaus Kinder, da sag ich mal, naja. Nicht falsch verstehen, aber so ein Wasserkopf oder ein total runzeliges Gesicht ist halt nunmal nicht zwingend schön.

Auch wenn die Schönheit ja bekanntlich im Auge des Betrachters liegt, muss ich manchmal sagen: »*Nein!*«
Egal, weil in diesem Fall war es ja ohnehin anders:

Gertis Kind war eine Augenweide, ein traumhaft schönes Mädchen mit rötlich-blondem Flaum auf dem Kopf und geschwungenen Lippen, die andere erst mit Hilfe von 13 Hyaluronbehandlungen hinbekommen.

Und wie die Welt halt mal ungerecht ist, hat dieses schöne Kind alles glattgebügelt, was sich davor noch empört aufgewiegelt hatte.

Klara war auch nicht begeistert, dass der Geistliche seinen kleinen Pfarrer nicht in der Hose belassen konnte, aber das Kind sah sie, als den von Gott entsandten weiblichen Messias.

Es war nicht bloß ein Kind, könnte man meinen, sondern ein Startzeichen für begeisterte Fortpflanzung.

Für Heinrich war es nur ein kleines Mädchen, sonst nichts weiter. Daran sieht man mal wieder, dass hier die männliche Empathie nicht über eine Grundempfindung hinausreicht. Die weibliche aber doch.

Gertis »*Sonnenscheinchen*« nährte jedenfalls die kollektiven Kinderwunschphantasien beinahe aller gebärfähigen Frauen in der Umgebung. Man hätte meinen können, irgendeine Chemiefabrik hatte drogenähnliche Substanzen in die Luft geblasen. Schlicht und einfach erklärt: Klara wollte auch so ein süßes knuddeliges rot-blondes Monster.

Jetzt kann man sich natürlich denken, dass der Heinrich nicht unmittelbar auf der selben Euphoriewelle gesurft ist. Gerade erst der Hund und dann gleich, also ich weiß nicht!

Klara hatte dieses Thema nie richtig angeschnitten, weil es ja ohnehin schon spät war über 40 und dann erst kurz zusammen und finanziell auch nicht gerade die Rothschilds von Hartberg.

Aber von jetzt auf gleich - mit dem Anblick dieses Gotteskindes - war alles anders. Vielleicht hat der liebe Gott das Geschöpf nur wegen Klara zur Gerti geschickt. Soweit lehnten sich ihre Gedanken bereits aus dem Fenster.

Es sind übrigens unmittelbar nach Gertis Niederkunft, gleich 18 Frauen im Umkreis schwanger geworden, so eine Auswirkung hatte der rot-blonde Engel.

Heinrich hätte sich am liebsten einen Knopf in den kleinen Heinrich gemacht - quasi eine nachhaltige Landwirts-Vasektomie. Das war wiederum natürlich keine Lösung, wie du dir sicher denken kannst, weil wenn sich die Klara etwas in ihren hübschen Kopf gesetzt hatte, dann ist da die Eisenbahn drüber gefahren. Und dann hat es schlicht und einfach geheißen: Antreten!

Nicht etwa romantisch, sondern nach Zeitplan, weil wo es 30jährige noch »*passieren lassen*«, gibt es bei über 40ern schon eine grundlegende Panik und die rechnerischen Zeitfenster, in denen es mit großer Wahrscheinlichkeit klappen könnte.

Das ist natürlich nicht gerade etwas, was man sich als Mann wünscht, aber es war ihm natürlich schon auch klar, dass ein Alter von Mitte Vierzig keine Vielzahl an Möglichkeiten offen gelassen hatte. Da war nichts mit vielleicht »*irgendwann*«, sondern nur noch mit »*am besten gestern*«.

Am besten gar nicht, wäre eine Option für Heinrich gewesen, weil er ja so gar nichts mit kleinen Kindern anzufangen wusste, aber das malt man sich auch schlimmer aus, als es dann ist. Man wächst in die Verantwortung hinein und wenn das kleine Kind die ganze Nacht schreit, stört einen das irgendwann nicht mehr, sondern man gewöhnt sich daran, mit deutlich weniger Schlaf auszukommen.

Dieses Kinderthema hat der Heinrich in eine Ecke gestellt, in die es nicht gehört, weil es ist nichts, vor dem man sich fürchten, sondern eines, das man annehmen muss. Es bringt dich weiter oder vielleicht sogar auf eine andere Ebene. Kinder sind eine Bereicherung und selbst, wenn sie anstrengend sind, heißt das nicht, dass sie zu wild, sondern dass die Eltern nicht belastbar genug sind.

Frei nach: Sind sie zu stark, bist du zu schwach! Immer lügt uns die Werbung eben doch nicht an.

Klara war sowieso ihr ganzes Leben lang schon eine der besten Mathematikerinnen und was den optimalen Zeitpunkt für Verkehr anbelangt, da war sie noch dazu die Verkehrsministerin schlechthin.

Da wurde nichts dem Zufall überlassen, ausser, was den männlichen Part betrifft. Von dieser Seite betrachtet, waren natürlich immer ein paar Unbekannte mit im Rennen.

Eines musste sich der Heinrich bewusst sein: Wenn es eine Zeit lang nicht klappt, dann ist schnell einmal der Mann schuld. Da brauchst du auch kein ärztliches Attest bringen, weil das ist dann offiziell sowieso gefälscht.

Gut, soweit war es jetzt noch nicht, aber Heinrich lief schon ein wenig der kalte Schauer über den Rücken. Was ist wirklich, wenn Nachwuchs kommt? Ist das finanziell überhaupt machbar? Ist es vielleicht besser, es funktioniert oder sollte man lieber davon ausgehen, dass es eh zu spät ist? Sind sie nicht zu alt, um Eltern zu werden?

Wenn der erste aus der Zeckenfabrik Opa zu ihm sagt, wenn er seine Rotznase abholt, ist der Amoklauf proklamiert! Da setzt es Hiebe aufs Getriebe - da geht es aber los, sag ich dir!

Sollten sie nicht doch vielleicht eine Für- und Widerliste wie bei Derek machen? Man stellt sich sehr viele Fragen, auf die ohnehin niemand eine wirklich vernünftige Antwort kennt. Aber so ist der Mensch - unvollkommen und skeptisch.

Ich kann eines vorwegnehmen: Es hat eine ganze Zeit lang nicht funktioniert. Woran es gelegen haben mag, könnte wohl nur der Petrus sagen, aber den hat er diesbezüglich nicht kontaktiert. Er fragte sich eh schon, warum er nicht mehr zur Pforte musste. Vermutlich war er in der momentanen Lebenssituation doch weiter vom Himmel entfernt als noch zu seiner Singlezeit. Eine Partnerschaft verändert also einiges und eine Familie zu gründen würde wohl auch so einiges verändern. Wenn man dann noch einer ist, der es nicht so hat mit Veränderungen, dann steht natürlich ein Problem im Raum.

Bei dem Gedanken an Kinder tritt immer der Joschi vor sein geistiges Auge und ich sage dir, du möchtest auch nicht, dass dir der einfach so erscheint. Dieses Kind ist natürlich ein abschreckendes Beispiel, aber es sind ja nicht alle so.

Der Fellner zum Beispiel - der war als Kind nicht annähernd so unsympathisch wie er es jetzt ist und der Nikolaus war im Grunde seines Herzens auch ein ganz nettes Kind.

Also gibt es schon auch ein paar positive Beispiele, obwohl so ein Braten wie der Joschi natürlich immer passieren kann. Davor ist niemand gefeit und das liegt auch nicht nur an den Genen oder an der Erziehung.

Manche sind einfach so, weil sie so sind. Da kann man noch so viele Erziehungsbücher lesen und die esoterische Pädagogik-Abteilung vom Thalia auswendig lernen.

Es gibt Schreikinder und welche die andauernd die Milch raufwürgen. Es gibt welche, die nicht vor Mitternacht einschlafen und solche, die jeden Tag um 5 Uhr munter sind. Es gibt jene, die mit 5 Jahren noch eine Windel brauchen und jene, die mit 13 noch ins Bett schiffen. Weiters gibt es die, die Steine auf fahrende Autos werfen und welche, die ewig ihre Spielsachen aus dem Kinderwagen schmeißen, weil es so lustig ist, wenn die Eltern vor ihnen buckeln.

Auch gibt es jene, die halt mit 15 immer noch nicht mit Besteck essen können und andere, die sich mit den Spinatgläschen selbst eine Kriegsbemalung verpassen, um sich dann auf die schlafende Hauskatze zu stürzen.

Es gibt auch die, die jede Lade öffnen, weil sie eben neugierig sind und die, die den ganzen Tag nur sitzen und lächeln, als hätten sie ein Marihuana-Tütchen geraucht!

Jetzt kann sich der Heinrich aussuchen, wo er sein gedankliches »*Hakerl*« setzen möchte.

Komischerweise kommt dir da kein Beispiel in den Sinn von einem ausgesprochen pflegeleichten Kind. Kein einziges.

Gibt es das nicht oder ist das deswegen, weil der Mensch zuerst einmal vom Schlechteren ausgehen möchte? Zuerst kommt der Pessimist, dann lange nichts und irgendwann ... naja!

Vielleicht kommt dann das Kind von der Gerti. Die war nämlich - und da fragt sich natürlich so einer wie der Heinrich, wo da die Gerechtigkeit bleibt - nicht nur hübsch, sondern auch wirklich absolut pflegeleicht. Die ist ein- bis zweimal in der Nacht zum Trinken aufgewacht, aber sonst nichts. Kein Wimmern, kein unnötiges Herumgeschreie und kein unruhiges Gehabe. Ein absoluter Musterfratz, möchte man meinen.

Der Joschi war schon als ganz kleines Kind ein Ausbund und dann kann man auch nicht behaupten, dass er besonders hübsch gewesen wäre. Aber das wächst sich aus, wie man sagt. Da erlangen manche, die als Baby aussehen wie eine gesprengte Baumwurzel irgendwann durchaus Attraktivität mit steigendem Alter, und andere, die niedlich aus der Wäsche schauen, können Jahre danach vielleicht unmaskiert in der Geisterbahn arbeiten!

Da ist dann wieder die naturgegebene Gerechtigkeit am Werk. Nett, schön und talentiert gibt es eigentlich nicht. Naja, vielleicht bei Helene Fischer, aber ob die wirklich so nett ist, weiß man ja nicht. Das Spielchen musst du einmal machen.

Am besten mit den Verwandten und Freunden. Ich wette, da gibt es praktisch niemanden, der nicht zumindest bei einer Eigenschaft auslässt. Dafür wird man aber auch selten jemanden finden, bei dem keine der Eigenschaften zutrifft.

Ich denke nach ...aber mir fällt kein Beispiel dazu ein, weil der Lugner ist zumindest nett und Frau Merkel kann man ein gewisses politisches Talent auch nur schwer absprechen.

Sollte jemand eine Person finden, die tatsächlich alle drei Anforderungen erfüllt, bitte bekanntgeben.

Der Heinrich hat daran geglaubt, dass die Tochter von der Gerti sicher so eine NST-Person werden könnte. Die hat übrigens auf den Namen Barbara gehört - also gehört hat sie darauf noch nicht, aber getauft wurde sie auf den Namen. Also, nein ...getauft wurde sie auch nicht, wegen dem ganzen Pfarrerdings und so, aber ihr Name lautet Barbara.

Barbara Schöne. Die Klara hat gemeint, wenn sie den Niklas Berger heiraten würde und einen Doppelnamen annimmt, heißt sie Barbara Schöne-Berger. Sie war nicht überall für ihre komische Ader berühmt, aber so eine gewisse Spontankomik hat sie schon draufgehabt, Heinrichs bessere Hälfte.

Der Name war ja nebenbei auch so als Seitenhieb an die Kirche gedacht, weil die wegen der Taufe und so ein paar »Spompernadeln« gemacht haben.

Barbara bedeutet ja »fremd« und »undeutlich«, obwohl man schon recht deutlich den Herrn Pfarrer in dem Kind sehen konnte. Warum ist schwierig zu beschreiben gewesen, aber es war dennoch eindeutig, wie sonst nur bei Boris Becker und dessen Tochter. Einige haben gemeint, wenn die die Soutane mit dem weißen Kragen trägt, könnte die Kleine glatt die Sonntagsmesse abhalten, so rein von der Optik her.

Die feineren Züge hat sie sicher von der Gerti, wobei deren körperliche Attraktionen erst in einem reiferen Alter zum Vorschein kommen werden.

In dieser Zeit ist der Heinrich oft mit Derek im Park gewesen. Weil da musst du in dich gehen und alle Spermien beknien, dass es endlich was wird. Der Hund hatte sichtlich Mitleid mit Heinrich, weil der ist ihm keinen Meter mehr von der Seite gewichen und hat den Tauben bei ihrem Treiben genauso zugesehen wie sein Herrchen.

So eine Familienplanung ist nicht leicht. Da sind einmal die Hormone, die man zuführen muss, dann muss man - wie gesagt - die beste Zeit für die Empfängnis errechnen und dann kommen noch so ein paar Dinge auf dich zu, mit denen musst du erstmal umgehen können. Und Klara wollte ja noch eine Ausbildung machen und mit einem Kind ist das natürlich nicht so einfach. Sie hatten auch keine Großeltern, die ihnen helfen konnten und auch die anderen, die eventuell verfügbar gewesen wären, würden wohl keine große Unterstützung sein.

Der Schorsch hat alle Hände voll zu tun gehabt in der Politik und der Ferdinand ist zu oft eingeraucht gewesen, um ihm ein Kind anzuvertrauen. Dem Heiko könnten wir es maximal ins Schaufenster legen und wenn wir es gut verpacken, zur Anneliese. Das waren keine berauschenden Aussichten auf adäquate Unterstützung bei spontan auftretenden Kinderbetreuungsschwierigkeiten. Bei solchen Überlegungen hat man wieder gut merken können, dass es nicht so viele gute Freunde gibt, wie man vielleicht denken könnte.

Klara hat sowieso kaum jemanden gehabt, ausser den Mehmet und die Fatima und das sind sicher nicht die Tageseltern, wie sie sich der Heinrich erhofft hätte. Alles in allem hat es also nicht so rosig mit der Vermehrung ausgesehen und deswegen haben sie auch keine +/- Liste geführt, denn die wäre wohl sehr einseitig ausgefallen.

Klara war nicht begeistert, aber in einem hormonneutralen Moment musste sie sich auch eingestehen, dass das Ganze eher nicht besonders gut in Richtung Familienzuwachs ausgesehen hat. Es ist natürlich auch schwer, wenn man immer wieder die Gerti mit ihrer umwerfenden Tochter herumspazieren sieht, die ja immer wie ein Schmalzbrot gegrinst hat und scheinbar nie schlecht drauf gewesen ist. Da schiebst du dann schnell wieder die Minusseite weg und was bleibt, ist »Haben wollen«.

Klar, Klara!

Das ist auch verständlich, weil die Frauen ja die innere Uhr haben, die wir Männer so nicht kennen. Bei manchen tickt die leiser und bei anderen eben so, dass es denen den Vogel raushaut, wie wir sagen.

Bei uns tickt nur die am Handgelenk und die stellen wir uns nur deshalb drei Minuten vor, weil wir eben gerne der Zeit hinterherhinken. Heinrich hat sowieso gefunden, dass Kinder maßlos, egoistisch und stur sind und da ist jetzt auch keine Eigenschaft dabei, die er groß vermisst hätte. Somit war er mehr in der echten und Klara, hormonell bedingt, eher in der perfekten Welt.

Vielleicht gelingt ihnen in dieser Angelegenheit ja noch die Annäherung an die gemeinsame Welt?

Und wenn nicht - es gibt noch andere kinderlose Paare und auch genügend Kinder, die man mit einer Adoption glücklich machen könnte. Vielleicht schaut ja einer runter und verhindert es aus gutem Grund, oder der Heinrich schaut mal wieder auf einen Sprung hinauf und findet es heraus! Na sind wir mal gespannt, was da noch kommen wird.

37. Lärm

Jetzt ist er wieder mal seine Runde gegangen, weil Park immer gut und Derek musste auch noch sein Geschäft verrichten, welches der Heinrich übrigens immer brav weggeräumt hat. Das Kinderthema hat ihn natürlich beinahe rund um die Uhr beschäftigt, aber wenn, dann hat er es zumindest während des Spazierengehens links liegen lassen können.

Was ihn nun abrupt zum sofortigen Abschalten vom »*Linksliegenlassen*« veranlasste, war ein ohrenbetäubender Lärm, der aus der hinteren Ecke des Parks gekommen ist. Derek legte die Ohren an und hatte den Schwanz zwischen seine Beine geklemmt.

»*Was in aller Welt wird hier veranstaltet*«, wollte Heinrich wissen und näherte sich der Lärmquelle.

Wie unschwer zu erkennen war, waren Baumaschinen eifrig am Werken und gerade deshalb näherte er sich wild gestikulierend einem Bauarbeiter mit Helm.

»*Hallo! Was wird denn das bitte, wenn ich fragen darf?*«

»*Heee?*«

»*Was das wird, will ich wissen*«, Heinrich erhöhte die Sprachlautstärke.

»*Is Fundament!*«

»*Fundament für was?*«

»*Firn Kasperl!*«

Der Mann mit Helm sprach in Rätseln, doch die sind nicht schwierig aufzuklären, weil er hat die Statue gemeint, die demnächst hier auf das dann fertige Fundament aufgesetzt werden soll.

»*Was für ein Kasperl kommt denn da her?*«, scheinbar wollte es der Heinrich doch genauer wissen!

»*Da Obendrauf!*«

»*Na sicher oben drauf! Aber wer?*«

»*Da Obendrauf*«, wurde nun der Bauarbeiter ebenfalls lauter. Die Bagger taten ihres dazu, dass die Verständigung nicht gänzlich harmonisch verlief.

»*Oben drauf kommt noch einer? Werden das die Hartberger Stadtmusikanten?*«, versuchte Heinrich die ausweglose Gesprächssituation ein wenig aufzulockern. Die Gesichtszüge des Arbeiters zeigten aber keine große Wirkung.

»*Da Burgamasta kummt do her*«, wollte er klarstellen.

»*Zum Spatenstich?*« Heinrich war jetzt ganz weit von der Wahrheit entfernt. Mit einigen hektischen Handzeichen signalisierte der eine, den anderen Arbeitern, dass sie die Maschinen abstellen sollen.

Und man glaubt es kaum: Es war auf einmal absolute Stille. Nichts mehr da, das dein Trommelfell malträtiert!

»*Heast, da Obendrauf wor da Burgamasta, der de Ringwartn baut hot! Und jetzt - eh scho zspät - kriagt der an Plotz hier im Park, auglant aun de Wartn!*«

Es ist natürlich schon einmal schön, einem echt österreichischen Bauarbeiter gegenüber zu stehen, auch wenn man die übers Ohr empfangenen Daten erst im Kleinhirn ordnen und dann auswerten musste.

Der Heinrich hat jetzt für diese Aufgabe etwa 20 Sekunden benötigt, was angesichts der Umstände als mittelprächtig gut eingestuft werden könnte, weil du kannst nicht von jedem Steirer erwarten, dass er die Baustellen-Verbalakrobatik aus dem Osten Österreichs, noch zügiger in eine verständliche Form transformieren kann.

Dann war ihm auch klar, was der mit dem Helm gemeint hat. Obendrauf hat der Bürgermeister geheißen damals.

»Zum 100jährigen Jubiläum!« Der Arbeiter grinste.

»Aber seid ihr da nicht 10 Jahre zu spät dran?«

»Jo mir net! Oba de Gmoa hot hoit vagessn und in Mundl tuat's nimma weh!«

Das Grinsen vom Vorarbeiter wurde breiter und der Lärm ging wieder von vorne los.

Das war was! Eine Statue von einem ehemaligen Bürgermeister wird hier in den schönen Park gepflanzt, und was noch viel schlimmer ist, die Lärmbelastung bis das soweit sein wird. Was diesen Wirbel angeht, ist der Mensch ja irgendwie komisch gebaut, weil, obwohl das Gehör immer schlechter wird mit den Jahren, steigt die Lärmempfindlichkeit deutlich an.

Der Heinrich hat jede Art von Wirbel gehasst. Ob das ein Hundegebell, ein Bagger oder ein LKW über eine Bodenschwelle fahrend war, egal. Selbst das Gackern seiner Hühner ist ihm mittlerweile deutlich gegen den Strich gegangen, und da muss man sagen, dass er mit einer solchen Geräuschkulisse eigentlich auf Du und Du sein hätte müssen. Wie einer, der in der Einflugschneise vom Flughafen wohnt. Den stören die Flugzeuge auch kaum noch. Aber bei Heinrich war das anders. Alles über 40 Dezibel hob seinen Blutdruck auf neue Ebenen. Damit sind die Geräusche der Tauben schon grenzwertig, aber spätestens bei Geschirrspüler und Waschmaschine ruft die eigene Pumpe nach blutdrucksenkenden Mitteln.

Wirft Klara den Staubsauger an, überlegt sich sein Kreislauf eine Spontanverabschiedung. Damit ist nicht zu spaßen, sag ich dir! Lärm ist definitiv gesundheitsschädlich, auch wenn so ein 120 db Discogedröhne ihm ohnehin nichts anhaben kann, weil er in keine Disco mehr gegangen ist. Auch zu keinem Zeltfest, zu keinem Konzert und auch in kein Tanzcafé.

Aber wenn dir zum Beispiel deine Partnerin ständig mit irgendetwas in den Ohren liegt - und sei es nur ein Kinderwunsch, kann das krank machen, weil der Mertner ihr Mann hat beim Hirzberger öfter darüber geklagt, dass er auf dem Ohr, das seiner Frau am Esstisch zugewandt ist, praktisch taub ist.

Da brauchst du jetzt nicht glauben, dass der Hirzberger hier mit einer genialen Tablette oder so dahergekommen ist. Im Gegenteil, bloß mit dem guten Rat, dass die Eheleute die Plätze tauschen sollen. Auch nicht schlecht - quasi verbale Homöopathie!

Auch Großraumbüros, die ja ohnehin den Tod für einen Heinrich bedeuten würden, sind ganz schlecht in Bezug auf einen steten Grundpegel, der gut im Bereich von 50 db angesiedelt ist. Früher oder später klappt sich das Trommelfell ein, wenn du so arbeitest. Die Arbeitsmedizin war auch etwas, das im Lagerhaus ständig präsent war. Da war das Tageslicht wichtig und die Lagerung von problematischen Stoffen und dann natürlich auch, wie es mit der Lärmbelastung aussieht.

Dort war das nicht so ein Problem, aber der Heiko beim Red Zac hat schon aufpassen müssen, dass die Flachbildschirme nicht zu laut eingestellt waren, weil da fliegen dir bei ein paar Modellen schnell einmal die Ohren weg, wenn du da Gas gibst. Hier war die Hifi Abteilung am gefährdetsten, wie du dir denken kannst und auch wenn einmal einer einen Staubsauger ausprobieren wollte, vielleicht.

Es hat auch Kunden gegeben, die wollten einen Waschgang vom Waschtrockner sehen, aber irgendwo ist auch die Grenze der Kundenfreundlichkeit erreicht, sag ich mal.

Und dann hat es auch in den Kaufhäusern noch einen Lärmpegel gehabt, da brauchst du nicht hinunterlangen. Weil sich die komischen Leute alles fünfzehn Mal vorgesagt haben, was sie kaufen müssen, weil sie sich ja nichts mehr merken können. Seit sie alle die Telefonnummern einspeichern, ist die Harddisk im Oberstübchen ganz schön geschrumpft!

Und wenn dann mehrere hundert Leute auf einmal durcheinandermurmeln, zischt es durch die Ohrmuschel.

Der Heinrich hat das Kindergeschrei aus der Zeckenfabrik überhaupt nicht leiden können und dann weiter unten bei der Bushaltestelle und das beim Bahnhof auch noch.

Er verstand nicht, warum Kinder immer schreien, obwohl sie ja so ein gutes Gehör haben. Die haben sich aus einem halben Meter Entfernung derart angeschrien, da hat es denen glatt die Frisur verrissen!

Ein weiteres großes Potential für Ärger ging von den Mopedfahrern aus. Vor allem die Gatschhupfer-Geräte, die ja zumeist von halbstarken Eierschädeln gefahren werden - was sicher einer kleinen kollektiven Vorverurteilung gleichkommt.

Die überlegten kein einziges Mal, wie spät es ist, wenn sie Sonntags um 6 Uhr 30 voll am Gashebel anreißen, dass es dir schon alleine von der Tonhöhe den Steigbügel aus dem Gehörgang fetzt.

Diese grässlichen Töne dieser hubraumarmen Cha-Cha-Cha Wagerln holten ihn nicht selten aus seiner wohlverdienten Nachtruhe. Am liebsten hätte er dem Fahrer seine Zweitaktnähmaschine in den Allerwertesten geschoben, weil rücksichtsloses Lärmen ist etwas, da geht er richtig in Saft.

Beim Baulärm hat sich auch etwas Neues ergeben. Nämlich das Schneiden mit Wasser. Das Geräusch ist schon an sich schrecklich, aber dann gepaart mit einer ohrenbetäubenden Lautstärke, verdirbt es dir nicht nur den Tag, sondern gleich auch noch den ganzen Monat, wenn du ein wenig zart besaitet bist! Beim Hirzberger ist das Wartezimmer geradezu übergegangen, seit der Bauhof mit einer solchen Gerätschaft unterwegs war. Aber was soll man tun?

Wenn diese Dinge der Fortschritt fordert, dann ist es so und dann kann auch kein Heinrich einfach so daherkommen und anmerken, dass diese Statue vom Bürgermeister absolut keiner gebraucht hat.

Hätte der Obendrauf noch gelebt, wäre der sicher »*not amused*« gewesen, dass die seine Statue erst 10 Jahre zu spät aufstellen. So sieht man wieder, dass jeder einen anderen Blickwinkel auf die verschiedenen Dinge hat. Und so richtig verschandelt hat die Skulptur den Park jetzt auch wieder nicht. Die Tauben waren begeistert, dass ein neuer Sitz- und Fäkalabladeplatz für sie geschaffen wurde.

Der eine sieht es halt mehr von der Lärmseite und die anderen doch eher von der praktischen Seite her.

38. Kleidung

Apropos praktische Seite. Was sehr praktisch war und bald einmal als selbstverständlich angesehen wurde, war dass er beinahe kein Gewand von sich tragen musste, während der Arbeitszeit. Vom Lagerhaus hat er ein paar grüne Latzhosen bekommen und für seine Tätigkeit im Freibad, zwei rote Rettungsshorts und vier weiße T-Shirts mit dem Hartberger Stadtwappen drauf.

Das ist nicht überall so, weil die Banker oder Manager haben durchaus gewisse Vorgaben, was den Dresscode betrifft, müssen sich aber um die Schale selbst kümmern. Nicht nur, dass das ein teurerer Spaß ist, nein, da musst du auch noch Zeit dafür aufwenden, diese auszusuchen. Vielleicht auch noch auf Maß schneidern lassen, wenn deine Figur einer »*siebenmal geschweißten Radpumpe*« nahe kommt.

Das Problem mit Anzügen hat der Heinrich zum Glück nicht gehabt, aber einen Mindestbestand an Kleidung hätte auch er besitzen sollen. Dabei war Gewand einzukaufen eher ein Klara-Thema, aber sicher keines vom Heinrich. Weil Frauen mögen meistens dieses »Shopping«, aber Männern reicht das einmal jedes Schaltjahr. Denn wann kommst du schon zum Einkaufen? Wenn es entweder 35 Grad im Schatten oder -10 hat. Schwitzen oder jedesmal raus aus dutzenden Anziehsachen, um neue zu probieren. Das war echt ätzend und dann vielleicht noch Schuhe, wenn du mit den Badeschlapfen unterwegs bist und keine Socken mit hast.

»*Sie können gerne diese Probiersocken anziehen*«, gibt man sich dann im Geschäft gerne kundenorientiert. Aber bitte, da will ich gar nicht wissen, wer die Socken schon vor mir getragen hat. Da sind vermutlich schon ganze Kolonien an

Monokulturen in jeder einzelnen Masche vorhanden. Diese Dinger sind so klein und nur weil du sie mit freiem Auge nicht siehst, heißt es nicht, dass sie nicht da sind! Zuerst denkst du dir nichts dabei, wenn du sie im Geschäft anziehst und dann fressen dir diese Mikroben die Knöchel weg.

Die Klara hat sich am Anfang ihrer Beziehung seine Garderobe angesehen und gemeint, dass diese durchaus einer kleinen Handlungsaktion ihrerseits bedürfe und gleich einmal die ausgewaschenen Polos entsorgt, die durchgeriebenen Jeans und die T-Shirts mit Löchern am Ärmelansatz auch.

Er hat sich sowieso immer schon gefragt, warum die Shirts dauernd unter den Ärmeln zuerst Löcher bekommen. Ist da irgendwas verkehrt in der Konstruktion oder ist das seiner nicht ph-neutralen Ausdünstung zuzuschreiben? Wer weiß das schon! Da müsste man vielleicht den Guido-Maria fragen, der hat dazu sicher eine Erklärung. Den sieht er manchmal durch das Red Zac Schaufenster, aber da kannst du ja auch schlecht mit irgendwelchen Fragen kommen. Das ist so mehr eine Kommunikation in eine Richtung, wie bei den Mertners zu Hause. Sie redet in seine Richtung und er hört schlecht zu! Auch Entgegnung null - sprich Einbahnkommunikation.

Dann sind sie wirklich einmal gemeinsam einkaufen gewesen und dabei muss man schon ehrlich zugeben, wenn man mit der Frau unterwegs ist, ist die Wahrscheinlichkeit, etwas Schönes mit nach Hause zu nehmen deutlich höher als alleine.

Die Frauen haben schon einfach einen besseren Geschmack, was Kleidung betrifft und auch mehr Erfahrung. Klar, wer dauernd shoppen geht, der sieht die hübschen Dinge auch schneller, weil der kriegt da einen ganz eigenen Blick dafür.

Das ist wie beim Schwammerlsuchen. Da entwickelt man auch irgendwann so eine Automatik und sieht nur noch die Pilze und gar nicht mehr die Nadeln und Farne.

Jedenfalls hat er ein paar Polos und zwei Hemden gebraucht und vielleicht die eine oder andere elegantere Jeans, weil da bist du als Mann schnell sportlich elegant gekleidet mit Hemd und Jeans und kannst von der Kirche bis zur Geburtstagsfeier überall aufkreuzen. Hemden hat der Heinrich eigentlich keine wollen, aber er hat natürlich eingesehen, dass zu manchen Anlässen eine weltmännische Adjustierung von visuellem Vorteil ist. Bei den Jeans hat er es im Grunde einfach gehabt, weil eine 29/29 hat von praktisch jeder Marke ausgezeichnet gepasst und diese Zahlenkombi merkst du dir auch leicht.

Aber da brauchst du nicht glauben, dass hier von ein und derselben Marke, zwei Hosen der gleichen Größe gepasst hätten. Die eine hätte im Bund den Heinrich zweimal vertragen und die andere hätte er beim Hals knöpfen können, wäre er sich unten immer noch draufgestiegen. Also sowas ist ja echt...!

Da war der Einkaufsvormittag gleich beendet, wenn er da so sinnlos dahinprobiert hat.

»Hier noch ein Hemd, das passt super zur Augenfarbe!«

Ich meine was hat das Hemd mit dem Auge zu tun? Ich verstehe ja noch, wenn es zum Teint passt oder zur Haarfarbe, aber zu 2 Quadratzentimeter grüngrau ist dann doch ein bißchen lächerlich.

Das Hemd war so gesehen auch nicht so schlecht, weil es in den Schultern ganz gut gesessen ist, aber die Gesamtlänge auf Kniehöhe war alles andere als erfreulich.

»Na dann das Polo in Bordeaux!«

»Na, ich fahr jetzt sicher nicht bis Frankreich, um ein Polo zu probieren«, ließ er die Verkäuferin ein wenig überrascht zurück.

»Das petrolfarbene probier ich noch und dann ist avanti aschanti!« Wer Heinrich kennt, würde meinen, dass er da bereits bei ...in etwa 85% angelangt war.

Klara schüttelte leicht den Kopf und eröffnete der Verkäuferin, dass er jetzt eher nichts mehr probieren werde.

Das Polo war ausgezeichnet. Ein Normal Fit, weil ein abnormal Fit haben sie nicht da gehabt. Und ein Slim auch nicht, obwohl das nicht ganz so blöd ausgesehen hätte am Heinrich. Weil wenn da der Wind geht, breitet sich das aus, wie bei einem Flughörnchen. Bei einer Windhose hätte es den Heinrich vom Stadtbad bis zum Ringkogel getragen, holla die Wetterfee!

»Das geht leider auch nicht, Heinrich! Dafür bist du zu schmal!« Klara hatte sofort einen Blick dafür, was geht und was nicht geht.

»Wir gehen einen Shop weiter. Dort gibt es ein paar interessante Hemden und eventuell eine Krawatte!«

Na mehr hat er nicht gebraucht! Zuerst ein Hemd in Kragenweite 34 und dann noch so ein buntes Galgenseil, leck mich am A....!

Heinrichs Schweißperlen haben sich schon angeschickt, die Hemden nur beim Probieren schon zu zerfleischen. Er hat praktisch seinen Zorn direkt in die Körpersäfte transformiert. Ich glaube, im momentanen Zustand hätten zwei oder drei Transpirationstropfen ausgereicht, ganze Stoffballen von Seidensticker zu vernichten.

Krawatten waren für ihn nicht nur unangenehm zu binden, sondern entbehrten auch jeder Sinnhaftigkeit.

Zuerst schnürst du dir den Hals ab und dann baumelt da so ein glänzendes buntes Ding an dir runter, wozu nur? So genau hat ihm diese Frage sowieso auch keiner beantworten können, aber es ist nunmal Usus, dass ein Hemd sportlich elegant ist und ein Hemd mit Krawatte halt elegant und das hat damals irgendeiner so festgelegt und basta! Wer auch immer!

Wie es aber so oft der Fall war, hat das mit der Krawatte überhaupt keiner erfunden gehabt, sondern die ist einfach so aufgetaucht. Im 17. Jahrhundert, um dahingehend ein wenig präziser zu werden.

Es war einmal mehr ein Kriegsschauplatz, der die Mode beeinflusst hat. Anzüge beziehungsweise die einheitliche Kleidung und so weiter, kommen ja auch aus dem Militärischen, weil so eine Uniform halt schon Eindruck macht und »Kleider machen Leute« ist auch nicht ohne Grund so drauf los gezwitschert.

Die Krawatten hatten damals die heldenhaften Reiter geziert, die dem König zum Beglückwünschen vorgeführt wurden, nachdem sie ein paar aufständische Bauern platt geritten hatten. Weil im Endeffekt ein eiserner Morgenstern vom Pferd geschwungen um einiges mehr hermachte, als so eine stumpfe hölzerne Mistgabel. So einfach ist die Krawatte entstanden und obwohl der Heinrich das jetzt wußte, mochte er sie immer noch nicht.

»Eine Fliege würde ich vielleicht nehmen, aber diesen Vorhang binde ich mir sicher nicht um den Hals!«

Also wurde es eine dezente Fliege, damit er auch wirklich ausgesehen hat, wie ein »Schüssel für Arme«!

Gut, den haben eh schon viele vergessen, somit ist das auch nicht weiter schlimm.

Klara hat darauf bestanden, dass er das anthrazitfarbene Hemd nimmt, weil das hellblaue sieht zwar frischer aus und passt gut zu seinen Augen, aber es hat halt deutliche Nachteile in Bezug auf die Transpiration. Da hat er dann nicht lange herumgezickt und das Ding gekauft, weil die Füße haben ihn ohnehin schon von den verseuchten Socken gejuckt und jetzt wollte er nicht noch eine Lacke in der Umkleidekabine hinterlassen.

Beute hatten sie gemacht, und fürs erste war Klara auch ganz zufrieden mit der Aufhübschung seiner Garderobe. Den Rest würden sie dann im Winter angehen, hat sie sich gedacht.

Eine ganz emsige Verkäuferin ist ihm noch mit einem Sakko nachgelaufen, aber davon hatte er ein paar vom Sepp zu Hause hängen. Die sind zwar um mindestens zwei Größen zu groß und höchst wahrscheinlich von den Motten zerfressen, aber das siehst du nicht gleich aus der Entfernung, war sich Heinrich in dieser Angelegenheit sicher!

Für mich ist aber ohnehin klar, dass Klara ein Sakko in der Sekunde hergezaubert hätte, wenn er spontan eines brauchen würde, weil mit einem Heinrich im Sepp-Sakko hätte sie sich sicher nirgends blicken lassen wollen.

Und da war sie, die neue »En Vogue-Garderobe« vom Heinrich: Eine feine Hose, zwei Jeans, drei Polos und zwei Hemden mit einer passenden Fliege. Ein paar Sneakers in dunkelblau und mittelbraune Lederschuhe.

Wir sagten ja, mit den Frauen kann man shoppen gehen! Das war alles in sich so stimmig, da hätte der Heinrich alle Sachen auf einmal anziehen können und es hätte gepasst wie die Faust aufs Auge!

39. Hausarbeit

Natürlich hat die Klara auch die Schrankeinteilung neu geplant, weil wo Männer froh sind, wenn alles irgendwie hineinpasst und Tür zu, da hat die Frau alles ganz schnell in Reih und Glied sortiert. Von der Mütze bis zur Socke hatte jedes Kleidungsstück seinen ganz bestimmten Platz.

Und da sind auch die Badeshorts und die Lagerhaushosen gestapelt, fast mit dem Lineal ausgerichtet, könnte man meinen. Da und dort ein paar Lavendelpölsterchen zwischen die Anziehsachen, damit sich die Motten nicht zu wohl fühlen, und fertig! Da wird nichts dem Zufall überlassen und die neue Aufteilung ist auch soweit ganz in Ordnung, nur mit einer kleinen Einschränkung im Schrank:

Gewaschenes und Gebügeltes hat genauso wieder in den Schrank zu kommen, wie man es dort herausgenommen hat. Da haben wir mal wieder den Salat!

Weil so wie Klara die Anziehsachen dort hineingeräumt hat, hat es danach nie wieder ausgesehen. Einmal so eine Heinrichhand im Kasten und der Palawatsch ist angerichtet. Und da gibt es Diskussionen, sag ich dir. Da sind normale *»Fremdgehthemen«* geradezu eine Bagatelle, gegen einen Fehler beim Gewandwegräumen.

In diesen speziellen Fällen ist nicht zu spaßen mit dem Weibervolk. Die greifen gleich ganz hinunter zu den schmutzigsten Reaktionen, die man sich vorstellen kann:

»Na gut, ab heute wäschst und bügelst du deine Wäsche selbst!« Wie wenn eine derart überzogene Ansage wirklich nötig wäre! Ist es nicht möglich, zuerst einmal situationselastisch zu reagieren und erst, sagen wir nach dem dritten Mal, Watschen zu verteilen?

Weil es wäre höchst ungerecht, müßte der Mann waschen und bügeln, obwohl er nur die Wäsche schlecht in den Schrank gelegt hat! Zwei Reaktionen für eine Aktion! Oder hat er etwa zuerst die Wäsche schlecht hineingelegt und sie dann auch noch mit Farbe beschmiert?

Wie gesagt, da wird nicht rational gehandelt, sondern nur aus der reinen weiblichen Intuition heraus. Gnadenloser Rundumschlag und schon hast du sogar die halbe Hausarbeit an der Backe, obwohl du ohnehin schon einmal pro Monat Staub saugst und jedes Quartal einmal den Geschirrspüler ausräumst, wenn dir nicht andere - dreist wie sie sind - zuvorgekommen.

Weil da ist nichts zufällig, dass du glaubst. Das ist pure Absicht, wenn du dich einmal umdrehst, um durchzuschnaufen, ist ratzfatz der Geschirrspüler ausgeräumt, so schnell kannst du gar nicht reagieren. So wollen sie dir ein schlechtes Gewissen machen, sag ich dir.

»Lass dich auf diese gefinkelten Spielchen nur nicht ein, Heinrich.«

Die Klara macht das übrigens auch ähnlich. Wenn er ein schlechtes Gewissen hat, weil er seinen letzten Mistsack in irgend einer der vergangenen Jahreszeiten rausgetragen hat, und hat sich den Staubwedel genommen, um sich dem verstaubten Fernseher zu nähern, war sie wieder einmal schneller! Noch die Kochschürze an, schnellt sie um die Ecke und swiffert den Flatscreen sauber, dass du glaubst Chuck Jones hat dir den Road Runner ins Wohnzimmer gezeichnet. Heinrich ist da jetzt nicht so, der gönnt ihr von der Hausarbeit ohnehin ein wenig mehr, wenn sie sie schon so gerne macht. Nur ist es damit nicht getan!

Die Frauen reißen gerne den Löwenanteil der Arbeit an sich, um dies dann in jeder Diskussion und sei es, wenn es um die Urstrumpftante geht, gegen dich zu verwenden. Da bist du dann immer zweiter. Praktisch keine Abwehr möglich - quasi Rücken an der Wand.

Natürlich spricht man auch im Hause Heinrich diese Dinge an, aber in der Verliebtheit ist bald einmal alles klar und dann im Alltag kommt es oft zu verzerrten Wahrnehmungen, was die zuvor ausgehandelte Arbeitsteilung betrifft. Wo zuerst alles gemeinsam noch selbstverständlich ist, da ist nach einem Jahr schon einiges getrennt, was zuvor zusammen war.

So hat sie das Bad und das WC, das Fensterputzen und das Staubsaugen, sowie die gesamte Wäsche und das Kochen, und ihm bleibt der Geschirrspüler und der ungeliebte Weg hinaus mit dem Mist, sowie das Hineintragen des Einkaufs. Also praktisch halbe-halbe, könnte man sagen.

Dass es dann trotzdem zu Konflikten kommt, wenn einmal sie den Mist entsorgen müsste, liegt wohl an der weiblichen Kleinlichkeit! Weil das eine oder andere Prozent Abweichung muss man nicht immer gleich zum Thema machen.

Es könnte doch auch einmal anders sein und der Heinrich reinigt das WC mit Hilfe sämtlicher Reinigungsutensilien die dafür erfunden wurden, nachdem er eine halbe Stunde versucht hat, seine Bauchschmerzen wegzubekommen. Und hängt er das an die große Glocke? Nein!

Man muss nämlich nicht immer die kleinste Mücke zum größten Elefanten machen! Auch nicht zum Babyelefanten! Da darf die Kirche auch einmal im Dorf bleiben.

Ich möchte behaupten, eine Beziehung ist ein Geben und Nehmen und eine Hand wäscht die andere. Gemeinsam ist alles leichter und zusammen geht alles einfacher von der gewaschenen Hand. Geteiltes Leid ist halbes Leid und wenn du etwas für den anderen tust, wird er oder sie es auch für dich tun. Das Unangenehme dauert zu zweit nur halb so lang!

Aber bitte sehen wir das keinesfalls als gegeben an, weil die eine oder andere Beziehung funktioniert auch nach dem Prinzip - sie macht alles - ganz gut. Da darf man sich auch auf nichts versteifen, weil man muss sich immer mal wieder eines vor Augen führen: Wer hilft bitte alleinerziehenden Müttern!?

Die müssen all die Dinge alleine bewältigen, und warum sollen das Frauen in Beziehungen dann nicht schaffen? Auch denen muss man etwas zutrauen können. Das ist dann wohl das, was sie unter Multitasking verstehen.

Mit einer Hand den Staubsauger schwingen und gleichzeitig mit dem Kind am Arm die Wäsche aus der Maschine holen und auf die Leine hängen. Hin und wieder nach dem Essen auf den Herd schauen und das Bad und WC mit einem Entkalker einsprühen. Dieser macht den Rest dann ohnehin völlig alleine, glaub ich.

Vielleicht noch kurz den Mist runtertragen, aber aufgepasst welches Bündel man wegwirft! Hier ist eine funktionierende rechts-links Koordination unumgänglich. Und manche können sogar noch während der ganzen Tätigkeiten mit dem eingeklemmten Smartphone ein paar wichtige Gespräche mit der Schwiegermutter führen. Und diesen Fluss sollen die Männer unterbrechen?

Da gibt es eine einfache Regel, die ich einmal vor Jahren in dem Buch »*Wie führt man eine Beziehung richtig*« gelesen habe: Bitte einfach raushalten und nicht im Weg stehen, denn nur wenn die Frau, während der Vielzahl an synchron ausgeführten Tätigkeiten, durch einen unbeweglich herumstehenden Ehemann unterbrochen wird, kommt ihr in den Sinn, dass auch er einige der Arbeiten wohl hätte erledigen können.

Und das vielleicht noch selbständig und ohne Aufforderung! Nur ist bitte bewiesen, dass Männer die Arbeit nicht so gut sehen wie Frauen. Männer können auch auf einem komplett verschmierten Bildschirm problemlos arbeiten, während die Frauen ein solcher im abgedrehten Zustand schon stört. Männer bekommen in den Mistsack unter der Spüle immer noch einen Joghurtbecher hinein, während Frauen oft schon einen halbvollen Sack entsorgen, nur weil er stinkt.

Genauso beim Staubsaugen: Frauen holen den Staubsauger hervor, weil sie die Hundehaare und »*Staubmauserln*« gegen das Licht sehen und sie das stört, und die Männer schließen einfach die Rollläden, weil: Was man nicht sieht ist nicht da.

Ja, da kommt es eben auch auf die Herangehensweise an.

Aber bitte lassen wir nicht unbeachtet, dass es auch unzählige Aufgaben gibt, die dem Mann ohnehin alleine obliegen.

Was ist mit dem Rasenmähen zum Beispiel, wenn es einen Rasen geben würde? Oder alles rund ums Auto!

Gut, der Heinrich hat keines besessen, aber normalerweise ist ein Fahrzeug Männerarbeit. Und alles Handwerkliche sowieso.

Da stellt er sich nicht so ungeschickt an, weil Lampen kann er schon tauschen und wenn einmal irgendwo eine Schraube locker ist, ist auch ziemlich schnell ein Schraubendreher zur Hand. Das überlässt Klara fast schon automatisch dem Hausherrn.

Auch mit der Kreissäge oder der Flex kann er hantieren wie ein echter Handwerker. Wenn du auf dem Hof aufwächst, geht es ja auch nicht anders. Da kannst du schlecht für jede Schraube einen Mechaniker und auch nicht für ein paar Millivolt, die irgendwo gefehlt haben, einen Elektriker rufen. Das lernt man beim Schöpfen! Oder »*learning by doing*«, wie die Franzosen sagen.

Einmal hat er sich zwar mit der Schlagbohrmaschine einen Kinnhaken verpasst, dass sein Porzellan-Klavier gescheppert hat, aber wo gehobelt wird, da sind nunmal auch die Späne nicht weit.

40. Gas, Wasser, Sch....

Es gab nur ein Betätigungsfeld, da war er ein ganzheitlicher Rohrkrepierer, der Heinrich. Alles mit Wasser. Armaturen und Siphone sind ganz sicher seine Freunde nicht! In der Küche hat einmal etwas getropft und wenn so ein Wasserhahn tropft, ist es wirklich schwierig herauszufinden, was dann schlussendlich schuld daran ist. Also der Wasserhahn ist sicher schuld daran, soviel ist schon einmal klar.

Und leider kennt sich der Heinrich bei diesen Hähnen nicht annähernd so gut aus wie bei denen im Hühnerstall. Aber wenn die Frau bemerkt, dass das Wasser nicht ausschließlich dort hinausläuft, wo es vorgesehen ist, bleibt dir nichts anderes übrig als nach dem Franzosen zu suchen. Weil mit diesem verstellbaren Maulschlüssel hat man fast alles auf und zu bekommen, und wenn einmal gar nichts geht, kann man den zumindest so wie einen Hammer benützen. Meistens sind irgendwelche Dichtungen kaputt, aber bei den heutigen Armaturen brauchst du nicht glauben, dass der Hersteller darauf Rücksicht nimmt, dass du die einfach austauschen kannst. Der Endverbraucher soll nicht den großen Installateur spielen, sondern einfach ein neues Produkt kaufen. Die Dinge sind alle so konstruiert, da brichst du dir sämtliche Gliedmaßen, bevor auch nur eine einzige Dichtung zum Vorschein kommt.

Der Heinrich hat vorne das Sieb gerade noch herunterbekommen und den Hebel von der Einhebelmischbatterie hat er rauf und runter bewegt, aber mehr war nicht. Mittlerweile musst du zumindest nicht bei jedem Waschbecken einen Kleinwüchsigen rufen, um die Armatur locker zu bekommen.

Da haben sie doch einmal etwas erfunden, das nicht alles schlechter macht. Mit einer Zentralschraube kann man, das richtige Werkzeug vorausgesetzt, relativ einfach so eine Armatur demontieren. Heinrich hat zwar mit dem Franzosen nicht gerade das optimale, aber zumindest ein Werkzeug parat gehabt, mit dem er sich dem Ziel nähern konnte. Jetzt musst du nur noch ein Zirkusartist sein, damit der einhebelige Wasserspender nicht gleich ins Waschbecken fällt, wenn du unter dem Becken liegst und deinen Mechanikerkünsten freien Lauf lässt. Da haben sie sich wieder nicht besonders viel einfallen lassen, aber wahrscheinlich kommt das daher, damit du es auch wirklich einsiehst, für zwei Handwerker zu bezahlen, wenn du einen rufst.

Jetzt hat der Heinrich, weil in diesen Angelegenheiten doch ein wenig erfahren, den Haupthahn zugedreht und ein Tuch ins Becken gelegt, damit sich nicht gleich das Email sprunghaft verabschiedet und siehe da, alles erledigt. Erst wenn du das Ding dann wirklich abgebaut hast, erkennst du, dass es zwecklos war, weil du nichts, aber schon gar nichts, bewirken kannst, ausser weg damit. Warum die immer eine Explosions-zeichnung mitschicken, war ihm mal wieder klar, weil das Ding kannst du nur sprengen, wenn du ans Innenleben heran willst. Huch, da kann er sich wieder ärgern! Der hätte sich mit seinem roten Schädel perfekt in jedem Erdbeerfeld verstecken können. Also ab auf den Mist - also schon richtig entsorgt natürlich - nur so vom Reden her. Danach eine neue gekauft und montiert, fertig. Glaubst du aber nur, weil die findigen Konstukteure haben so ein Wasserspardings implementiert. Dabei kannst du ein Glück haben, dass dieser Durchflussbegrenzer nur ein Zwischenstück ist, oder eben - wie beim Heinrich - das Ding ist fix integriert. Das ganze ist dann natürlich ein zweischneidiges Schwert, weil du kannst dich einerseits über den geringen Wasserbedarf freuen, oder aber wegen des geringen Wasserdrucks ausrasten. Der Heinrich hat sich, wie wir ihn kennen, ans zweitere gehalten. Da ist die neue verchromte Apparatur gleich bis zu den Hühnern geflogen, das glaubst du nicht. Und ich sage: Nicht unrichtig, weil einem immer größer werdenden Ärger muss man Raum geben! Und so ein »Flugeinhebelmischer« hat schon auch was gehabt. Nachdem Klara die Ersparnis wichtiger als der Druck war, wurde er natürlich trotz des Unfalls mit Todesfolge für gleich zwei Hühner, dennoch montiert. Der Franzose ließ dabei den kleinen Hartberger abermals nicht im Stich. Unermüdlich zog er die Haltemutter fest.

Dann gibt es noch das Gestänge vom Ablaufventil und ich sage, entweder es geht nie ganz zu oder es lässt das Wasser nie wieder los. So ein Ding hab ich noch nie befriedigend hinbekommen und ich lehne mich mal wieder so weit aus dem Fenster, dass ich behaupte, das schaffen nur die wenigsten. Das ist sicher das Meisterstück in der Installationstechnik. Wenn das einer korrekt zu montieren vermag, wird er gleich als Innungsmeister gefeiert. Der Heinrich hat dieses Stangen-gebilde ohnehin nur halbherzig montiert, weil wer bitte lässt heute noch ein Waschbecken volllaufen? Total sinnlos, diese Funktion.

Als alles soweit angeschlossen war, hat sich ergeben, dass der Siphon undicht geworden ist. Weil auch hier gilt die Faustregel: Greife einen Siphon nie zweimal an! Bloß schief anschauen reicht schon und er ist verstopft.

Am besten sind überhaupt diese Universal-Siphons. Hast du die besorgt, fährst du garantiert noch zwei bis drei Mal ins Lagerhaus, um einen Teil nachzukaufen, der noch fehlt. Das Knie ist zu tief, der Radius passt nicht, das Gewinde ist zu groß auf der einen Seite und der Durchmesser ist zu klein und das waagrechte Rohr ist zu kurz. Das ist naturwissenschaftlich gesehen ein reines Latrinenprodukt! Aber dafür kann man sich relativ lange damit beschäftigen. Nur hätte der Heinrich einen Rubik-Cube mit acht Seiten schneller gelöst als dieses Rohrsystem. Ein Sichtsiphon ist wenigstens verchromt, wenn er schon nicht funktioniert.

Unser Heinrich hat beinahe zusammengeknotete Hände gehabt, aber der Siphon war immer noch nicht fertig zusammengebaut.

Es gibt übrigens noch ein Phänomen: Alles ist genormt und beim Wasser sind alle Größenangaben in Zoll. Wer hat das bitte erfunden? Jeden Kleiderschrank, jede Wegstrecke, jedes Kabel und alles andere wird in Zentimetern angegeben, aber alles bzgl. Wasser in Zoll!

Obwohl man beim Olympischen Pool auf 25 Meter besteht - also hier Zoll Fehlanzeige.

Viertel, halb, dreiviertel und eineinhalb - da ist es ja klar, dass das nie ein Ganzes wird! Der Heinrich sagt immer, dass diejenigen, die freiwillig Installateur werden auch irgendwann einen Rechtslenker besitzen. Solche Typen müssen bis in die DNA England-Fans sein, keine Frage. Er hat auch gemeint, dass diese wahnwitzige Maßeinheit eventuell ein Mitgrund für den Brexit sein könnte, weil den gemeinsamen Euro nehmen sie nicht, aber uns drehen sie dieses Zoll an.

41. Kunst

Der Sepp war damals definitiv auch nicht so die Koryphäe, was Wasserinstallationen betroffen hat. Der hat damals den Siphon irgendwie hingepfuscht und die ganze Arbeit mit einem: »*Schief ist Englisch und Englisch ist modern*«, zu Ende gebracht. Diesen Spruch hat der Heinrich ewig schon nicht mehr gehört. Ich glaube sogar, dass der aussterben wird, weil den verwenden nur noch die ältere Generation und heute weiß ohnehin keiner mehr etwas damit anzufangen. Was bitte ist an »*schief*« modern? Und warum dann Englisch?

Hierzu möchte ich eine kleine Erläuterung anbieten, weil so ein Buch kann ja nicht ausschließlich eine hohle Abbildung zusammenhängender Buchstaben, sondern darf doch bitte auch lehrreich sein. Der Ausspruch ist wieder einmal etwas, das mit dem Tragen von Uniformen direkt zusammenhängt. Der entstand damals, weil die Englischen Soldaten immer ihre Mütze schief getragen hatten. Da sieht man auch mal wieder, wie sich der Kreis schließt! Alles Uniform und der Sepp ebenfalls Soldat - auch öfter schief gewesen, aber wegen des Alkohols.

Jetzt muss man natürlich sagen, dass der Sepp das ganze zwar fertig, aber halt, wie bereits erwähnt, schief montiert hatte und somit für einen ewig tropfenden Siphon gesorgt hat. Weil eben modern noch nicht praktisch ist. Aber was ist eigentlich modern? Das hat sich der Heinrich auch schon immer gefragt. Vor allem in Bezug auf die moderne Kunst. Da stellt sich so einem Heinrich natürlich auch die Grundsatz-frage, was Kunst an sich ist?

Sie haben ja im Haus auch ein paar Bilder hängen, aber die sind nur da, haben aber, glaube ich, wenig mit Kunst zu tun.

»*Stilleben ist das*«, hat die Traude einmal gesagt, weil der Heinrich eines der Bilder so komisch angestarrt hatte.

»*Aha.*«

Er weiß eigentlich gar nicht, wer diese Bilder aufgehängt, geschweige denn, wer sie gemalt hatte. Das eine zeigt eine Obstschüssel, das zweite eine Blumenvase und die anderen Landschaften von Irgendwo. Felder, viele Wiesen und ein paar Wälder sind auch abgebildet. Nichts aus der Umgebung, weil die Figuren auf den Bildern so komische Sachen anhaben, das konnte keine steirische Tracht sein, schaut aber dennoch sehr nach Tradition aus.

»*Vielleicht was Französisches*«, hat der Sepp einmal gemeint. Heinrich konnte sich zwar nicht erklären, wie er da drauf gekommen ist, weil der Sepp ist ja nie in Frankreich gewesen, aber vielleicht hatte er trotzdem recht.

Jetzt, wie er da so gesessen ist und die Klara - das Kinderthema praktisch ad acta - sich wieder einem Reclamheft gewidmet hatte, streiften seine Blicke über drei von diesen Bildern.

Wenn man etwas malen kann, das dann so aussieht, als hätte man es fotografiert - ist das dann Kunst?

Oder ist nur das Kunst, was wirklich keiner versteht? Ein Schüttbild von Nitsch, das er einmal in einer Dokumentation beim Red Zac gesehen hatte. Da hat er geglaubt, der Maler ist narrisch geworden, weil der hat alle umherstehenden Leute rot angespritzt, wie ein waschechter Psychopath.

Oder ein sündteurer Pollock, denn der hat überhaupt nie - nicht einmal zufällig - ein Motiv gemalt. Nur »Kixikraxi«, wie die in der Zeckenfabrik zu den ersten kindlichen Malversuchen gesagt haben. Und trotzdem hättest du selbst für eines seiner weniger gelungenen Bilder, halb Hartberg verkaufen müssen.

Dem Schorsch seine Eltern haben übrigens ein Original vom Miro hängen gehabt. Der war so ein Spanier, der zwar durchaus auch »Krixikraxi«, aber mit Stil. Sprich spanisches Stillleben.

Da war auch mitunter etwas zu erkennen, weil einmal ein Auge und teils doch figural und Sterne noch dazu. Zum Schluss hat der nur noch Punkte gemalt. Vielleicht hat ihm schon alles weh getan, hatte der Heinrich vermutet, aber die Kunstkenner haben gemeint:

»Er hat seine Kunst auf das Wesentliche reduziert!«

Die Fernbeißers hatten nämlich einen Freund, der einen Freund in Wien hatte. Er war so eine Art Kurator, hat der Schorsch erzählt. Der hat echt stundenlang auch nur über einen Punkt referieren können. Das hat der Heinrich eher als Kunst verstanden, als das Bild an sich.

Dann hat es welche gegeben, die wurden berühmt, obwohl sie gewisse Dinge gar nicht konnten. Da gab es einige, die heute um Millionen versteigert werden, die beim Malen von Händen oder Füßen einen Gichtanfall gehabt haben müssen.

Heinrich hat ja selber nie zu malen probiert, aber die Klara hat das durchaus zwischendurch getan. So als Ausgleich zur Jet-Tankstelle. Weil dort wirst du künstlerisch ja nicht gerade gefordert, mehr nervlich! Und ich muss sagen, sie hat schon ein paar Aquarelle gemalt, die haben gar nicht so übel ausgesehen.

Sie hat sich da von diesem englischsprachigen TV-Maler, mit der geschmeidigen Afro-Frisur, inspirieren lassen, diesem ...wie hieß der wieder? Ross Bob, nö ...Bob Ross!

Den hat der Heinrich auch einmal beim Heiko in der Auslage gesehen. Der hat in einer Geschwindigkeit, mit ein paar Strichen, eine Landschaft auf den Karton gezaubert, da bist du aber mit dem offenen Mund dagestanden, sag ich dir.

Und die Klara hat das manchmal abkupfern wollen und da hast du nicht einmal gewußt, ob das eine Landschaft oder Salzburger Nockerln sein sollten, wenn sie fertig war.

Man sieht, leicht ist anders! Und nicht nur schief ist modern, weil heute können auch gerade Dinge modern sein.

Vom Bob haben die Leute gedacht, dass der ein Engländer war, aber nichts da. Waschechter Ami! Verstanden hat den im Schaufenster eh keiner, natürlich, weil der Heiko den Ton abgedreht hatte, aber wäre einer an gewesen, auch null Komma Josef!

Weil diesen amerikanischen Kauderwelsch kann kaum ein Sprachwissenschaftler entschlüsseln.

»Da brauchst du einen Codebreaker«, hat der Heiko gesagt, weil der hat sich den manchmal schon auch mit Ton hineingezogen, keine Frage. Aber nachgemalt hat nur die Klara. Und es hat auch nicht gestört, dass, wenn sie schneebedeckte Berge zu malen versucht hat, eine traditionelle Süßspeise herausgekommen ist. Hauptsache schön. Und süß war Klara selbst.

Die Anneliese hat auch so ein wichtiges Bild geschenkt bekommen. Irgendein berühmter Kunde hat das einmal gebracht, bevor ihn das Zeitliche segnete.

Weil der hat die Anneliese gern gehabt und dass die ganzen Erbschleicher in der Verwandtschaft dann um das Bild auch noch streiten, mochte er partout nicht.

»Besser, es hängt bei der Liesl«, hat er deshalb gemeint. Das Bild an sich, würde ich mal vorsichtig als abgrundtief geschmacklos bezeichnen, aber diese Beschreibung wäre nur dann korrekt, wenn du oder ich es gemalt hätten. Wenn da der besoffene Paul Gauguin oder der Monet nach einer *»Kräuterblumen-Line«* so eines fabriziert, war das natürlich etwas anderes. Da war dann ganz schnell ein früheres *»bescheiden«* ein neues *»wundervoll«*!

Ganz viel liegt an Namen und Persönlichkeiten und an unserer Vorstellung, was Rubens sich damals gedacht haben musste, als er das Bild malte!

In Wahrheit ist Kunst jegliches Gestalten und die Auseinandersetzung mit der Natur und Mutter Erde. Was sagt uns das? Wenn er im Hotel Kristen Palace eine Sandburg baut, wenn er wieder einmal findet, dass er Dereks Haufen besser für die Nachwelt liegen lässt, weil er so interessant geformt ist oder wenn er bei der Jet, Mehmets Werbetafeln auf Rechtschreibfehler korrigiert! All das ist Kunst und es geht sogar so weit, dass im Grunde Mehmets Tafeln vorher auch schon Kunstobjekte waren, ganz ohne sein Zutun.

Einen Grenzfall bilden die Tauben, die auf die Statue des ehemaligen Bürgermeister scheißen. Da stellt sich die Frage, ob die Bildhauer oder die Tauben letztlich die bessere Kunst hervorgebracht haben. Wer das beurteilen kann, der ist der wahre Kunstsachverständige.

Da gibt es zum Beispiel die junge Künstlerin Deborah Sengl, die mit Hilfe ausgestopfter Ratten, die letzten Tage der Menschheit darstellte. Irgendwie bizarr, aber durchaus ansprechend. Und Ratten sind ja auch nur Tauben, die nicht fliegen können.

Man könnte hier noch tausende Künstler anführen, von denen man manches vielleicht versteht und anderes für sich interpretiert, aber ganz sicher gibt es auch welche, die keinen Interpretationsspielraum zulassen.

Fäkalkunst ist unmissverständlich, weil ein Haufen bleibt ein Haufen, egal ob man ihn frittiert, imprägniert oder auf die Leinwand klatscht!

Natürlich möchte uns der Künstler damit auch etwas sagen, aber man muss ja nicht immer hinhören.

Der Schorsch sagt dazu:

»Die Gedanken sind frei, nicht aber die Leitungen bis dorthin. Du hörst Dinge, die du nicht hören möchtest und siehst Dinge, die du nicht sehen möchtest. Aber mit deinen grauen Zellen kannst du dann aufhalten, was du zuvor nicht hören und nicht sehen wolltest!«

Der war geradezu der Paradephilosoph unter den Heidelbeerpflückern, hat der Heinrich gedacht. Da kann sich selbst der Precht noch eine Scheibe abschneiden!

42. Natur

Der Schorsch war schon ein ganz besonderer Kerl. So einen hätte man definitiv erfinden müssen, würde es ihn nicht schon geben. Egal ob schwul oder nicht oder ein bisschen.

Er war auch eigentlich immer natürlich, also schon ein wenig in diese Richtung, aber eben auf seine eigene natürliche Art.

Und Art ist ja auch Kunst, wie die Engländer wissen. Aber was ist eine natürliche Art? Vielleicht die Kunst, die Welt so zu sehen, wie sie ist, oder so wie sie eventuell sein könnte?

Heinrich hat die Welt geliebt, wie sie ist - die natürliche Seite, wie auch die künstliche.

Weil, was ist für die Menschen schon Natur? Für den Hartberger ist es der Blick vom Ringkogel und für den syrischen Migranten der Fußballkäfig in Wien Favoriten!

Diese Sicht geht wohl, je nachdem von wem aus betrachtet, ziemlich weit auseinander.

Wenn er so mit Derek durch den Park spaziert, ist ihm klar, dass ein »*Beserlpark*« im fünfzehnten Wiener Gemeindebezirk, in dem ein Hund kaum einen Grashalm findet, keine für ihn akzeptable Natur darstellt. Aber für einen aus Aleppo vielleicht schon. Weil wo die einen die Natur mit grün verbinden, kann es auch sein, dass andere das mit der Farbe »*staubigbeige*« tun. Da möchte er niemanden dessen Sicht auf die Dinge absprechen. Wenn aber jetzt irgendwelche Leute seinen Park, mit diversen Statuen zupflastern, lässt er das nicht einfach so geschehen. Die vom Obendrauf, bitte schön!

Aber die anderen Ehrenmänner der Stadt Hartberg können sie dann in Zukunft wo anders platzieren, soviel ist klar.

Nicht dass sie jetzt auch noch den Vizekanzler in den Park stellen, weil grün so passend zur Natur ist! Das wäre dann fast schon ein bisschen »*overgreened*« vielleicht!

Das Gmoos ist Natur und der Dachstein auch. Der Stubenbergsee ist wohl für manche Natur genug und eventuell auch die Stoderzinken, falls sich die Wanderer dort am Wochenende mal nicht gegenseitig auf den Wanderschuhen herumtreten.

Weil wandern war vielleicht früher noch idyllisch, aber heute ist der Berg so überklettert, da sind schon bald mehr Chinesen oben gewesen als einheimische.

»*Die fotografieren uns auch noch die Alpen weg*«, hat der Schorsch einmal gesagt und damit gar nicht so unrecht gehabt. Hallstatt haben sie ja auch mehr oder weniger geklaut! Also eigentlich haben sie es ja bloß nachgebaut, nur wenn sich bei uns einmal eine Mure durch den Ortskern schiebt, gibt es bei uns eventuell nur noch ein »*Hallstatt-Chop Suey*«.

»*Die kopieren sowieso alles, die Asiaten. Da fällt so eine Stadt auch nicht mehr groß ins Gewicht*«, hat der Schorsch gemeint. Autos, Handys und Handtaschen und und und. Für die ist halt alles Künstliche Natur genug. Bei denen kommt es nicht darauf an, dass ausreichend Grünpflanzen da sind, die Sauerstoff spenden. Da reicht auch das, was aus den tausenden Schornsteinen irgendwelcher Kopierfabriken oben rauskommt. So unterschiedlich sind die Sichtweisen und Heinrich bemerkt, dass man scheinbar aus verschieden geformten Augen auch verschiedene Sichtweisen auf die Welt hat.

Er hasst die vielen Straßen, die immer wieder dazugebaut werden und die vielen Firmen, die alles andere als schön aus der Landschaft emporragen.

Genauso die Wohnblöcke, die - achtstöckig - jeden Platz beherrschen und eindringlich, sowie bedrohlich klar machen, dass sie nur da sind, um immer mehr Menschen, immer weniger Raum zur Verfügung zu stellen. Sie verstellen jeden Blick in Richtung Natur und sind in ihrer Gestaltung so kreativ wie eine leere Klopapierrolle.

Es ist an der Zeit, etwas dagegen zu tun, dass irgendwelche findigen Baumeister es immer wieder schaffen, noch höher und noch näher an das nächste Gebäude zu bauen. Mittlerweile sind die Grünanlagen von modernen »Gartenwohnungen« so klein, die werden praktisch gänzlich vom darüberliegenden französischen Balkon des Nachbarn überdacht.

Das alles könnte ihm als Hofbesitzer ja egal sein, aber ist es nicht, denn all das verdrängt die Natur. Heinrich ist stets bemüht, sie in allem wieder zurückzuholen und sie nicht wegzustoßen. Wie weit ist es gekommen, wenn die Tierwelt immer kleiner wird und manche Exemplare sogar aussterben, weil ihre Lebensräume vernichtet werden?

Viele Tiere sind überhaupt nur noch da, weil sie sich den neuen Gegebenheiten anpassen können und wir zwingen sie geradezu zu dieser Anpassungsfähigkeit. Entweder anpassen oder aussterben!

Das wäre auch ein probates Mittel für die EU-Beitritts-richtlinien - nimmst du den Euro nicht, bist du raus! Den schiefen Briten geht es nun ohnehin so ähnlich. Die können jetzt ihren gelbgoldenen Lack, den sie Bier nennen, selbst trinken. Und auf Fish n' Chips war sowieso nie irgendwer neugierig. Gut, die Galeries Lafayette war schon nicht so schlecht, wie der Heinrich weiß, aber »what shells«?

Die Traude war auch so gerne im Grünen. Sie hat den Garten und die Blumen geliebt und der Ferdi liebt auch vieles, das grün ist.

Der Maier Michi liebt grün-weiß, obwohl er früher in schwarz-weiß gespielt hat. Der Karasek hat seine grüne Uniform geliebt und der Sepp den Grünen Veltliner.

Der Joschi holt sich öfter »*einen Grünen*« aus der Nase und die Gerti ist äusserlich eher rötlich aber innerlich total grün.

Alles pure natürliche Natur! Die Gerti sowieso. Die ist immer schon ein Beispiel für die schönste Natur überhaupt!

43. Sammel-Leidenschaft

Weil dauernd von Natur gesprochen wird und von grün und auch die Thunberg allgegenwärtig und überhaupt:

Heinrich hat früher als Kind gerne Blätter gesammelt, um sie dann zwischen den Seiten einiger Bücher zu trocknen. Dazu hätte er durchaus seine Schulbücher verwenden können, weil in die hat er ansonsten eh nicht oft hineingeschaut, darin wären sie perfekt aufgehoben gewesen. Besser geeignet waren aber schwere Lexika.

Der Sepp hat einige davon zu Hause gehabt und dem Heinrich erlaubt, dass er dort die Blätter zwischen den Seiten lagern darf, weil die stammen ja auch vom Baum und das würde perfekt passen. Ich wette, die kleben immer noch so drinnen, wie er sie damals hineingelegt hat.

Da waren durchaus schöne Exemplare dabei, wie das von der Vogelbeere oder eines vom Kastanienbaum, aber auch von der Kirsche und der Esche. Er sammelte praktisch alle Blätter, von A wie Ahorn bis Z wie Zitrone. Es müssen hunderte gewesen sein, so akribisch und voller Inbrunst war der Heinrich dieser Sammelleidenschaft erlegen.

Die Sammlung erstreckte sich schließlich über Jahre, auch wenn das seine einzige echte Leidenschaft in diese Richtung gewesen ist, weil so wie andere groß Briefmarken, Autos oder Eisenbahnen sammeln, war dies seines nicht!

Auch keine Bierkrüge wie die Anneliese und keine Krickerln wie der Karasek. Sicher keine Zigarettenschachteln wie der Schneider und auch keine Haarspangen wie die Maier Anne. Und schon gar keine Männerunterhosen wie der Schorsch oder Stöckelschuhe wie der Wendtner Schurli.

Wir Menschen haben ja entweder das Jagen und/oder das Sammeln im Blut, und nur weil wir das nun nicht mehr zum Überleben benötigen, heißt es nicht gleich, dass wir das über die Zeit abgelegt haben. Solche Urinstinkte kannst du nicht einfach, mir nichts dir nichts, loswerden, dass du glaubst. Deshalb gibt es auch Menschen, die Müll sammeln, welche die alles sammeln und auch welche, die ausschließlich Dinge sammeln, die andere nicht mehr brauchen.

Die nennt man dann Antiquitätenhändler! Bei denen geht es sogar soweit, dass die Geld mit ihrer Sammelleidenschaft verdienen und zwar ausschließlich mit Dingen, die andere unbedingt los werden wollten. Da sind altes Porzellan, Silberbesteck, Kuschelbären, Puppen und alle Arten von Skulpturen darunter, denen würden nicht einmal mehr die Tauben im Park ein flüchtiges Exkrement schenken.

Bei antiken Möbeln hat der Heinrich ja noch Verständnis gehabt, weil die Klara hat auch so ein altes Erbstück besessen. Diese sind ja wirklich noch mit viel Liebe zum Detail gestaltet. Das wäre heute undenkbar. Das kann sich kein Tischler mehr leisten, einem Nachtkästchen tagelang kostbare Biedermeier-schnitzereien zu verpassen. Die Zeiten sind vorbei, wenn das Breivik Kasterl beim Elch um € 9,99 zu haben ist.

Da kann er dir bestenfalls einen geschmeidigen Kratzer in das Furnier ritzen, mehr nicht. Selbst auf den Hausfassaden sieht man heute, dass es an Details fehlt. Wegen eines Neubaus aus den 2000er Jahren würde niemand mehr seinen Fotoapparat aus dem Rucksack holen. Das ist nicht einmal mehr ein flüchtiges Selfie wert, sag ich dir.

Jeder ist von einem gediegenen Altstadtflair begeistert und zwar deshalb, weil damals einfach schön gebaut wurde. Damals war das »Außen« mindestens so wichtig wie das »Innen«. Heute ist außen gar nichts mehr los und innen geht es um Praktikables bezüglich der Bauordnung. Da gibt es keinen vernünftigen Wohnungsschnitt, sondern die Bäder sind dort wo die Leitungen dafür sind, die Kinderzimmer sind irgendwo, Abstellräume werden weggespart und die Wände sind nicht nur dünn, sondern auch so gestaltet, dass man nicht einmal einen zwei Meter langen Schrank irgendwo hinstellen kann.

Heute brauchst du keine Innenarchitekten, sondern einen Zauberer, um eine Wohnung vernünftig einzurichten!

Der Heinrich hat sich nicht selten über die Leute gewundert, die für diese abenteuerlichen Grundrisse auch noch viel Geld gezahlt haben. Aber solange es eine Nachfrage für solche Häuser und Wohnungen gibt, werden die auch errichtet, so viel ist klar.

Es hat aber sicher niemanden gegeben, der Häuser gesammelt hat. Vielleicht die Reichsten, aber von denen hat der Heinrich sowieso nichts gewusst und hätte er doch, dann wohl als »Durchlaufartikel« praktisch hinten vorbei!

Der Karasek hat Patronenhülsen gesammelt. Von jedem Wettschießen, bei dem er einen der vorderen Plätze belegen konnte, hatte er eine Hülse zu Hause. Der hat davon schon einen ganzen Setzkasten voll gehabt, sag ich dir.

Denn die Gebirgsjäger mussten schon gute Schützen sein, weil im Gelände ist das Schießen kein Honiglecken und wenn sich der Feind dort versteckt hält, musst du schon fast um die Ecke schießen können, damit du den aus der Gletscherspalte herauskitzelst.

Der Xaver hat übrigens auch eine Sammelleidenschaft gehabt. Nämlich für Spielkarten! Der hat mehrere Dutzend verschiedene Kartendecks besessen - welche, die von berühmten Personen bespielt wurden und welche, die noch unbespielt waren. Diese Karten hat er gehegt und gepflegt, aber obwohl einige davon sicher etwas wert waren, hätten die ihm aus seiner letzten Krise auch nicht heraushelfen können.

Sammeln ist halt nicht alles, du musst das Zeug dann irgendwann auch an den Mann bringen, weil sonst gehst du in dem Gerümpel unter. Oder du bringst das eine oder andere Stück zu »Bares für Rares«. Das hat er auch manchmal im Angebotsfernseher beim Red Zac gesehen. Dort hat es Leute gegeben, scheiß die Wand an! Die haben ein derartiges Klump um ein Geld verkauft, das hast du kaum für möglich gehalten. Die hässlichsten Trümmer haben das meiste Geld gebracht. Relativ oft wurden dort Puppen veräußert, also die hätte er maximal dazu verwendet, um den Terrassentisch gerade zu stellen und trotzdem gab es dafür eine Klientel. Sagenhaft, für was die Menschen ihre Geldklammern zücken.

Klara hat auch damals bei der Übersiedelung überlegt, eine Biedermeiervase dort zu veräußern, aber sich dann doch dagegen entschieden, weil ja schließlich die eine oder andere sentimentale Erinnerung an dem Staubfänger gehangen ist. Der Heinrich hat sie sogar dazu ermuntert, aber da war im Endeffekt nicht mehr drinnen als eine Überlegung. Wenn sie gewusst hätten, dass es dafür gut fünfhundert Euro gegeben hätte, wären beide vermutlich noch in derselben Nacht dorthin gefahren. Aber sie wussten es ja nicht.

Die Traude hat auch etwas gesammelt, das dann als Teil der Hinterlassenschaft an den Heinrich gegangen ist.

Eine Knöpfesammlung! Hunderte bunte, schwarze, welche aus Horn und metallische, sowie karierte und welche mit Blumenmuster. Heinrich wusste naturgemäß wenig damit anzufangen, aber da sie ansonsten ohnehin nicht allzu viel hinterlassen hatte, war eine Veräußerung dieser Knöpfe kein Thema. Eine Schneiderei hätte die Knöpfe eventuell brauchen können und vielleicht auch gutes Geld dafür geboten, aber da war auch die Sentimentalität die Schranke vor dem Reichtum.

Somit ist auch klar, dass in jedem von uns, zumindest ein kleiner Sammler steckt, weil wer hat nicht noch seine Playmobilfiguren in einer Kiste, oder sein Lego von damals, oder vielleicht seine Lieblingsstofftiere?

Da haben wir es nicht so mit dem Weggeben. In diesen Belangen fehlt nicht nur Heinrich, sondern wohl vielen von uns die Entschlossenheit und Konsequenz. Aber warum auch nicht? Es könnten dann ja vielleicht die Enkel oder Urenkel ....

Na sicher - in 40 Jahren sind die Urenkel was heiß drauf, mit dem alten Playmobil zu spielen, bei dem die Figuren nicht mehr gerade stehen und die Pferde ihre Häupter nur noch zum Grasen senken, aber nicht mehr zum Reiten heben können!

Wenn du denen mit dem alten Spielzeug kommst, bei dem die Weichmacher mehrerer Jahrzehnte Zeit hatten um auszudampfen, fragen sie dich, ob du zu tief ins Glas geschaut hast!

Kinder nehmen sich da kein Blatt vor den Mund. Auch keines, das der Heinrich gesammelt hat!

Unsere Urenkeln werden mit fliegenden Untertassen spielen und mit selbstfahrenden Autos und wahrscheinlich auch mit dem einen oder anderen humanoiden Roboter.

Wer weiß was der Tesla noch so alles erfindet? Autos, die von ganz alleine wo anfahren, haben wir ja schon und alles mit Strom betrieben auch schon. Da würde mich nicht wundern, wenn bald das nächste Projekt das Licht der Welt erblickt.

Dann können wir zum Akkusammeln beginnen, weil nicht nur dass die Herstellung unsere Ressourcen bei weitem übersteigen wird, ist auch eine fachgerechte Entsorgung mehr als fraglich.

Das sind alles Dinge, die nicht zu Ende gedacht wurden und davon werden uns, in den nächsten Jahren, noch viele weitere bevorstehen. Silicon Valley wird's schon richten …

Unser aller Lieblingsvirus Corona hat zwar schonmal damit begonnen, dass wir die Möglichkeit dazu erlangen, in Zukunft die Globalisierungsfrage zu stellen. Aber ehrlich, wird das reichen?

44. Horoskope

Dem traditionsbewussten Heinrich dreht sich gleich der Magen um, wenn er an diese Art von Fortschritt denkt. Dieses ganze Elektronikdings kann ihm schon im Vorhinein gestohlen bleiben, weil wer bitte braucht das?

Diese Teslas, aus denen die belämmerten Geistesriesen blöd hinausgaffen, weil sie nicht wissen, was sie mit ihren Händen anfangen sollen, weil das Ding ja ohnehin von alleine fährt. Lernen die dann beidhändiges Nasenbohren oder Kopf- und Sackkratzen gleichzeitig? Und dann wundern sie sich, weil einmal so eine Batteriekutsche abbrennt oder eine Radfahrerin aufgabelt!

Fortschritt ist dort gut, wo er hingehört. Dort, wo er uns Dinge erleichtert, aber nicht für eine testosterongesteuerte Gehirnwixerfantasie! Was kommt danach?

Selbstfahrende Schi? Damit ich auf der Alm sitzen bleiben kann und am Ende trotzdem zehntausend Höhenmeter geschafft habe? Oder selbständige Einkaufswagen, die völlig eigenständig entscheiden können, wo die Frühstücksflocken günstiger sind und wo du zwei Bier mehr ums gleiche Geld bekommst.

Vielleicht selbstgehende Wanderschuhe, damit du auch als übergewichtiger Couchpotatoe einmal einen Achttausender niederringen kannst? Brauchen wir das? Wartet die Menschheit wirklich auf solche Dinge?

Wir haben ohnehin schon selbstwachsende Bäume und Selbstbräuner und auch selbstreifende Früchte. Aber die reißen wir sowieso unreif in Spanien vom Strauch, damit wir sie dann über Dublin nach Helsinki bringen können.

Wenn sie dann der Finne mit auf Urlaub nach Bali nimmt, muss er nur noch zwei Wochen bis zur Essreife warten!

Heinrich hat nämlich gerade in der Zeitung davon gelesen. Der Mensch spielt auf der einen Seite gerne Lieber Gott und sabotiert auf der anderen genüsslich den Lauf der Natur.

Weil ehrlich - kein Finne muss sich eine spanische Nektarine mit nach Bali nehmen - aber schon gar keiner!

Danach hat er sich wieder einmal sein Horoskop durchgelesen.

»Sie sollten in den nächsten Tagen kürzer treten. Beruflich ergibt sich eventuell im letzten Jahresviertel etwas und wer auf die große Liebe wartet, wird vermutlich noch Geduld aufbringen müssen. Weil die Venus im Mars ist und der Löwe im fünften Haus!«

Er glaubt ohnehin nicht besonders an Horoskope, steht aber der Astrologie offener gegenüber, als man vielleicht vermutet. Bezogen auf Zeitungshoroskope würde ich einmal vorsichtig sagen: *»Er fuhr nicht ganz auf der heute so allgegenwärtigen Esoterikschiene mit!«*

Wo die Venus gerade war und welcher Löwe in welchem Haus, ist im schnurz und die große Liebe hatte er ja schon.

Der Petrus hätte die Horoskope schreiben sollen, denkt er sich. Da wäre sicher nicht rausgekommen, dass sich im Winter etwas Tolles für einen Badewaschl im Freibad ergibt!

Da ergibt sich nämlich nichts. Außer mehr Freizeit und weniger Geld!

Am besten waren überhaupt die Jahreshoroskope, weil die haben ja für alle Sternzeichen irgendwann etwas Positives vorausgesagt. Und was ist mit jenen, bei denen das ganze Jahr überhaupt nichts Positives passiert ist?

Haben die kein Sternzeichen? Dafür gibt es auch eine Erklärung, weil da bist du dann eben auch noch vom Aszendenten negativ beeinflusst.

Die für den Tag sind sowieso gut für die Fische, weil an so einem Tag beeinflußt dich der Mehmet vielleicht mehr als irgendeine Venus. Und ist der Löwe im aufgehenden Mond, kann es trotzdem sein, dass dir der abgelenkte Figaro ins Ohr schnippelt! Löwe hin, Löwe her.

Beim Schorsch hat das Tageshoroskop einmal ein sehr gutes Geschäft vorausgesagt und er ist dann am Nachmittag mit dem Heidelbeertransporter umgekippt. Da ist das Ganze auch mehr ein Wunschkonzert als die Wirklichkeit.

Und wenn du mit einer Astrologin sprichst, sagt dir die dann sicher, dass das genaue Horoskop wieder bei jedem anders im Detail ist, weil da ja ganz viele Faktoren ins Spiel kommen. Das fällt auch besser aus, wenn du mehr bezahlst für eines, das im wahrsten Sinne des Wortes auf dich zu-geschnitten wird.

Das ist dem Heinrich zu wenig greifbar. Klara hat sich das immer durchgelesen und sich auch dann ein wenig daran orientiert, weil wenn da gestanden ist:

»Bleiben Sie vormittags lieber zu Hause«, hat der kleine Derek gleich einmal in den Flur pinkeln müssen. Weil da wollte sie nichts riskieren.

Dem Löwen haben sie immer etwas bezüglich Schönheit, der Waage bezüglich Kreativität und dem Steinbock bezüglich Entschlossenheit vorausgesagt. Dann noch die Sprunghaftigkeit der Zwillinge und vielleicht die Ordnungsliebe der Jungfrau.

Rund um diese Grundeigenschaften wurden dann die Horoskope von einem verkannten Autor in den Wind gereimt und in den einschlägigen Tageszeitungen mit Druckerschwärze auf Recycling-Papier gedruckt.

Da war ganz sicher kein Astrologe damit beschäftigt, weil sonst hätte die Sonntags-Krone nicht nichts, sondern mindestens 10 Euro gekostet. Und dann wäre ihnen das sicher nicht mehr egal gewesen, dass ohnehin kein vernünftiger Mensch dafür bezahlt, am Tag des Herrn.

Unglaublich, wie sich der Kreis abermals magisch schließt, weil der Herr da oben ja auch irgendwie für die Sternzeichen verantwortlich ist. Da wär es ja geradezu eine aufgelegte Geschichte, wenn der Petrus die Texte für die Horoskope verfasst hätte.

Der Heinrich wäre in jedem Fall dafür gewesen.

45. Andere Länder, andere...

Aber so einfach ist das auch wieder nicht. Wenn du glaubst, dass da jeder zufrieden gewesen wäre, wenn der Petrus das übernommen hätte, würdest du dich täuschen.

Der Mehmet, zum Beispiel, wäre da sicher nicht so ganz einverstanden gewesen. Und der Mahatatschandran vom A. eventuell auch nicht. Und noch weniger vermutlich die Gerti, weil die war momentan ordentlich sauer auf alles, was mit der Kirche und dem christlichen Glauben zu tun hatte. Der wäre der Petrus jetzt gerade noch recht gekommen!

Nein, so eine einfache Geschichte ist das nicht. Haben die Muslime eigentlich auch Horoskope? Haben die überhaupt Sternzeichen und wenn ja, welche? Angeblich haben sie sogar Angst vor solchen Dingen, weil das gar nicht geht, wenn du dein Leben vielleicht von einem Horoskop leiten lässt.

Ein Imam darf dir schon sagen, wo es lang geht und ein Koran auch, aber Sternzeichen? Fehlanzeige!

Wenn du dieses Thema in den Google eingibst, kommen Sachen raus, als hättest du ein Kabarettbuch aufgeschlagen, sag ich dir. Da sind dir die Bauchmuskeln um die Ohren geflogen vor lauter Lachen. Die können nämlich schon auch ganz lustig sein.

Der Heinrich hat es ja nicht so mit den Suchmaschinen, aber Klara sucht ihm dazu gerne etwas raus, wenn er sich für etwas interessiert. Da würdest du glatt glauben, dass die mehr Angst vor Horoskopen als vor Alkohol, Leberkäsesemmeln oder Hunden haben. Und daran wollte der Heinrich auch wieder nicht so recht glauben, weil wenn er seine Runden mit Derek dreht, springt vorher die ganze Muslim-Bruderschaft auf den

Baum, als dass einer ihn streicheln wollte. Gut, so ein belgischer Schäfer strahlt jetzt auch rein von der Körpersprache schon mehr so ein »Ich beiß dir die Hand ab«, denn ein liebliches »Streichle mich bitte« aus.

Obwohl da natürlich, wie immer beim besten Freund des Menschen, mehr Wauwau als sonst was dahinter ist.

Die Hindus wären vom Petrus auch nicht begeistert, weil die haben ganz andere Zeichen, aber zumindest die gleiche Anzahl und Angst hatten sie davor wohl auch nicht. Die glauben nämlich an die Vedischen Sternzeichen, wobei hier der Stern an sich eher zweitrangig, jedoch die Position des Mondes ausschlaggebend ist.

Die haben Namen, das könnten die 12 Vornamen der emsigsten Callcentermitarbeiter vom A. sein. Heinrich wusste jetzt nicht mehr auswendig, ob eventuell ein Kumdah unter den E-Mail Beantwortern war, aber von den anderen hat er sicher noch nicht gelesen. Irgendwie sind diese indischen Zeichen auch mit unseren Tierkreiszeichen verbunden, aber wie genau, wissen wohl nur die Gelehrten. Da hätte der Heinrich vielleicht doch einmal an einem Religionsunterricht teilnehmen sollen.

Die Juden haben übrigens die Sternzeichen anerkannt, die hätten - so gesehen - eventuell das kleinste Problem mit dem Petrus gehabt. Aber die haben die Zeichen nach den Monaten eingeteilt und einen Monat sogar nach einer Automarke benannt. Also damit wollte sich der Heinrich auch nicht näher beschäftigen, weil mit Porsche oder Mercedes hätte er ja noch etwas anfangen können, aber na gut.

Es war nur klar, dass wir schnell einmal etwas entscheiden und vielen anderen damit mitunter ein Problem bereiten. Es gibt nicht nur klare politische Entscheidungen, sondern auch so kleine, scheinbar unbedeutende Dinge, wie Horoskope, die eventuell für Unmut unter den Kulturen sorgen können.

So ist ganz schnell mit einem Zündholz ein Flächenbrand entfacht, rein metaphorisch ausgedrückt. Heinrich wusste, dass verschiedene Bevölkerungsgruppen auch verschiedene Dinge benötigen und vor allem das Verständnis für diese Bedürfnisse. Er war jetzt sicher auch nicht das geborene völkerübergreifende Bindeglied, aber zwischen nicht können und nicht wollen ist ja schon noch ein geringfügiger Unterschied, möchte ich mal meinen.

Weil nur, weil einer mit den andersartigen nicht viel anfangen kann, heißt das noch nicht, dass er sich die Haare abrasiert und das Flügerl zum Gruß in die Luft reißt. Und selbst wenn ein solcher Rotzbub sich - kahlgeschoren - die weißen Schuhbänder zuknöpft, heißt das auch nicht, dass er demnächst ein Asylantenheim in die Luft jagt.

Mit Vorurteilen müssen alle Seiten vorsichtig sein, weil Gott sei es gedankt, es gibt nicht nur schwarz und weiß.

Heinrich hat sich schwer getan, alle Religionen einzuordnen und es ist ihm auch nicht wirklich eine Lösung, für das Gemeinsame, eingefallen. Vielleicht müsse wieder ein Kind her, das völkerverbindend eingreift. Eventuell die Barbara, also die kleine Gerti, wie sie in der Stadt gerne genannt wird. Die war zwar schon der reine Engel, aber halt auch nur ein Mädchen und da ist es bei der einen oder anderen Glaubensrichtung wieder etwas schwierig. Wie man es dreht und wendet - es gibt wohl kein Patentrezept!

Heinrich legte die Zeitung zur Seite und kurz darauf war er auf dem Sofa eingeschlafen.

Klara schmunzelte, rief Derek zu sich und deckte Heinrich zu, da er sich ein wenig kühl anfühlte.

Er sah sehr zufrieden aus, aber im Schlaf war er alles andere als zufrieden. Weil wenn du ohne Lösung für ein Problem über eben diesem einschläfst, nimmst du es mit in den Traum, ob du willst oder nicht.

Und da sage ich, kannst du mit Sicherheit schöner träumen, als wenn sämtliche Religionen dieser Erde darin die Hauptrolle spielen.

46. Petrus reloaded

Aber so lange hat er auch wieder nicht nach einer Lösung bezüglich Religionen in sich hinein geträumt, weil er ziemlich bald aus selbigem herausgerissen wurde.

»Hallo, du Sünder der ersten Stunde«, hat eine sonore Stimme getönt. *»Bist du fertig - der Petrus!«*

Der Heinrich hat sofort gewusst, dass er wieder bei seinem alten Freund aufgeschlagen war. So eine Stimme vergisst du nicht, und obwohl doch einige Zeit ins Land gezogen war, hat er sich irgendwie gleich auf diesen Besuch gefreut, weil quasi Erlösung in Reichweite. Zum ersten Mal.

Früher hat er den Himmel ja doch ein wenig öfter besucht, aber in den letzten Monaten praktisch überhaupt nicht mehr.

»Jetzt warst du lange nicht hier. Wir haben schon gedacht, du kommst erst wieder, wenn du entschieden hast zu bleiben!«

Petrus hat sich über die Jahre doch noch einen unterschwelligen Schmäh angeeignet, aber so ein richtiger Komiker war er noch nicht, der gute.

»Keine Ahnung, warum ich da bin. Aber sicher nicht um zu bleiben! Vielleicht wegen meines Problems von gestern!?«

»Ach so - wegen der Religionen und Glaubensrichtungen!«

Petrus musste wieder einmal zeigen, dass es nichts geben konnte, von dem er nichts wußte.

»So ist es«, antwortete Heinrich.

»Warum glaubst du, gibt es verschiedene Richtungen? Weil sich die Welt in mindestens so viele Richtungen entwickelt und das ist auch gut so. Es würde reichen, diese Gegebenheit annehmen zu können und zu respektieren. An Lösungen zu

arbeiten ist nicht der Weisheit letzter Schluss. Verschiedenes soll auch durchaus verschieden bleiben!«

Von dieser Seite aus hat Heinrich das Ganze noch nicht betrachtet. Ist es nicht auch so, dass wir nur zu oft versuchen, dem anderen Dinge vorzuschreiben und da und dort ein Stopp-Schild aufstellen, wo es uns reicht?

Bis hierher und nicht weiter! Sind wir nicht die, die die einen ausgrenzen, um den anderen zu gefallen? Gesetze und Vorschriften haben mittlerweile viel geschaffen, aber weder Glück noch Freude!

»Bei der eigenen Nase nehmen, wäre der richtige Schritt in jede Richtung. Du bist deshalb hier, Heinrich. Du hast dich deinen Ängsten gestellt, hast Dinge thematisiert, die dich stören, hast Verhaltensweisen für dich geschaffen, um mit gewissen Situationen vielleicht gelassener umgehen zu können. Eventuell hat dich die Welt da draußen genau dafür gebraucht!«

Er hat *»draußen«* gesagt, weil die Welt ja nicht unten und der Himmel eben auch nicht oben ist. Das mit dem - oben ist der Himmel - hat man uns ja nur so eingetrichtert, weil man dann das Himmlische vom Irdischen besser trennen kann. Doch nun hat Heinrich nicht mehr gewusst, ob hier eine Trennung richtig ist. Sollte es nicht vielmehr eine Verbindung geben und sollte vielleicht wirklich er das Bindeglied dazu sein?

Versuchte Petrus ihn etwa in eine Erlöserposition zu drängen? *»Ich bin mit so vielen Dingen über Kreuz, da glaub ich aber nicht, dass die Welt ausgerechnet auf mich gewartet hat!«*

Heinrich war sichtlich nicht restlos davon überzeugt, dass der Himmel ihn als Retter der Welt zurück zur Erde senden sollte.

»Du stellst gerne Fragen. Fragen sind immer der Beginn von Verständnis und genau das wird die Welt retten. Kein Glaube, kein Jesus und kein Allah und vor allem kein Buch in das irgend jemand, lang vor unserer Zeit etwas niedergeschrieben hat, wird dazu besser imstande sein.«

Na super, wo ist er jetzt gelandet? Wenn die Blasphemie schon im Himmel zu Hause ist, kann ich ja gleich, vor der Obendraufstatue kniend, um Hilfe bitten. Welche Richtung hat sein Freund Petrus jetzt nur eingeschlagen?

Da haut es dem Diakon ja förmlich die Kollekte aus dem Körbchen! Petrus erkannte sofort, dass Heinrich mit seiner Offenheit wenig anfangen konnte und fuhr fort:

»Gott, die Kirche, ich und alles, das Trost spenden kann, ist eine Hilfe. Außer Frage. Aber die Rettung obliegt nicht Personen oder Heiligtümern, sondern findet sich in der bedingungslosen Annahme aller Richtungen.«

Schön langsam glaubte Heinrich zu erahnen, wovon er philosophierte. Wie so oft, war die Lösung - die ja keine war - eine, für die man nicht lange studieren hatte müssen, sondern sie lag auf der Hand! In der Einfachheit liegt die Kraft des Ganzen und langsam dämmerte es im Oberstübchen.

Vielleicht sah sich Heinrich nur noch nicht ganz dazu bereit diese Aufgabe wahrzunehmen.

Der allwissende Petrus weiter:

»Geh wieder und lerne aus den Dingen, die dich an den Rand von Zweifel und Ohnmacht bringen. Lerne aus deinen Fehlern und vielleicht erhältst du die Fähigkeit, auch aus den Fehlern anderer lernen zu können. Doch bedenke, eine solche Kunst wird nicht vielen zuteil. Jedenfalls aber wird dir definitiv nichts genommen, ohne dass dir auch gegeben wird.«

Heinrich überlegte und arbeitete daran, die eben empfangenen Botschaften kategorisch in die dafür vorgesehenen grauen Zellen abzulagern. Sowas geht jetzt natürlich auch nicht in der Minute, dass du glaubst. Vor allem, wenn einer wie der Petrus ganz tief in den Sack mit den geheimnisvollen Floskeln greift.

Aber Heinrich hat lange genug, ruhig und tief geschlafen, da hätte er viele Dinge sortieren können. Und er hat alles in Reih und Glied in seiner fiktiven Gedankenbibliothek geordnet und durchnummeriert, um jederzeit darauf zurückgreifen zu können. Es war eine Ordnung, die sonst nur Klara zustande gebracht hätte. Eine Art Zauberwürfel für das Leben und er hatte die Farbfelder im Handumdrehen dort, wo sie hingehörten. Erst dann wachte er auf.

Aber anders als sonst. Ein Licht am Ende des Tunnels beleuchtete seine Umgebung. Hell, trostspendend und gleichzeitig ermunternd. Seine Augen mussten sich erst an dieses unbekannte kosmische Licht gewöhnen.

Er stand auf, verließ den Raum und versperrte das Tor hinter sich mit dem Bartschlüssel aus Gold.

Alles rund um ihn schien eingefroren zu sein, die Zeit stand still, bei fünf vor 12, und er war nicht mehr derselbe Heinrich wie zuvor. Nicht einmal der gleiche war er mehr, würde ich als Rechtschreibkünstler sogar sagen.

So ein Besuch im Himmel verändert jeden nachhaltig - das ist wahrlich kein »Lercherlschas«, dass du glaubst.

Da möchte ich schon einmal einen sehen, der vor der Pforte steht und händeringend versucht, wieder weg zu kommen. Das ist dann die Scheu vor dem Unbekannten. Sowas vergeht nicht, nur weil man dieses Mal vor dem Himmelstor steht.

Wir wollten das früher nicht, vor dem Tor zum Kindergarten, dann nicht vor der Schule und das erste Mal vor dem Gang ins Büro verspürten wir auch ein gewisses Unbehagen.

Der Mensch steht sich nur zu gerne selbst im Weg und auch, wenn du den Himmel als vollkommen betrachtest, wirst du eventuell einen Grund dafür finden, dich selbst dort nicht wohl zu fühlen.

Mit Kirk Douglas hat hier heroben zum Beispiel nicht einmal mehr der Petrus gerechnet und doch hat er sich letztlich entschieden, hier einzuchecken!

Genauso wie Jacques Chirac, Peter Fonda und Kenny Rogers. Mit Karel Gott ist wiederum quasi ein Namensvetter vom Herrn emporgestiegen.

Aretha Franklin ist bereits einige Zeit vor ihnen oben angekommen und war schon mehr als nur bereit für ihren praktisch finalen Auftritt. Sie hatte ihren Frieden damit gemacht, den letzten Schritt zu gehen.

Warum auch nicht?

Ich meine gerade eine Zeile von »Respect« im Ohr zu haben.

...is for a little respect when you get home (just a little bit)...

Heinrich war jetzt eigentlich auch irgendwie nach Hause gekommen. Und Respekt? Ebenfalls vorhanden.

Hauptsache da war er, der Erlöser und Retter der Welt.

Nur eben ein bisschen ... im Dings.

Heinrich fourtysix.

Personenkreis

Traude - Heinrichs Mutter, bereits im Himmel
Sepp - Heinrichs Vater, ebenfalls bereits dort
Klara Mitterer - ehemalige Mitschülerin und Heinrichs Partnerin
Ferdinand »Ferdi« - guter Bekannter und Ukulele-Lehrer
Xaver - sein Bruder
Ilse - Ferdinands Stiefschwester
Serkin - ihr Lebensabschnittspartner a. D.
Schorsch Fernbeißer - Heinrichs Nachbar und Kulturheidelbeerzüchter
Anneliese - Kaffeehausbesitzerin
Fellner - ehemaliger Mitschüler, Angestellter bei der Wirtschaftskammer
Nikolaus - ehemaliger Mitschüler und Schlitzohr
Felix Reiterer - ehemaliger Mitschüler und Muskelprotz
Hr. Berthold - ehemaliger Lehrer in der Grundschule
Mehmet - Tankstellenbetreiber und Klaras Arbeitgeber
Fatima - Frau von Mehmet
Timur - Sohn von Fatima und Mehmet
Michi & Anne Maier - ehemaliger Fußballer und Gattin
Joschi Maier - ihr wunderbarer Sohn
Gerti - hübsche Hartbergerin und Muse des Pfarrers
Barbara Schöne - Gertis Tochter
Ernstl Pribil - ehemaliger Tischler
Hr. & Fr. Müller - Einrichtungsberater und Heinrichs ehemalige Chefs
Dr. Hirzberger - rustikaler Allgemeinmediziner
Heiko - Bekannter vom Heinrich, angestellt bei Red Zac
Ignaz Schuster - Freund von Schorsch / radikale politische Gesinnung
Uschi Taloder - Lehrerin von Joschi
Bertl Wernitznig - Trinker und Bademeister
Sascha - Bademeister, vom anderen Ufer
Harry Winter - Karatemeister aus Graz
Fritz »Schneider Lange« Schneider - Kettenraucher aus Hartberg
Derek - belgischer Schäfer und Klaras Liebling
Fr. Eder - Hundezüchterin aus Kaindorf
Sepp Oberndorfer - Head of Golfplatz Ringkogel
Schurli/Berta Wendtner - Transgender und Sohn/Tochter von Landwirt
Mike Gmej - Gemeindebediensteter
Veronika - Mädchen für alles im Gemeindeamt
Bertram - Fußballfan vom TSV Hartberg
Heinz Karasek - Internetbesteller und Hauptmann a. D.
Franz Degris - Fußballtrainer TSV Hartberg
Pauli Redlich - Mitarbeiter im Lagerhaus
Karl Lerchenfelder / Ulrike - eifriger Schwimmbadbesucher
Vicky Geringer - ebenfalls, aber Nichtschwimmerin
Gianni Varese - griechischer Hoteldirektor mit Italienischen Wurzeln
Carlo Rigoletti / Vasily - Paten aus Italien und Russland
Ivan - Vasilys Sohn
Schalldämpfer Joe / Fingernagel Bill - berüchtigte Killer der Mafia
Hr. & Fr. Mertner - Dr. Hirzbergers beste Kundschaft
Fathie, Kundrat, Verdam, Lena, Merdat, Mechrat und Meldor - Ama...Support
Petrus - der Pförtner vor dem Herrn